U0827239

惊梦三生

jingmeng sansheng

Geshi Xiangfeng

隔世相逢

笑　影◎著

时代出版传媒股份有限公司
安徽文艺出版社

图书在版编目（CIP）数据

惊梦三生·隔世相逢/笑影著.--合肥：安徽文艺出版社，2020.9
ISBN 978-7-5396-6979-3

Ⅰ.①惊… Ⅱ.①笑… Ⅲ.①长篇小说－中国－当代
Ⅳ.①I247.5

中国版本图书馆CIP数据核字(2020)第096479号

出 版 人：段晓静
责任编辑：宋晓津　　装帧设计：徐　睿

出版发行：时代出版传媒股份有限公司　www.press-mart.com
安徽文艺出版社　www.awpub.com
地　　址：合肥市翡翠路1118号　邮政编码：230071
营 销 部：(0551)63533889
印　　制：合肥创新印务有限公司 (0551)64456946

开本：700×1000　1/16　印张：16.5　字数：280千字
版次：2021年9月第1版
印次：2021年9月第1次印刷
定价：38.00元

目　　录

第一节 他为何不同

乌真真家有一个圆形的大沙发，林婉秋一坐下去，就像陷进了一个柔软的怀抱，阳光透过纱帘洒在她身上，让她浑身懒洋洋的。她望着乌真真，求助似的道："真真，帮我做个心理咨询吧。"

乌真真道："我一般不给熟人做咨询。再说我是半路出家，并不专业。"

林婉秋道："可我不愿意对陌生人讲心里话。"

乌真真笑道："那我们随便聊聊天好了，就像上大学的时候，晚上熄灯后躺在床上夜话一样，想说什么就说几句，不想说就不说吧。"

林婉秋道："我有件事，从未对人说过，宿舍的其他四个人都不知道，如果我告诉你，你要保证不把我送进精神病院。"

乌真真道："你又没有伤害人，而且我并非你的直系亲属，我没有这个权利。"

林婉秋点点头，叹道："我们上大学的时候，都觉得你这么特立独行的女孩，大概会单身很久，谁知你二十四岁就结了婚，这一转眼都五年了！你们都说我会很早结婚，可我到现在为止，不但没有结婚，连恋爱也没有真正地谈过！”

乌真真道：“是啊，我们都觉得你长得最好看，脾气又好，就算不早早嫁了，也肯定绯闻不断，谁知你从不谈恋爱，好像很讨厌男人似的。”

林婉秋叹道：“不是这样，不是我愿意讨厌男人，而是一有男人接近我，我就会看到他们变形。”

乌真真挑了挑眉毛，“嗯”了一声，问道：“变形？那是什么意思？”

林婉秋沉默了半晌才说道：“我其实赴过好几次约会，在我中学、大学，还有工作以后，都有男生约过我，但每次我都是只去一次就再也不去了，因为每当有男生想要接近我，他们在我眼里就会变成各种怪诞的形象。”

林婉秋的心开始往下沉，她努力不让自己回忆得太投入，但是没有办法，那些怪诞的形象早已深居脑海，像噩梦一样挥之不去。

林婉秋赴的第一次约会是在高一时，约她的男生是她的同班同学，一个看上去很阳光很可爱的男孩。他们只是在学校附近转了一圈，一路上那个男生都很紧张，紧张得什么情话都没说出口，只是不停地拿眼睛将林婉秋看了一眼又看一眼。

他太紧张了，脑门和手心都在出汗。林婉秋却觉得身边的空气越来越冷，一阵阵冷飕飕的空气从这个男生身上传来。她忍不住瞧了他一眼，不看则已，一看吓了一大跳，她看到一个披着铁甲的机器人，就像科幻片里的那样，眼球还变成两个小红点，在机器脸上一闪一闪的。她揉了一下眼睛，没错，眼前的男同学变成了机器人。

那次约会很短，林婉秋很快就要求回去了。从那时起，她就疑心自己是不是有问题。

还有一次，是在大学，系里的一个帅哥使劲追林婉秋。那个男生个子很高，篮球打得很好，经常有别的系的女生三五成群地跑到操场上看他打篮球，还叫着他的名字给他加油。他是校啦啦队篮球宝贝们的偶像。林婉秋看过他打篮球，那时他并没有变成怪物。

他是在跟林婉秋约会的时候变形的。那时篮球偶像听宿舍有个男生说，他追女朋友的时候，因为知道自己嘴笨，所以第一次约会时，干脆不在语言上下功夫，而是直接攥住那女孩的手不放，那个女孩也并没有表示不满。于是从约会的开始，一直到送女孩回宿舍，其间包括掏钱买可乐，他都只用一只手掏钱、拿东西，另一只手始终紧紧拉着女孩不放，就这样把她追上了！篮球偶像听后非常振奋，决心效仿。可是他一拉林婉秋的手，林婉秋就变了脸色。

林婉秋并不是故意要变脸色，而是她感到这男生的手有点奇怪，于是低头看了一眼，不看则已，一看差点没晕过去——她看到一只大猩猩的手，黑色的，毛茸茸的，紧紧攥住自己。林婉秋吓得赶紧把手往回抽，篮球偶像不放，这时，不仅是手，篮球偶像整个人都变成了一只身材巨大的猩猩，就像电影里的金刚，龇着牙冲着林婉秋怪笑。

林婉秋"啊"的一声惊呼，使劲甩开那个男生，转身就往宿舍跑。等她跑回宿舍平静下来，不觉想起高一时的那次约会，把两件事联系起来，林婉秋怀疑自己有心理障碍。

篮球偶像以为自己太粗鲁了，把林婉秋吓到了，非常后悔，他跑到林婉秋窗户底下叫她的名字。叫了三天，林婉秋终于决定再去见见他，她想知道自己是不是真的有心理问题。

篮球偶像一看见林婉秋就激动地解释，这次他没有来抓林婉秋，而是面对面站着，一心想弥补自己的过失。可是他一激动，又开始变形，林婉秋又看到一只大猩猩在自己对面张牙舞爪，那模样就好像在游乐园看到的用来吓人的怪物一样。林婉秋冷着脸转身走开了，再也不理那个男生。

一直到毕业，篮球偶像都不明白自己为什么得罪了林婉秋，令她对自己那么冷淡。

为了验证到底是别人有问题，还是自己的内心有问题，不久之后林婉秋又赴了一个男生的约会。是历史系的一个研究生，剪着平头，不是很健谈，但人挺稳重，长得也不算丑。这次约会使林婉秋下定决心不再谈恋爱了。因为那个男生局促地跟她并肩而坐时，她又看到他变形了。不是变成一般的东西，而是变成一具骷髅。

林婉秋仿佛在看恐怖片，她看到身边的骷髅转过头看着自己，黑洞洞的眼窝深不见底，脖子的关节不太舒服似的来回扭动着，牙缝里发出嘶哑的喘息声。更恐怖的是，骷髅是齐腰断掉的，似乎生前曾被腰斩，上半身搭在下半身上摇摇欲坠，左手——没有血肉，只有骨架的左手——还试图伸过来揽住她的腰。

林婉秋终于晕了过去。那一年，她十九岁，刚刚进入大学二年级。

从那以后，林婉秋对每一个试图接近她的男生心怀警惕，甚至心怀厌憎，她在心里竖起一堵高墙，她内心抑郁而哀怨，但她表面平静而淡泊。她在小花园读书，她和同学打羽毛球，她独自游览首都的各处名胜古迹，她坐在高处看天边的晚霞。如果不谈爱情，生活还是闲适而惬意的。

工作之后，林婉秋仍心有余悸，所以婉言拒绝了所有给她介绍对象的同事。就这样又过了三年，到她二十五岁的时候，她们的教研组长，一个上了年纪却热情得像一把火的老太太，一心要把自己的侄子介绍给林婉秋。她是那么坚持不懈，根本不理睬林婉秋推托的借口。而林婉秋也觉得自己年龄逐渐大了，她并不想单身一辈子，她想过一个普通人的生活，而且，和骷髅约会的惊悚事件已经过去好几年了。于是在教研组长的怂恿下，林婉秋决心再试一次。

那个男人是政府机关的公务员，工资一般，但福利不错，家是北京的，独生子，父母都是国家机关干部，家里有两套房。教研组长把侄子大加吹捧了一番，又在侄子面前把林婉秋的美貌和性格吹得天花乱坠。

林婉秋别的不求，只求这个男人别再变形。公务员却对林婉秋的印象极佳。刚开始他们谈得挺愉快，一切都很正常。公务员瘦高个儿，高鼻梁，戴副眼镜，比较英俊斯文，唯一的遗憾是走路时腰杆挺得不直，总是微微往前探着，让人疑心他是否有点驼背，其他没什么毛病，谈吐也不错，也很有眼色，相处起来让人感觉很舒服。

林婉秋非常高兴，跟他玩了一个下午。本打算他要是再约自己，还会赴约的，结果公务员恋恋不舍不想分手，又约林婉秋一起吃晚饭，还要请她看场电影。人们常说，过犹不及，欲速则不达，就在他们吃饭的时候，公务员开始变形。

林婉秋看到公务员变成了一只巨大的硬壳甲虫，坐在对面给自己夹菜，整个身体不堪重负似的来回摇动，翅膀被椅背挤得扭曲着，几条细细的腿在饭桌上来回挥舞。林婉秋最怕虫子，确切地说，对骷髅是恐惧的怕，对昆虫则是厌恶的怕。蓦然看到眼前出现这么大一只甲虫，林婉秋差点把刚刚吃下去的东西全吐出来。

她忍住一阵阵翻涌上来的恶心，尽量平静地站起来说："我去下洗手间。"她是往后退着离开座位的，退开几步才转身快步走。就在她退后几步的时候，奇怪的事又发生了，公务员恢复了原状。

后来，林婉秋逐渐总结出一个规律，她看到男人变形，是在两个条件同时具备的情况下：一是这个男人有亲近自己的想法，二是他距离自己三步之内。

林婉秋能总结出这一点，是因为她后来又见过几次变形人。她从学校跳槽到公司之后，有一次给领导汇报工作，隔着老板桌把材料递过去的时候，她看到领导变成一匹狼，张着血盆大口看着自己，尖利的獠牙上挂着长长的口水。等她迅速退后两步时，领导又变成了一个慈眉善目的中年人，带着一种长者的微笑看着她听她汇报。

还有一次是和几个同事跟着董事长出去吃饭，主要任务是陪两个合作单位的领导。董事长的助理刚好生病请假没上班，林婉秋暂时充任助理，负责点菜埋单，给两个领导敬酒，陪他们聊天。她就坐在两个客户中地位比较高的那人的旁边，那个领导看上去很有气派，讲话也客气，很有见识也很有城府的样子。可是就在吃饭的时候，林婉秋看到他变成了一头猪。

猪，除了有点脏，还是没那么可怕的。因此她忍耐着，看着一头猪坐在自己旁边大嚼如饕餮，还得不停地赔着笑脸听他夸奖自己。那天林婉秋基本上没吃饭，那头猪还一直说："你这么瘦，不用减肥呀！现在的女孩子，动不动就说减肥，有的瘦得跟竹竿似的了，还不满意，还要减！还是胖一点好看的嘛，可别为减肥把自己饿坏了！身体是革命的本钱嘛！哈哈哈哈！"

他却不知道，林婉秋吃不下饭是因为他的变形。

"我从没把这些话告诉别人，我特别怕被送进精神病院。我小的时候，曾经跟我爸妈去精神病医院看一个远房亲戚，那里的一切都好恐怖！"林婉秋望着乌真真说道，"你记不记得我们大三时上电影美学课，老师放的电影，那个人们认为他精神有问题的男人，被强行塞进一个很扁很扁、只能平躺不能坐起的铁笼子，完全失去自由，他拼命挣扎反抗，最后终于安静下来，绝望地躺在那里。我到现在也忘不了他那绝望的眼神！"

林婉秋完全缩在了沙发里，怀里不知何时已抱了一个抱枕，仿佛这样就有安全感了。她很怕乌真真诧怪指责，谁知乌真真似乎并不感到震惊，只是耸了耸肩，一脸无所谓地说道："也许不是你的问题，就好比唐僧看到的是美女，孙悟空看到的是妖怪，我们面对面看到的是皮囊，X光片照出来的却是骨骼。我们看不到磁场，可磁场依然存在。五百年前人们还在为太阳和地球谁是宇宙的中心而争论。我们未知的事情太多，何况你是爱幻想的文艺青年，多看到一些现象也不足为怪。"

林婉秋舒了一口气，又听乌真真问道："喝点东西吧？我这里有绿茶、花茶、咖啡，你喝什么？"

林婉秋道："咖啡吧。昨晚上睡得太晚，又有些困了，喝咖啡更提神。"

乌真真便去冲咖啡，一边问道："昨晚上又失眠了？"

林婉秋道："嗯。这两天我不是和王佑一在一起吗？昨晚他送我到楼下，临走的时候他吻了我。"

乌真真道："哦，你又看到了变形人？"

林婉秋迷惘地摇摇头，说道："不，他没有变形，他仍然是一个正常的人，没有变成动物、机器、骷髅或者虫豸。所以我一晚上也没想通。"

乌真真笑道："这不是很好吗？公主吻了青蛙，青蛙变回了王子。我们大学时就爱说，你像个生活在童话里的人，所以你就当是童话里的诅咒解除了就好了。现在一切恢复正常，你也该恋爱结婚了！"

林婉秋道："可是我并不觉得十分动心，只是奇怪他为什么和别人不一样！我今天来找你，也是想问问你，你们谈恋爱的时候，是不是特别喜欢对方，才会跟他谈下去，才会跟他结婚？"

乌真真抬头望了望墙上，墙上挂着她和老公的合影，她望了他一会儿，说道："我确实挺喜欢这个小警察的，就凭他长得这么帅，我也舍不得把他让给别人。何况他对我这么好，又特别耐打，你揍他几下他也不疼不痒的，从不和你计较。除了爱喝点酒之外，我还真挑不出他什么毛病。"

林婉秋道："可是我并不觉得自己很喜欢王佑一。十余年不见，我对他的印象很模糊了，他说得那么亲切，听上去就像在撒谎。而且，他只是来出差的，他在南我在北，相距三千里，好像并不适合恋爱结婚。"

乌真真道："未来的事的确不好说，不过如果不试一试，肯定是连未来都没有的。你只要不讨厌他，何妨试着交往下去？"

林婉秋困惑地叹了口气，说道："我也不知道该怎么办，所以我才来找你。他今天早上给我发了一条短信，说今天上午就能把事情办完，今天下午没有别的安排了，到时候还和我联系。我不知道还要不要去见他。"

乌真真叹道："反正还有一会儿工夫，不用急着做决定。看你熬夜熬的，先放松心情，休息一会儿吧。”

林婉秋点点头，端起茶几上的咖啡尝了一口，略微有点烫，便放下了，仍旧抱着抱枕，歪在沙发里沉思。乌真真端着自己的咖啡轻轻搅了几下，也陷入了沉思。近午的阳光照耀着她们，无数微尘在光影里徜徉。林婉秋心情慢慢放松，困倦便袭了上来，这个沙发又如此舒适，她居然快要睡着了。

她朦朦胧胧想起昨天晚上，王佑一笑着对她说："你说这世界上还有其他平行空间吗？我们这些年没有在一起，可我看到你还是觉得很熟悉，也许另一个空间的我们，这些年一直在一起呢。”

林婉秋迷迷糊糊地嗔怪道："又在撒谎。”

第二节 第一个梦：青楼

林婉秋从梦中醒来，慢慢睁开眼睛，映入眼帘的是一顶大红销金帐子。她脑中一片空白和迷惘，望着帐顶想道："我是谁？我在哪？"很多次刚睡醒时，她都想不起这两个问题的答案。这里并非乌真真家的客厅，所以她朦胧知道自己仍然在做梦。她逐渐想起来，在这场梦里，她名叫绿腰。她又想："也许真的有平行空间吧？也许王佑一并没有撒谎？"

她慢慢坐起身，掀开帐帘，看到阳光透过雕花窗棂，流泻在青砖地面上，她的房间琼窗绣幔，清幽雅致，窗下的案上摆着梳妆匣和镜台，箱柜里装满四季衣服、各色绫罗，架子上垒着书籍和笔砚。梦境如此清晰，触手可及，而那个叫作林婉秋的姑娘却很遥远，远成了蝴蝶梦里的庄周。

但绿腰感到抑郁，因为她虽拥有一个千金小姐闺房般的绣房，身份却只是一个青楼妓女。她的房间，位于郴州最大的妓院——会真苑。

绿腰在窗前的椅子上坐下来，看着镜中自己的脸，她比蝴蝶梦中那个名叫林婉秋的姑娘年轻，就像是那个姑娘大学时的样子。到今年五月，绿腰又要过生日了，到时候谁会给她过生日呢？她无法预测，也许到时候又有新欢了吧？

绿腰能记得的第一个生日，是她的四岁生日，那时她被寄养在外婆家。那天早晨，外婆破天荒地给她煮了一个鸡蛋，装在一个黑瓷碗里，放在院子里一张小木桌上，还搬了把小板凳给她坐。于是她坐在外婆家的小院内，透过木栅栏望着院外的稻田和远处的青山，品尝着这份珍贵的早餐。外婆很慈爱地看着她说："吃吧，吃个鸡蛋咬咬灾，保佑妞妞这一生都无病无灾。"

后来外婆去世了，父母只好把她接回家。她是父母的第四个女儿，出生在一个四代同堂的贫苦农家，出生后家里的老人们商量着要把她丢掉，就把她包起来放到屋门外一个草垫上，想等着她饿死。父亲沉默了很久，终于独自走出去把她捡了回来，对众人说："要不以后我少吃一口，匀给她，她一个小丫头，吃不了多少。"

有一个叔祖义愤填膺，责骂父亲道："你都四个丫头片子了，每次你都说少吃一口，最后不还是从我们大家嘴里匀口粮？"后来她不到一岁，母亲就把她送到了外婆家。外婆也很穷苦，但是很疼爱她，有吃的先尽着她。她衣衫褴褛，但每天和村里的小伙伴玩得很快乐。

回到自己家之后，她反而感到陌生和不安。大姐已给人做了童养媳。三姐病死了。她每天跟着二姐放牛、打猪草，背上背个大竹筐，竹筐装满猪草，把她小小的身影淹没了。

母亲又生了一个孩子，是个弟弟。那是全家人的宝贝。她也很宝贝弟弟，她喜欢他的小胳膊小腿，和稚嫩的小脸蛋。只是母亲的奶水很稀薄，弟弟吃不饱，严重营养不良，大脑袋总是耷拉着，她抱着他在村子里玩时，弟弟总是把脑袋垂靠在她的肩膀上。她觉得他很弱小，一心想保护他。就这样她长到了八岁，弟弟长到了三岁。

八岁那年，家乡发了水灾，死了很多人。水灾之后又有山洪，紧接着是瘟疫。他们大家族的人死了一小半，二姐也被冲跑了，而弟弟一直在母亲怀里，她一直在父亲肩膀上，都活了下来。他们和别人一起挤在地势较高的打谷场，望着脚下的茫茫洪水和水面上星星点点的屋顶。父亲一直在愁叹，额头上的皱纹又密又深。

据说朝廷一直在赈灾，但这个村的村民始终没等到粮食，瘟疫又在蔓延，母亲也病倒了。这时有一些人划着船过来了，对着村民们喊："一斗米一条命！一斗米一条命！"于是很多人开始卖儿女、卖妻子、卖姐妹。一斗米换一个人。

她就是这样被卖掉的，母亲搂着她哭了，对她说："你跟着我们也是个死，把你卖了你就得了一条命，我们也能多挨几天。"她很害怕，不想离开父母和弟弟，但是她知道母亲说得对，她八岁了，卖了她，弟弟就有粥喝了。于是她大声地哭着，被那些人拉上了船。

她在被贩运的途中结识了几个小伙伴。有一个男孩对她十分友爱，拿到吃的总是先递给她，然后自己再去拿一份。她哭的时候，他还会安慰她，虽然他只会重复一句话："别哭了！……别哭了！"但是他那么安静地看着她，眼睛里闪着忧郁的光芒，于是她逐渐安静下来，止住了哭声。

但是他们很快分了手，那个男孩被卖去做童工，在山里给人烧炭。男孩们很多被卖去做童工，就像是奴隶，和大人一样干活，却没有工钱，吃不饱穿不暖，无人做主，逃跑不成会遭毒打。也有比较幸运的，被卖给了没有儿子的人家做养子继承香火。女孩们有的被卖去做婢女，长相出众的就被以高价卖给大户人家做妾。

她长相比较清秀，但是年纪还小，没法给人做妾，人贩子就把她卖到了妓院。会真苑的妈妈姓金，趁着这场水灾买进了五六个漂亮女孩，心里非常高兴。她被取名绿腰，那次一起进来的还有绿蕊、红药、白苹、紫荻。

金妈妈让她们管她叫娘，把她们用首饰绫罗装扮起来，请了教师教导她们吹拉弹唱，还派了仆妇给她们洗衣服。最开始的日子，绿腰她们过得还不错，就像被集中训练的小学生，除了训练之外，衣来伸手，饭来张口，比在家时富足得多。有时候绿腰吃着可口的饭菜，会遗憾地想道："要是弟弟在这里就好了，可以把这些吃的分给他一半。"

这些女孩很快显示出各种天分：绿蕊擅唱曲，一支曲子她只要听两三遍就会唱了；红药擅弹琵琶，一曲琵琶，四座无声；白苹学会了吟诗作画，很快便有人来求她画扇面；紫荻擅吹笛子，吹得婉转悠扬，常有客人在把酒赏月时请她远远坐在花荫里，呜呜咽咽地吹着。

而绿腰，她学会了各种舞蹈。因为八岁开始学跳舞年纪有些大，绿腰付出了更多的艰辛苦楚。每天天不亮她就起床练功，大冬天也累得头上冒汗，崴脚是经常的事，韧带撕裂时痛得钻心，有一次下腰时摔伤了，疼得直哭，训练她的教师还寒着脸拿竹片子打她。

绿腰在十二三岁时，就因舞技声名远播：她跳赵飞燕的《盘中舞》，轻盈飘逸；跳戚夫人的《折腰舞》，凄艳哀绝；跳《杨柳枝》，则优美矫捷；她还能舞剑，世人都说堪比唐时公孙大娘。凡是路过郴州的官员和富商，必定要到会真苑看她跳舞，如果错过了，便会顿足扼腕。

纵然是王公权贵，见了绿腰她们也会放低身段，和颜悦色，并赠送很多珠宝首饰和绫罗绸缎给她们。绿腰的应酬越来越多，经常感到疲惫，但一觉睡醒之后，从不会耽误了练功，练功必须每天坚持，一日也不能懈怠。

其他女孩子也开始觉得辛苦。住在绿腰隔壁的绿蕊，唱曲唱到嗓子哑。除了到会真苑摆酒的人请她唱，也有在别的妓院摆酒而请她去唱的，也有在家设宴而请她去的，有时候她一晚上要去十几处，唱完一处又匆匆赶到下一处。每到一处，请她的那位客人点完曲子，别的客人听了往往大加赞赏，又会继续点曲子，于是她就再唱。

绿蕊常常一晚上唱几十首曲子，累得想笑也笑不出来，她就整天一副冷漠的神情。那些客人见绿蕊几乎不笑，都觉得很有趣，笑嘻嘻地管她叫“冷美人”。

她们逐渐有了私蓄。绿腰攒了私蓄，心里很高兴，便又想起父母和弟弟。她不敢向金妈妈打听，怕她骂自己忘恩负义养不熟，就向客人们打听，他们都说不知道。只有一个客商说，来这里的途中见过她的父母和弟弟，而且归途中还能见到。绿腰便用一方大手帕把自己值钱点的金银首饰全包了起来，托这个客商带给自己的父母。客商一去不返，再也没了消息。

有姐妹向金妈妈打了小报告，金妈妈勃然大怒，把绿腰痛骂了一顿，说她上了人家的当，又罚她在太阳底下顶着瓷盆跪着，不许吃饭。绿腰又气又恨又愧又伤心：气的是客人骗自己的钱财，恨的是自己怎么如此轻信，愧的是当众挨罚丢脸，但心中更多的是伤心，也许她再也找不到爹娘和弟弟还有做了童养媳的大姐了。由于灰心绝望，绿腰懒得求饶，就那么一言不发地跪着，在太阳底下烤着，直到一头栽了过去。

转眼间绿腰长到了十四岁，一张鹅蛋脸，就像含苞待放的花蕾。当她解开云鬓，一头乌发便披过了膝弯，让人不由得联想到那些身世凄迷的贵族少女。这年绿蕊也是十四岁，红药十五岁，金妈妈开始劝她们卖身。白苹、紫荻都是十三岁，暂时没受到催逼。

金妈妈逼得紧了，绿腰就想过自杀。她不知道哪种方法死得更干净，也更干脆。许多女人自杀时会选择悬梁，但绿腰害怕自己死后舌头还吐得长长的，十分吓人。后院有个池塘，但一想到溺水，绿腰就想起那年水灾，洪水里漂过的死尸，浮肿变形，更加可怖。

金妈妈对绿腰下了最后通牒，说已经给她找了个愿意出大价钱的客人，让她准备好明天就接客。绿腰心一横，在袖子里藏了把剪刀。

第二天一早，绿腰正在洗脸，忽听院子里一阵吵嚷。出去看时，只见众人都拥到隔壁，纷纷叫道：“绿蕊吊死了！绿蕊吊死了！”绿腰忙过去看时，只见绿蕊挂在房梁上摇晃，金妈妈指挥着两个健壮仆妇把她抱了下来。

金妈妈扑上去哭道："我的女儿呀！你怎么这么想不开！枉费了我这些年的苦心！"她一面哭诉一面捶自己胸口。金妈妈非常痛惜，这棵树苗培育了六年，终于可以赚大钱了，却突然没了，就像割了她一块肉。

绿腰她们兔死狐悲，却希望金妈妈趁此一乱，放弃逼她们卖身。但绿蕊之死并没有打乱女孩们原本的生活轨迹，她甚至连棺材也没有，被抬出去烧化了随便一撒，就像一阵风、一阵烟，从此消失了踪迹。那些追捧她的客人，也并没有为她鸣不平，只是感叹一番，聚在一起作了几首诗，然后便追捧别的妓女去了。

红药冷笑着对绿腰说："你还指望他们为绿蕊出头吗？他们巴不得我们接客呢！他们只是可惜，羊死了，没机会吃羊肉了！"

绿腰忽然不想自杀了，她要活下去。但她绞尽脑汁也想不出好办法，只有暗自垂泪，每天晚上都失眠。金妈妈也退了一步，答应让她自己挑选客人，只是时常催促她快点，不要一味拖延时间。

红药毫不掩饰自己的愤慨，时时对绿腰、白苹她们说些煽动人心的话。金妈妈恨死了红药，心想，索性少赚点钱，让这贱骨头学点规矩，知道个好歹，同时也是杀鸡儆猴，于是一狠心把红药转押给了一个三等妓院。

金妈妈对红药说道："红药，我养了你们这几年，在你们身上花了不少银子，现在你们都不肯接客，每日里花销又大，实在支撑不过来，所以把你抵押出去，我好得些银子周转，等过几个月手头宽裕，必定赎你回来！"六个月之后，金妈妈把红药接了回来。红药像变了一个人一样，她不再公然反抗，而是嬉笑放浪，破罐子破摔，并开始拼命攒钱。

红药私下告诉绿腰，以前觉得会真苑就像囚牢，可是跟那些三等妓院相比，会真苑就是天宫，而她被抵押的那家妓院就是地狱。红药一去那里，就被连番毒打，她咬着牙还是不松口，鸨母就叫那些打手轮奸她，并用各种难听的语言侮辱她，消磨她的斗志。

那鸨母说："就算你现在寻短见死了，也不是黄花闺女了。你想寻死无非是想保住清白，现在你已经不清不白、肮脏不堪，死了有什么用？难道你想用死来讹诈我们吗？实话告诉你，我弄死你比弄死一只蚂蚁还容易，别以为你是从会真苑出来的你就了不起，我这院子虽然小，靠山也是很硬的，没有靠山谁敢做这一行？现在就算你立刻死了，也没人可怜你，只能把你的尸首扔到山上去喂狼！"红药满怀仇恨，觉得死了太便宜这些恶人，而身体又被玷污，更是万念俱灰。

她最终活了下来，并且发现自己并不比其他妓女坚贞，也不比其他妓女骄傲，她其实和别人一样，一样接客，一样赔笑，一样被那些粗鲁的下等嫖客打骂侮辱。那家三等妓院是不讲情调和情分的，很少有人听红药弹琵琶，找她就是看上了她的姿色。而且接客不分白天黑夜，红药经常一天接六七个客人。这样人不人鬼不鬼地苟活着，还经常遭到鸨母的毒打，挨骂更是家常便饭，那些打手，更是以辱骂她为乐趣。而她这样挣来的皮肉钱，一文也没有落到她自己的腰包，全被鸨母搜刮了去。

红药的眼睛里喷射着仇恨和怨毒，她咬着牙说道："我不能死！我要回来，我要回来挣钱！只有攒到钱，才有可能想办法赎身，才有可能出人头地！到那时，我也可以找一个孤老做靠山，我要把那家院子夷为平地，把那里的人全都弄死！如果我现在就死了，一点用也没有！"

红药又说："我并不甘心，但是我现在没有力量报仇，所以我必须等。如果现在不顾一切地反抗，只会更加凄惨。"

绿腰听了红药的话，只觉得胆战心惊。既然不想死，也不想被转押，那只有从眼前的客人中挑选一个真心喜欢她又愿意帮她赎身的人。这时不少男人都在极力讨好绿腰，拼命互相攀比，看谁在她身上花的钱多，但他们大多只是期待在她身上尝尝鲜，并没有赎她出去的打算。也有人向金妈妈打听绿腰以处女之身嫁人的身价，想娶她做妾，但这些人不是相貌丑陋，就是年纪甚老，或者粗俗暴戾，绿腰又觉得不甘心。

第三节 风尘误

忽然有一天，来了一个年轻英俊的公子。这公子姓吴，是随寡母回京途经郴州的，刚巧他姨父在此地做官，姨妈一家殷勤挽留，因此逗留数月再走。吴公子相貌英俊，性情温存，他对绿腰一见钟情，嘘寒问暖，非常关切。他虽然没那些豪客出手阔绰，但经常用一些新奇礼物取得绿腰的欢心，而且对绿腰体贴入微，让绿腰觉得，他是真心在意自己感受的。

绿腰也喜欢上了吴公子，但是她说："我还是不能答应你，我得等一个愿意娶我的人，我不想一辈子待在这里。"

吴公子说道："我当然是要娶你！我既然真心爱你，就要一生一世对你好！我母亲什么事都依着我，绝不会反对我娶你的！就算一开始她不同意我娶你做正室，我也决不答应她给我定别的亲事。而且你这么美丽、这么懂事，我母亲见了你一定很喜欢，等她跟你相处时间长了，又见我们两个是真心相爱，我想她也会答应把你扶正。那时候我们就是神仙眷侣。我要带你去汴梁，去苏杭，那里繁华热闹，不是郴州这种南方小城所能比的。"

绿腰听着吴公子描述南北各地的风光，什么草原之苍茫，什么钱塘之繁华，不觉十分神往。吴公子又讲了许多才子佳人的风流韵事。他告诉绿腰，青楼女子一样可以获得自己的幸福，只要她遇到真心相爱的人。绿腰虽然还有一些隐忧，但她已经被蛊惑了，其他人再也入不了她的眼。

吴公子对金妈妈说道，愿意出两千两白银给绿腰赎身。金妈妈笑道："昨天还有人问我绿腰的身价，说愿意出三千两买她做妾，另外再送我一斛明珠。"

吴公子忙道："那我也愿意出三千两，只是客居在外，再多就筹措不出了。他日回乡路过此地，再来相谢！"

金妈妈勉强说道："既然绿腰喜欢你，我也只好迁就她，就答应了你三千两吧。"

吴公子又说："如今我从我母亲那里拿银子出来却也不难，只是尚未跟母亲说准，私自拿银子出来，无异于偷窃，只怕惹我母亲生气。妈妈能否给我一个月宽限，让我说服母亲，免得她认为我欺骗她，导致对绿腰心存芥蒂，好事儿反倒成了坏事儿，以后她也会难为绿腰。"

金妈妈笑道："吴公子，现在现拿着银子想梳拢绿腰的人还排着队呢，就算我肯给你宽限，只怕他们也不肯！那都是些老主顾，这些年多亏他们捧场。他们巴巴地看着绿腰长大了，现在只因你来了，绿腰便不待见他们，他们正是有气没处撒，现在我又给你宽限，全没个先来后到，那些客人岂不要迁怒于我？我以后还怎么做生意？"

吴公子只好对绿腰转述了这番话，又道："如今你娘不肯等我凑钱来，只怕她又要给你找别的人！我看她对你的事很烦躁了，她迁就了你这几个月，只怕不想再迁就你了，这可怎么办？"

绿腰十分苦恼，却也无计可施。吴公子又说道："我一下子拿不出三千两，但三百两还是容易的，我想先拿三百两银子给你娘，只说是想梳拢你，这样就可以拖一两个月，一个月之内我必定会凑到三千两，要是我母亲不同意给银子，我就先向朋友借贷，到时候必定得领你出去！只是这样的话，你又得在这里多委屈一个月。”

绿腰觉得很失望，心里不免有些忐忑，但随即就有人送金妈妈珍宝首饰，想让她把绿腰卖给自己。此人年已六十，是个新近告老还乡的官员，家资殷实，而且刚刚死了妻子，无人管束，正觉意气风发，立志要广置美妾安享晚年。金妈妈也开始帮他喋喋劝说绿腰。

绿腰很紧张，也很担忧，把心一横，决定赌一把。她觉得吴公子对她应该是真心的，他不愿骗她母亲，也是给自己的将来留余地。如果他偷母亲的钱财，难道自己就该喜欢他了吗？他不欺骗母亲，才说明他人品正直吧！

于是绿腰答应了吴公子。吴公子送给金妈妈三百两白银，又给绿腰买了些衣服首饰，就在绿腰房里成了亲。次日金妈妈前来道喜，行院里的阿姨姐妹也都来贺喜，平时相熟的客人也都来捧场，一连吃了好几日酒宴，众人皆有礼物相送。唯有红药来贺喜时，冷着眼暗暗叹气。金妈妈对绿腰说：“她这是嫉妒你呢！”

吴公子是绿腰的第一个男人，虽然形式上是嫖客梳拢了一个妓女，但在绿腰心里，她和吴公子是真心相爱的，眼前这种形式只是无奈之举，是缓兵之计。她心里像那些清白人家的女孩一样感到幸福和美好。新婚的日子里，两人如胶似漆，把酒言欢，吴公子还即兴写了许多诗词给绿腰，绿腰珍而重之地收藏了起来。

过了大约一个月，有一天，吴公子说姨父家晚上有客人，他晚上就不回来了。于是绿腰独宿了一夜。第二天上午，吴公子还是没有来，绿腰以为他陪客人喝多了，只好继续等着。一直等到傍晚，还是不见吴公子的身影，绿腰慌了神，以为他出事了，只好向金妈妈打听。

金妈妈说道：“女儿呀，我跟你一样纳闷呢，我刚才叫人打听过了，那吴公子今天一早就和他母亲启程离开郴州了！他骗了你，他只是想尝个鲜，并不是真心想赎你，他怎么会再回来呢！”绿腰如同遭到晴天霹雳，决不肯相信这件事，只说金妈妈骗她。

绿腰把自己关了起来，茶饭不思，哭个不停。红药和白苹过来劝她，红药说：“我早就看透了，我当时就提醒你，可是你也没留心。咱娘还在那儿挑拨，说我嫉妒你！其实就算你留心又有什么用呢？到这里来的人，不都是为了寻欢作乐？谁又会真心实意心疼你呢？又只怕，那个姓吴的一开始就和咱娘商量好了！咱娘经了那么多事儿，岂能看不出他是不是真心？只怕正中她的下怀，又骗你接了客，又没把你领走，以后可以继续做她的摇钱树！哼，我看她就算把我们的叶子都摇光，把我们的血汗都榨干，也未必肯放过我们呢！你看我隔壁的红梅，在这里二十年了，如今年长色衰，生意清淡，咱娘就整天冷言冷语地咒骂，说要是有人肯给她赎身，五百两银子她都情愿，还发狠说要把红梅卖到下等妓院去，只是看她有时候还有一两个老主顾上门，才一直犹豫不决。”

绿腰回想起来，也觉得自己是被爱情冲昏了头脑。可是她有什么更好的选择呢？再说吴公子写那些诗词的时候，她能感受到他的真心，如果没有真心，怎能写出那些感受？于是绿腰拿出吴公子为她写的一沓诗词给二人看。

白苹失声叫道：“啊呀，这首《少年行》我见过，‘千金笑里面，一搦掌中腰’，这是唐朝李重规写的啊，吴公子怎么说是他写的呢？”

绿腰脸上现出失望和尴尬，说道：“有一次他让我跳了一支舞，他乘着酒兴就挥挥洒洒写了这首诗，说是为我写的，还说要是他母亲不同意他娶我，他就住在这里不走了。我读的书少，没读过这首诗，只读过杜牧的‘楚腰纤细掌中轻’，我还以为他是化用杜牧的！”

白苹说道：“李重规是隋末唐初人，比小杜早生了二百多年，只怕小杜这一句还是化用他的。”

白苹一张一张看下去，边看边说道："下面这首没见过，不过'模样偏宜掌上怜，云如双鬓玉如颜'这两句抄袭了杜安世的……'昨日霜风入绛帷，曲房深院绣帘垂。屏风几曲画生枝。酒韵渐浓欢渐密，罗衣初试漏初迟。已凉天气未寒时。'这一首《浣溪沙》是姑溪居士的，一个字都没改动。"

白苹看了一遍，居然有一半能说出出处。绿腰失望地想道："他连诗词都是抄来的，还好意思说是自己写的，可见他根本没有真话，从一开始就是存心糊弄我，他好找乐子。"

绿腰心痛如绞，如果吴公子值得尊敬，她还好受一点，她会安慰自己说，吴公子是被家里人强逼着离开她的。可现在看来吴公子其人十分可鄙，自己真是爱错了人！绿腰像是被人重重击了一拳，狠狠摔倒在地上。她为吴公子感到可耻，连带地觉得她自己也很可耻，真是一败涂地，没脸见人！

绿腰非常颓唐，整天以泪洗面。金妈妈一边劝慰她一边责骂她，说她不该为了那个姓吴的怠慢了别的客人，又说就算失身了也没什么大不了，从院子里赎出去的姑娘多了，有几个是处女？这样不再接客，到哪一日能碰到愿意赎她的人？只有趁着青春年少，多结交些权贵富豪、名门公子，多挑选多比较，才能找到中意的人。

绿腰虽然没再陪宿，却也经常出去献舞，要是连衣饭钱都挣不来，金妈妈是决不能容忍的。这时候最常来捧场的是一个富商，姓贾，已经五十岁了，长得五短身材，粗手大脚，面貌丑陋，为人粗俗。

贾某经过三十多年的奔波钻营，倒也积累下万贯家私，但他胸无点墨，时常为此感到遗憾，因此常结交些文人墨客，一起吟诗作对，附庸风雅，而这些穷文人占了他的便宜，都吹捧说他是个有大本事的人。贾某常在会真苑摆酒请客，一来必将酒席摆在绿腰房间。绿腰不愿陪宿，因此贾某从没在她这里留宿过，但是作为绿腰的主顾，绿腰要和贾某一起招待别的客人，那些客人则自有其他姐妹相陪。

金妈妈见绿腰生意很好，却始终不肯陪宿，就天天唠叨咒骂她，说只靠跳舞陪酒能有多少进项，不肯陪宿，一个月眼睁睁损失二三百两银子。绿腰听她言语刻薄，心中十分烦闷，却也无计可施，只能装聋作哑。

有一天贾某又来摆酒，从中午吃到晚上，和一些穷酸文人吃吃喝喝，吹牛调侃，一时间，歌舞升平。众人散去后，贾某已喝得有七八分醉，但他量大，心中毕竟还很清醒。他送众人出门之后，又在绿腰房间坐着说了会儿话，他说道："近来很感谢你帮我招待朋友，明天就是你十六岁生日，我特意买了一条珍珠项链给你，这是东海的大珠子，还是很值钱的。"说着掏出一个锦盒，拉过绿腰的手拍在她手里。

绿腰不愿被他攥着，便想抽回手去。贾某却不放手，反而忽然起身，一把抱住了她。绿腰大惊失色，一边挣扎一边说道："贾公住手！一会儿有别的姐妹来找我的！"

贾某笑道："谁会进来？我已经把门关上了！"

绿腰拼命推他，大声说道："不行！放开我！放开我！"

但贾某哪里听她的，涎着脸抱起她扑倒在床上，就开始撕扯她的衣服。绿腰大声哭起来，一边哭一边骂。她以为金妈妈或者别的姐妹听到哭声会进来看看，但是没有人进来，这里是妓院，屋子里会有戏谑声，会有调笑声，也会有哭喊声，而就连哭声喊声，你也分不清是真的还是装的。

绿腰失身给了第二个男人，她十分绝望，号啕大哭，哭得天昏地暗。贾某从她身上爬下来之后，笑着拍拍她，然后躺在旁边舒服地打起了呼噜。绿腰慢慢坐起身，拿件衣服裹在身上，看着身边这个打着呼噜睡得像个死猪似的人，她想，如果她拿把剪刀，照他脖子扎下去，就能把他杀死。

她冷冷地盯着他看了一会儿，觉得十分厌恶，不想再看，就又扭过头去。但她始终没有动手，她没那么狠，就算她再仇恨这个人，她也下不了手杀他。何况她此时心如死灰，失望和灰心的情绪充满她的身体和灵魂，冲淡了一部分仇恨。她想，还不如自己死了算了。她觉得如果想死的话应该去化一下妆，穿件漂亮衣服，可是那又能怎样呢？穿得再漂亮，也弥补不了她的缺憾，她已然肮脏。

她想象着自己悬在梁上，然后贾某醒来，大吃一惊，可是他不会受到惩罚，他只是一个嫖客，而她是一个妓女。金妈妈也许会像哭绿蕊那样放声大哭，然后把尸体随便烧了，连棺材也舍不得给买。也许贾某会良心发现给她买一口棺材，也许竟不会，因为他虽然貌似慷慨豪爽，但他平时话里话外，都显示他其实是一个精明的商人。他虽然主动结交那些文人，却又经常对着绿腰数落咒骂他们，说他们穷酸抠门，占自己便宜。贾某也很懂得逃避隐患，也许为了避嫌，表示自己的死跟他没关系，他大概连棺材也不会施舍给她。

绿腰的嘴角浮起一丝苦笑，自己就活得这么可怜吗？而且处处为这些人活着？她忽然想起红药对她讲的被转押期间的事情，她此时才理解红药的心情。而红药吃了更多的苦，受了更多的屈辱，她是怎么支撑到现在的？自己如今怎么就觉得，已经撑不下去了？夜早已黑透，绿腰觉得自己就像黑夜里的一粒浮尘，在空中飘飘荡荡，毫无着落。

绿腰浑浑噩噩坐了半夜，脑中胡思乱想，昏昏沉沉。天快亮的时候，她穿上衣服，推开门想出去透口气。院中一片寂静，天上有乌云，没有月亮，只有几颗极暗淡的星星，假山和树木在黑夜中就像一处处鬼影。

绿腰漫无目的地游走，觉得自己像个游魂。她走到后院，看到后院有个池塘，微风吹过，水面偶尔有一两点水光轻轻荡漾。绿腰忽然想起八岁那年的水灾，在被贩运的途中，她遇到过的那个小男孩，长着一双好看的眼睛，静静地看着她，他的眼睛那么明亮，又那么忧郁，就像风吹过稻田时泛起的粼粼水光。那个孩子现在怎么样了？还活着吗？也像她一样过得不好吗？还是已经死去了？

绿腰站在池塘边胡思乱想，忽然有人从后面死死抱住她，绿腰吓了一跳，却听一个女人轻轻对她说道："你跑到这里干什么？怎么这么想不开？可别做傻事儿！"原来这个女人怕她投水，因此抱住她把她从池塘边拖开了。此人正是那个整天被金妈妈咒骂责打的年长妓女，名叫红梅。

第四节 轻盈绿腰舞

红梅把绿腰拉回自己房间，扶她在椅子上坐下，又把油灯挪了过来。绿腰有气无力地问道："你怎么也在院子里？"

红梅说道："我刚巧起夜，看到院子里有个黑影摇摇晃晃，不知道是人是鬼，倒吓了我一跳，凝神看了半天，原来是你这丫头！我知道今晚上那个姓贾的没走，怕你一时想不开，所以跟着你看看，谁知道你果然去了池塘边！你可别做傻事，为了这些人根本不值得！"

绿腰叹道："我没想寻死，虽然刚才也想过，但是又觉得就算死了也轻如鸿毛。唉，我就是个懦弱没用的人，活该落到这一步！我要真有气性，当初就该和绿蕊一起吊死！只是我原来以为吴公子是真心喜欢我，才开了一个头，后来知道自己错了，就想悔过，谁知道又遇到这样的事！"

红梅说道："这就是人们常说的，常在河边走，岂能不湿鞋？你以为只要自己拿定主意，就能决定自己的事？那可错了！这世道就算男人活着也很不易，何况你一个弱女子，有什么能耐气力决定自己的事？唉，也难怪你，你现在年纪小，所以才这样想。其实我当年也像你一样，又任性，又心高气傲的，就算后来接了客，也是挑挑拣拣，随心所欲，从不把那些男人放在眼里，还以为他们当真会求着我。慢慢地年纪大了才发现，其实他们何曾把我放在眼里？不过是看着我年轻漂亮，把我当朵花儿来采罢了，哪会真的知冷知热关心我？而且都是过一阵子就喜新厌旧，谁会为你的终身着想？绿腰，既然入了这一行，就别那么感情用事。其实这些男人都一样，无非有的俊点有的丑点，有的大方点有的抠门点。不过他们都是过客，无非是三天五天，或者一两个月，就转到别处去了，更有一夜风流再也不见面的，你又何必那么较真呢？你根本没必要多么厌恶某一个，也没必要多么喜欢某一个，他们当你是玩物，你也当他们是玩物，逢场作戏，也就罢了，何必这么折磨自己？”

绿腰说道：“可是我并不情愿这样生活！是那个姓贾的猪狗逼我的！我不甘心！”

红梅叹道：“你说你不情愿，可是这世上没有人会信你的。第一，你以前跟过吴公子，你并不是处子之身，别人会问你，既然第一次接客都愿意，为什么第二次又不愿意了？第二，你平时和贾公看上去相处很融洽，你对他也温柔有礼，接下来他留宿是自然而然的事，这是我们这一行的习惯，你跟谁说你不愿意谁也不信，顶多说你半推半就，甚至会说价钱没谈拢才反目成仇的！还有那反咬一口的，会说你装腔作势意图讹诈！绿腰，你已经身在泥沼，没有人会信你的！其实就算世上的人都信了你又如何？就算你是个良家女子，是个黄花闺女，被人奸淫，你拿出去对人说，让人信了你，人们就会同情你吗？他们只会对你指指点点，冷嘲热讽，就是唾沫星子也能把你淹死！那些正人君子也只会拿你说事儿，却谁都不会再娶你！绿腰，你纠结这些是没有意义的，还不如自己好好过！”

绿腰垂泪叹道：“我怎么好好过？这样苟活有什么意思？”

红梅说道：“你还觉得你在苟活？你现在正是风头上，那么多人追捧你，妈妈也不肯打骂你，顶多唠叨你几句。你看看我的处境，不比你惨多了？整天任人打骂，受尽冷言冷语，就连那些做杂役的蠢夫蠢妇，也看人下菜碟，瞧不起我，可我还不是一样地过？那只是因为我也像你这么年轻过，我知道年轻多么可贵！我也见过好几个姐妹死去，死亡是很凄惨的，所以我也知道活着多么可贵！不过，绿腰，我苟活到今日，终于快熬出头了！”

红梅脸上现出兴奋的光芒，压低声对绿腰说道：“我不妨告诉你一个秘密，我就要离开这里了！”

绿腰意外地抬头问道：“离开？有人要帮你赎身吗？”

红梅笑道：“你呀，真是个小孩子，整天就想着有人给你赎身！谁会平白无故花那么多钱对你好？无非当你是个器物买去赏玩，可是你到了深宅大院里，上有公婆，下有正房夫人，又有许多和你一样的娇妾美婢，等级森严，规矩又多，就算你小心谨慎，也是如履薄冰，说不定哪天就被人算计折磨了。过得好让你忍气吞声，过得不好朝打暮骂，还有甚者，随便捏个错处又把你转卖了，到那时更是没有立锥之地！我比你大了二十岁，有的事就算没见过，也是听过的！现在就算有人给我赎身，我也未必会跟他去！”

绿腰问道：“那你怎么离开这里呢？”

红梅说道：“傻丫头，我接客二十年了，难道就没攒一点私房钱？虽然我年轻时候也大手大脚，进得快花得快，但多少还剩下一些，这几年我又知道节俭，现在多的不说，几百两银子赎身还是不在话下。我之所以不拿出来赎身，一则咱娘虽然不搜咱们房间，对咱们攒私房钱睁只眼闭只眼，那只是因为我们是上等院子，多少要给我们留体面，也为买我们的心，但现在我说要走，她见我攒下若许银子首饰，岂能不怀恨盘剥？只怕她到时候为难我！二则我出去容易，可到哪里去落脚？一个孤身女子，又不甚老，又小有资财，万一有人打你主意，或者劫财，或者劫色，或者跟你纠缠讹诈，那又怎么办？”

绿腰沉吟道：“我倒没想这么多，那你打算去哪儿呢？想必找好去处了？”

红梅说道："我如今借着出去买胭脂、烧香等事，把攒的私房钱转移了出去，分散放在几个可靠的地方，又有一个相厚的孤老，他虽然没想过要娶我，却也断断续续来往了十几年。如今我叫他假说要赎我出去，跟咱娘谈价钱，假装是他出的银子，免得咱娘难为我！至于去处，我幼年有个要好的姐妹，那一年我到了这里，她去尼庵做了姑子，现在她已经做了那里的住持，颇有些房屋田产，我打算赁她两间屋子先住着，彼此也有个照应。"

绿腰听到这样的秘密，心里颇有些激动，说道："姐姐怎么把这么要紧的事告诉了我？"

红梅道："我一直瞒得滴水不漏，今天见了你这个样子，想起我二十年前也是这么任性，这么不服气，也是这么苦恼，一时心中感慨，忍不住告诉了你，你可千万不要再跟人提起！再则，我告诉你也是想叫你知道，你不必灰心绝望，你还年轻，以后有的是机会，什么时候你出去了，没处投奔的话，可以先去我那里！等我安顿好了，自然会跟你联系！"

绿腰点点头，似乎看到一点希望，可是再想想自己熬到红梅这年纪，还需要二十年！二十年，太漫长了！于是又觉得很渺茫。一时间患得患失，又矛盾，又迷茫。

不知不觉天已亮了，外面忽然乱起来，有人到处找绿腰，以为她不见了，金妈妈一边系衣服一边疾走，富商贾公也衣冠不整地跟在后面说："昨晚上她还收了我一串珍珠，很是高兴，还对我讲那个吴公子如何薄幸。我昨晚喝多了，睡得死，一觉睡到天亮，却看不到她了，难道是我喝多了酒怠慢了她，让她误会我了？"

红梅忙走出去对金妈妈说："娘您别着急，绿腰在我房间。"又附在金妈妈耳边说道，"她在院子里乱走，我劝了她一夜，她已经想开了。"金妈妈放了心，对红梅赞赏地笑了笑，赶紧进屋来看绿腰。

天已亮了，众人推开门便看到了绿腰，只见她蓬头垢面，眼窝发黑，一副失魂落魄的样子。见到众人进来，绿腰便举起手臂挡住脸，又像是怕光，又像是不愿见人似的。红梅倒吓了一跳，刚才只顾劝解她，倒没注意她这么憔悴，早知如此，该给她梳洗梳洗的。

金妈妈把绿腰拉回房间，软硬兼施地劝了几句，便关门出去了。贾某正了正衣冠，对绿腰说道："刚才见到你，我真是愣了一下，我没有想到你会一夜之间变成这个样子！我真是作孽呀！早知如此，我就不该勉强你。唉！我先走了，你一夜没睡，好好休息休息吧！"贾某叹了口气，就往外走。

绿腰在桌旁慢慢坐了下来，冷笑道："你真觉得自己作孽吗？刚才我听到你说什么，昨晚上送了我一串珍珠，我很高兴，还对你讲吴公子如何薄幸！哼，你是不是打算着，要是我真死了，你就对人说，我昨晚上要你赌咒发誓，说得真心对我，还说得娶我，可是你没答应，所以我赌气去寻死了？"

贾某说不出话，绿腰又说道："你是不是打算对人说，你家里老婆不许，所以才不肯娶我？没想到我为此绝望寻死？那也不对，你不是常对人说你老婆管不了你吗？那你会不会说，你喝多了，很快就睡着了，所以才没回答我？可没想到我就误会了？啊！是啦，你刚才正是说你喝多了，我误会你了！"

贾某跺了跺脚，说道："我虽然粗鲁，但是我还真是很喜欢你，要是我没老婆，就算娶你做正房夫人，我也是情愿的！在我家当家做主的不是我老婆，是我老娘！连我老婆都怕她！她是不会同意我从院子里领个女人回去的！"

绿腰笑道："啊哟！贾公！你情愿娶我？也不知道你这是在抬举我，还是在侮辱我？当初想娶我的人哪个不比你有地位？哪个不比你慷慨？就算是现在，我说想嫁，也未必就嫁不出去！哼，你情愿娶我？我还不情愿下嫁给你呢！再说了，像你这么精明的人，你会为我花三千两银子？你上次跟人喝酒吹牛，那个人说，花了八百两银子买了个美妾，你还对人家说太不划算，说买回去的就算厌烦了，也得供养着，而绿腰、红药这样的，色艺俱佳，比外面买的好许多倍，嫖一夜算上酒饭钱统共也就十几两银子，高兴时候来嫖她一夜，不高兴就不来了，看上了别人就换地方，还可以多尝几个，不是爽快得多？现在要你在我一个人身上花三千两，别说你老娘不许，就算你老娘立刻死了，你也绝不会那样做吧！”

贾某脑袋上冷汗涔涔，说道：“我果真说过这种话？”

绿腰冷笑道：“酒后吐真言，这就是你的真言了！”

贾某“嗐”了一声，说道：“我不跟你歪缠了，你好好睡一觉吧，我明天来看你！”说着摔门出去了。

绿腰在他背后大声说道：“你不用再来了！我要接别人了！我今晚就开始接客！”

十六岁的绿腰站在窗前，想起贾某其人，心中依旧无比憎恶。虽然后来她接过无数个客人，也和其中一些人有过冲突或纠葛，时常感到苦闷和抑郁，但只有贾某，能引起她最强烈的仇恨。

红梅果然很快赎了身，临走之前姐妹们在会真苑为她摆酒庆贺，都管她的孤老叫姐夫，有的羡慕，有的嫉妒，有的打趣。还有一些常来会真苑的客人前来捧场送礼，其中一位王公子，是陪绿腰一起赴宴的。那几天王公子总是来会真苑找绿腰，却不要她陪酒献舞，只是一起喝喝茶，下下棋，谈谈讲讲，因见绿腰心情抑郁，就没在她这里过夜，早则一更时，晚则二更时，就起身告辞了。绿腰倒很意外，对王公子颇有好感，逐渐便告诉了他自己的身世经历，王公子也对她讲一些外面的人情事理，和各种有趣的典故。

后来王公子便成了绿腰的第三个客人，王公子平和稳重，对绿腰也很友善，但过了几个月他就来得少了。绿腰起初对他的冷落还不太适应，心里很难受，患得患失的，不过逐渐也就习惯了。

再后来的客人大多也是这样，初识的时候，总是耐心而温存，但最终都离开了。这还算是好的，是把绿腰当人看的，还有些人根本不把她当人看，即使当她是个人，也骂她是贱人，一味作践折辱她，绿腰为此生了不少气，受了不少罪。有些人还会灌她喝酒，她并不善饮，动辄吐得不省人事，并为此喝坏了胃，经常胃疼得直不起腰。

绿腰以为她慢慢地会变得麻木，从而适应这里的生活，但她始终不能适应，每当迎来送往，辞旧换新，她就更加抑郁，她觉得自己像掉进了沼泽，越陷越深，污泥逐渐淹没她的脖颈，淹没了她的脸，灌进她的鼻子，蒙住她的眼睛，继而淹没了她的头顶。她一直在窒息中挣扎，可她还是没有死，还有一线意识，让她能感受到痛苦。

绿腰在这种痛苦和抑郁中苟延残喘了数年光阴，她马上就二十岁了……绿腰长叹了一声，打开房门叫仆妇打热水进来，准备洗澡。绿腰每天清晨起床，都要洗澡，即使是寒冬腊月，她一早上起床也要洗澡，她总觉得身上有很多灰尘，怎么洗都洗不干净。

绿腰躺在大木盆里，看着头顶氤氲的水汽。忽听金妈妈隔着窗子在外面说道："女儿今天好好打扮打扮，今天晚上州里有几位大人要来我们家，说是给一位新到的司马接风洗尘，刚才已经抬了两担礼物放在那里了！女儿今天可要打起精神哟!"

绿腰当时并没在意，心想司马无非是个闲职，就连京城来的大官她也见过几个，无非那副德行。到了晚上，前面已经排开宴席，一些小姐妹出去陪酒，吹拉弹唱的，绿腰犹在屋内梳妆打扮，等酒过三巡，金妈妈才命人进来请她，说道："可以出去了，都眼巴巴等着你呢!"于是四个小姑娘陪着绿腰，众星捧月般走了出去。

绿腰抬起头，扫了一眼诸位官员，只见无非是参军、教授等人，倒不怎么在意，但当她的眼光从一位陌生人脸上滑过，她忍不住浑身一震，一下子就呆住了。这人居然是王佑一!

她盯着他看了一霎，真的是他，虽然他看上去似乎比王佑一年长十余岁，神色也多了几分沉郁，但他的相貌、身材、神情并没有多少变化。而且她自己不也和林婉秋年龄、打扮都不同吗？那么，真的是他了？在这个时空，他们真的是相识的！

绿腰像从漫长的噩梦中看到了一线光明，又像在异乡流浪的人见到了亲人。她要离开这鬼地方，跟他回到他们原本的空间去！她想扑过去抱住他大哭一场，对他说："你没有骗人，我看到你也觉得如此亲切！你不要丢下我，我要和你一起离开！"

可是那人看绿腰的眼神完全不同，他不认识她，他看她的眼光完全陌生。旁边有人笑道："绿腰姑娘不认识他吧？这位便是新来的秦大人，字竹山，写得一手好词，是当今世上一等一的大才子！"秦竹山向绿腰微微点点头，神情十分稳重内敛，只是见绿腰凝视他的眼神有些异样，便忍不住多看了她两眼。

绿腰心中百感交集。他近在眼前，可是他不认识她，那她怎么向他解释呢？她只好向众人行了礼，退了开去，一甩水袖，开始曼曼起舞。她没有跳过去常跳的那些舞蹈，因为她的思绪飞得很乱，把她的舞步也带乱了，就像风中飞絮，飘飘洒洒，不守常规。她舞着柔曼的水袖，在每一次转身时回眸去看秦竹山，眼光中似有千言万语，却不知如何诉说。

红药在旁边弹着琵琶，弹出如梦似幻的旋律，时时拨动人们的心弦，让人心中一紧，仿佛忘了什么重要的事情，可细细想去，却又毫无着落。红药看到绿腰太过忘情，心中有些诧异，便又奏出急骤的旋律，如同金戈铁马之声，催人从酒醉中清醒。绿腰被这阵急促的琵琶声催醒，赶紧凝住心神，专心舞蹈，配合着红药的琵琶曲急急旋转，如回风舞雪，如惊鸿照影，令人目眩。

在座客人齐声喝彩，待绿腰舞罢，便问道："绿腰姑娘，这支舞我们都不曾见过，不知叫什么名字？"

绿腰有些羞赧，说道："只是随意起舞，自己也不知是什么名目。"

州学教授莫大人笑道："观绿腰姑娘舞蹈，不觉想起一首唐诗，道是：'南国有佳人，轻盈绿腰舞。华筵九秋暮，飞袂拂云雨。翩如兰苕翠，婉如游龙举。越艳罢前溪，吴姬停白纻。慢态不能穷，繁姿曲向终。低回莲破浪，凌乱雪萦风。坠珥时流盼，修裾欲溯空。唯愁捉不住，飞去逐惊鸿。’只是前代那绿腰舞已经失传，而今日姑娘芳名正是绿腰，这支舞又大有前代风范，不如便将此舞命名为‘绿腰’，不知各位意下如何?”

众人齐声喝彩，绿腰微微一笑，随即向诸位举酒道谢。她又看了秦竹山一眼，心里犹豫着要不要过去问问他，真的对她一点印象也没有吗？如果她对他讲另一个时空的事情，不知他会是什么反应？但周围很多人看着她，也早就发觉她在注意秦竹山，便一起起哄嘲笑，对秦竹山说道：“绿腰姑娘向来仰慕秦大人，今日也算是千里姻缘一线牵了。”于是一起灌秦竹山喝酒，并要绿腰陪喝。

绿腰被他们一闹，便打消了念头，陪了两杯酒，便退到后面去了。这一夜，她失眠了。

她辗转反侧，到天快亮时才蒙眬睡去。梦中洪水滔天，就像她八岁时的水灾那么可怕，大水冲倒了华厦，会真苑变成了一片泽国，满眼尽是荒芜。她在洪水中茫然四顾，看到前方有一个小孩，似乎是弟弟，但离得远，又看不真切。绿腰涉着水艰难地奔跑，挥着手喊弟弟，可等她走近了，弟弟却不见了。

洪水越来越深，漫过她的腰，漫过她的胸口，很快就要把她淹没。绿腰拼命扑腾着，这时，水面上划过来一只独木舟，慢慢靠近了她，船上的人把她拉了上去。绿腰像落汤鸡一样坐在那人对面，那人戴着斗笠，绿腰看不清他的脸。在那一瞬间，绿腰心想：“是王佑一吧，他是来接我的!”

那人低头摘下了斗笠，却不是王佑一，而是一个英俊的少年。他静静地望着绿腰，眼神十分忧郁，就像冰冷的潭水，几乎深不见底，他的眼睛让绿腰一下子就认出他来了——他竟然是八岁时一起被贩卖的那个男孩！他长大了，长成了亭亭少年！绿腰非常欢喜，和他诉说别后遭遇，那少年对她说：“我一直都在找你！我还不知道你的名字呢!”绿腰看着他笑了，她想说：“我叫绿腰。”可还没有说出来，梦便结束了。

绿腰在黑暗中叹了口气，那次别后，她再也没有见过那个男孩。他还活在人世吗？他过得好吗？怎么会忽然梦到他呢？只是这辈子，都不会再见到他了吧？

第五节 欢乐趣，离别苦

秦竹山此夜回到驿馆，竟也失眠了。他不认识绿腰，但他心里总觉得有些异样。他这次是被贬谪到郴州的，心情十分低落。几十年宦海沉浮，年轻时也曾踌躇满志，上书言政，但官场上无非是朋党，无非是利益，而特权和风险是并存的，各种关系千丝万缕，笑里藏刀，处处陷阱，明争暗斗，你死我活。每一派的风格和举措各不相同，相同的是都觉得自己很正义，别人很邪恶。前几年新帝登基，政局又一次变脸，他身边的师友相继遭受打击，有的被贬，有的入狱，有的甚至被捏个错判了死罪，株连千百家，血流成河。

他想到了出家，他妻子早已去世。年轻时在青楼间流连的旖旎风光也已成为过眼烟云，此时身边只有一个服侍多年的侍妾，他便送了那个侍妾许多金银衣物，打发她回娘家，让她趁年轻改嫁，他对她说："现在我前面只是一片迷雾，到底要上刀山，还是要下火海，连我自己都不知道！那些人为了逢迎权贵，对我虎视眈眈，严密监视，我一句不能多说，一步不能多走，我根本没有余力照顾你！你离开我，会更安全一些！"

他的侍妾哭哭啼啼回了娘家，却不愿改嫁，不久仍回到他身边。他虽然感慨万千，但心意已决，便又遣她回去，说道："我知道你是一片真心，想跟我同甘共苦，但人活百岁，终须一别，就算我不出家，也总有一天会先你而死，你还这么年轻，总要适应以后的日子！"他不顾她的眷恋哭啼，又把她送回了娘家。不久，他果然被一贬再贬，从京城到蔡州，再到鄂州，再到潭州，一路向南，继而到了如今的郴州。

如今秦竹山孤身上任，与老家的儿女也很少联系，就像一叶孤舟，在宦海漂浮，不知命运将如何处置自己。他什么事都经历过，已对世事心灰意懒，早已觉得自己不可能再为哪个女子动情，而连侍妾都打发了，正是决心一个人生活的，但今日见到绿腰，他仍然觉得心中被触动。绿腰的眼神在他脑海里萦绕不去，他总觉得她有很深的愁怨要对自己说。

秦竹山在寂静的院子里踱着步，不觉轻轻吟道："宝髻松松挽就，铅华淡淡妆成。青烟翠雾罩轻盈，飞絮游丝无定。相见争如不见，多情何似无情。笙歌散后酒初醒，深院月明人静。"

秦竹山在郴州虽然苦闷抑郁，但郴州的官员们倒是颇敬重他的声望，也并不为难他。他这日闲来无事，便信步走到会真苑来找绿腰。绿腰喜出望外，便沏了好茶招待。虽然只是第二次见面，但绿腰看到他，就像在茫茫黑夜中看到了一盏灯光，欢喜眷恋之情溢于言表。秦竹山十分健谈，虽然并不故意夸大其词，但他一生经历，本就跌宕起伏，他随便地向绿腰讲一些小事，绿腰便觉得很新奇很惊险。

绿腰忽然问道："秦大人，你觉得我们以前见过面吗？"

秦竹山愣了一愣，说道："应该是没见过吧？不过我觉得很奇怪，怎么会被你吸引了来？脚下竟管不住自己，不知不觉就走来看你！"

绿腰笑了一笑，又说道："我经常觉得这一生就像一场梦，有时候又会梦到自己在梦里又做了个梦，然后梦到自己醒过来，那时我以为是真的醒了，后来再次从梦中醒来，才发觉刚才仍然是梦境。如今我仍然有这种感觉，不知道再醒多少次，才能回到真实的世界。秦大人，你说我们现在面对面谈话，到底是真实的，还是在梦里呢？”

秦竹山沉吟道：“如果是你的梦，内容只有你自己知道，我是不会知道的，可现在我们的谈话我也知道，可见你此刻不是在做梦了。”

绿腰叹道：“只怕你现在这番话，也只是我这场梦的一部分，等到我明早醒来，你根本不知道这件事。甚至连你这个人，也是不存在的。”

秦竹山笑道：“人生本来就像一场梦，真真假假，何必追究得那么清楚呢？如果你现在是在梦里，那真实的你又在哪里呢？”

绿腰道：“也许我在一千年以后的某个地方睡着了，梦到了你吧？”

秦竹山道：“平白无故，怎么会梦到一千年前的事？还会梦到我呢？”

绿腰道：“因为我那时就很喜欢秦大人的词，还曾经编辑了一本您的词集。为了那本书，我读过您的生平介绍，读过您的诗，读过您的散文，可是从现在到那时，已经过了一千年，文字记载很匮乏了。我曾经设想过好几次，要是我能来到一千年前，亲眼见到您就好了。也许因为这个缘故，我才会做这样的梦，谁知果然在梦中遇到了你！”

秦竹山忍不住笑了，说道：“为了我做这场梦，值得吗？”

绿腰有些不好意思，把脸侧到一边去了。秦竹山又道：“我的确写过几首诗词，不过只是偶然遣怀，无足轻重。我这半生的心血，都写在了策论里，献给朝廷，却像废纸一样被丢弃在一边，这才是最令我痛心之事！唉！”

绿腰道：“可是后世并不知您的政治见解，甚至不知您的诗文，只知您的词。您在一千年以后，仍然是数一数二的大词人，因此而受到敬仰！”

秦竹山苦笑道：“那我的命运倒是很荒谬了！只是我不明白，如果我只是你梦里的一个人，我为何觉得自己如此真实呢？如果你在一千年后做的这个梦，那我应该早已死去多年，我们又岂能当面谈话？难道你能逆着时间溯流而上吗？可我只知流逝的时间再也不会重来，并不知时间是可以倒流的！”

绿腰道：“也许一千年后的我，和现在的我，是同时存在的呢？上下四方可以并存，过去和将来为什么不能并存呢？我们可以从南走到北，从东走到西，为什么不能从过去走到将来，或者从将来走到过去？就好比我们走一条路，走过的路留在了身后，未来的路看不了那么远，所以我们只能看到身旁的这一段，可是身前身后那些路仍然同时存在！也许时间也是并存的，就像空间那样。”

秦竹山不禁笑了起来，说道：“呃，你说得也有道理。”

秦竹山又坐了一会儿，便起身告辞了。绿腰心想：“他只是懒得和我争辩吧？可是他并不相信我！他会不会觉得我是个疯子，在心里偷偷笑话我呢？也许他再也不会来找我了吧！”

她觉得很失望，怅然坐在床沿，又想道：“王佑一说看到我很亲切，就好像这十几年并没有分开一样，我觉得莫名其妙，心里觉得他很可笑，谁知在这场梦里，我如此眷恋他！可是他也许也会觉得我莫名其妙，因为他不知道我为什么会喜欢他！岂止是喜欢，我明明如此爱他！唉！如果他不知道我这些年心里是多么压抑，多么消沉，他就不会明白我见到他时是多么欢喜！他就不会明白我为什么会爱上他！”

绿腰以为秦竹山被她的疯言疯语吓跑了，不会再来了。但过了两天，秦竹山又来看她。绿腰很意外，眼泪夺眶而出，笑道：“我以为秦大人再也不来了！”

秦竹山笑了一笑，说道：“我有点不放心你，看看你高兴点没有。”

绿腰含泪笑道：“你上次来，我也很高兴的呀！”

秦竹山道：“但是你的眼神很忧郁！”

绿腰疑惑道：“真的吗？”

秦竹山点头道：“是的，特别忧郁的样子。”

绿腰心里一暖，但是她不再多说梦里梦外的话，她还是怕他觉得自己是疯子，但是她把今生的经历全都告诉了他，包括幼年寄居外婆家，发水灾被卖掉，包括她遇到的那个小男孩，她都告诉了他，还有这些年怎么生活，多么抑郁苦闷。

秦竹山是个很好的听众，他说："我理解你的感受。"他也告诉了绿腰他的一生经历，求学应试，宦海沉浮，十九岁娶妻，生子女三人，也曾流连青楼，与名妓们诗词唱和，颇有一些风流韵事，直到前年遣走侍妾。他说："我早已看淡尘事，这一生的风流早已结束，我没想到我还会和你谈这么多，我也没想到我会这么挂念你。"

他们谈了很久，一直到明月高悬，夏虫低唱，于是他们并肩站在窗前，看窗外的松间明月。他们畅谈到三更天，秦竹山说道："夜已深了，你休息吧，我明天再来！"绿腰说道："好！"他没有说要留下，绿腰心里松了一口气。虽然那么眷念他，但是如果他这样留下来，和其他客人有什么区别呢？

绿腰拥着夏被歪在床上，觉得秦竹山还是尊重和理解她的。这几年在会真苑，她只是个卖笑卖艺的卑贱女子，她心情极坏，所感到的只有冷漠、抑郁和虚伪。而今日秦竹山的来访就像一场春雨，让她感到温暖、真诚和关怀，让她体会到被人关爱的感觉。她想起她还是林婉秋的时候，王佑一看她的眼神，就好像看一个小公主，如今她又觉得自己像个尊贵的公主了。她躺在床上叹息，眼泪顺着脸颊滑了下来。

此后的日子，秦竹山常来探望绿腰，但都没有在这里过夜。有时候他很想留下来，但是想起自己前途未卜，又有修行之意，连多年的侍妾都狠着心打发了，又何必再增加这份牵挂？只怕一时贪欢，换来两份烦恼！

绿腰也很犹豫，如果现在秦竹山要她去死，她一定不会拒绝，可是如果他想留宿，会有什么结果？她并不是良家女子，她是会真苑的头牌名妓，所有的客人最后都会离去，无论他们刚开始多么温柔体贴、善解人意。她希望秦竹山不是客人，而是亲人，她想与他长相厮守，就算命运不成全，也得让相守的时间越长越好，她生怕贸然往前走一步，会加速他们的分离。

于是他们经常见着面，挂念着，眷恋着，却都犹豫着。

忽然有一天，秦竹山又接到一纸贬书，把他贬到了更偏远的梧州。他来辞别绿腰，苦笑道："皇命不敢有违，明日就要启程。"

绿腰心如刀割，道："那你什么时候回来？"

秦竹山叹道："我这一生，曾经以为什么事都在掌握之中，从来没有像这几年这样，感到如此无力！我哪里知道什么时候能回来？也许竟一去不回！当年大舜帝南巡至苍梧，竟驾崩在那里，今日我被贬去，也许竟也……"绿腰见秦竹山要说不吉利的话，赶紧举起手捂住他的嘴，不许他说。

秦竹山便不再说，他把绿腰拥抱在怀里，低下头亲吻她，绿腰觉得甜甜的，心里又十分酸楚。她仰头问道："等你回来时，是否还会记得我？"

竹山道："当然会，我会时常想念你。"

绿腰又道："可是，如果你回来时，我已经把你忘记了，你会介意吗？"

秦竹山愣了一愣，的确，他不过是她生命里的过客，能留下多少痕迹让她始终不忘？虽然他同样不能给她未来，但如果她忘记他，他还是会觉得不甘心，也许这是男人天性里的贪婪和占有欲，因此他虽然一向克制，却不甘心放弃这最后的机会。又也许只是这里的环境太暧昧，宝鼎香暖，纱帘风细，与有情人同处幽室之中，耳鬓厮磨之际，再多顾忌，再多决心，也都要抛之九霄云外。

绿腰像做梦一样，不知道怎的已经被他横放在了床上，她虽然情愿顺遂，但非常紧张，也许太在意他，也许未来太不可知，也许只是因为初次与他同床，她紧张得半边身子都是麻的，一动也不敢动。

她抬眼看到他脱了她的鞋，然后上来解她的衣裳，她很配合地让他把衣服全部褪去，丢在一边。绿腰觉得衣服好似她的盔甲，如今裸露在他面前，好似灵魂深处已被他洞穿，再无矜持可言，她十分羞惭，又看到他也开始解衣，绿腰不敢再看，赶紧侧过头去，抬手臂挡住眼睛。

但她听到秦竹山说：“你看我一眼，就一眼，你看看我！”绿腰终于挪开手臂，向他看了一眼，秦竹山全身赤裸地跪在那里，他的躯体结实而匀称。绿腰慌忙又掩住眼睛，但一瞥之下，她已知道秦竹山为什么要她看，他想让她看到自己的健硕威猛。

秦竹山带着些得意，他如今脱去了衣裳，好似也脱去了彬彬有礼的伪装，显露出男人野性的一面。但他仍然很温柔，他俯下身温柔地亲吻绿腰，绿腰仍不敢动，但她又怕秦竹山会觉得她像块木头，便轻轻吸了口气，让自己放松下来，伸出手臂攀住他的脖颈。秦竹山的温存里带着一些小心翼翼，也许竟也有一点紧张，他小心地探寻，仿佛面前是片神秘而美丽的森林，带着一些诱惑，和一些不确定。但他很快便忘记了紧张和顾忌，沉浸在这趟旅途的欢愉之中。

绿腰仿佛在做梦，但他带来的冲击又那么有力，让她觉得异常舒适，忍不住连声叹息，她忘掉一切顾忌，忘掉对未来的担忧，只想沉浸于当下。她抚摸着他肩膀的肌肉，感受着他冲击的力量。她忽然觉得，人们一向认为男女之事龌龊羞耻，但那也许只是心中无爱之故，若心中有爱，这件事就是美好的。她觉得他的裸体本身就十分美，像是一尊神祇。而这种爱恋和欣赏，无关金钱、婚姻、未来。

她觉得自己很爱他，即便没有未来，她也心甘情愿，绝不后悔。她想起在她还是林婉秋的时候，听过的一段话：“我愿化作石桥，受五百年风吹，五百年日晒，五百年雨淋，只求他能从桥上走过。”

这个初夏的午后，案上檀香幽静，纱窗上竹影摇曳，一切就像梦境，却又那么清晰而难忘，等秦竹山轻轻把绿腰扶起来，绿腰慵懒地靠在他怀里，心中纠缠着无限眷恋，真想永远离他这么近，永远在他怀里。秦竹山轻轻问道：

“你会不会记住我?”

绿腰柔声道:“我当然会记着你,我怎么能忘了你?你也许并不明白我对你的感情!你以后每天也要想起我,你不能抛弃我,我不管你什么时候回来,但是你能够回来的时候,一定要来找我!”

秦竹山说道:“好!”

这天晚上,郴州的官员在会真苑给秦竹山饯行,绿腰又献上舞蹈“绿腰”。红药在旁边奏出如梦似幻的琵琶曲,一切仍像他初来时那样,但一切又已不同。绿腰再看他时,眼中少了一份凄楚,多了一份甜蜜,少了一份陌生,多了一份柔媚,少了一份踌躇,多了一份牵挂。秦竹山百感交集,与众人把盏,既喜悦慷慨,又为未来感叹,虽然满怀憧憬,只不知上天能否让他们再续这段缘分?

酒席散后,秦竹山留了下来,此时夜已深沉,二人红绡帐内再度相对。秦竹山一把将绿腰搂在怀里,就觉得十分兴奋,绿腰也少了许多羞怯,变得自然了很多。二人重赴巫山,无限恩爱,一霎欢欣,一霎温存,只不知今夕何夕。

只是良宵苦短,临别之时很快来到。二人清晨起身,梳洗已毕,秦竹山要回驿馆收拾行装,绿腰十分难以割舍,不觉泪如雨下,说道:“我同你一起去梧州吧!”

秦竹山迟疑道:“我乃负罪之人,羁縻于彼处,终日被人监视,如履薄冰,岂敢再携带美色?再说梧州荒蛮之地,人烟稀少,虎狼出没,我自身已是生死难料,你跟着我去,我又如何能安置你?”

绿腰叹道:“那我就在郴州等你,一直等到你回来!我不喜欢以前的生活,既然见到了你,我就不能再继续那样苟活!你只要答应我,只要你能回来,一定会来找我!”秦竹山点头答应。

绿腰仍然不舍,雇了一乘小轿随他来到驿馆,帮他收拾。看着他把衣物都装起来,要离开这屋子,这临别场景,更令她难过,她忍不住说道:“如果我们今生果真不能再见面，我会到下一生去找你，如果我找到了你，你会不会娶我？”

秦竹山愣了一愣。绿腰失望道：“你想说不会是吗？可是你不想让我失望，所以无法回答。”

秦竹山叹道：“如果我说我来生娶你，那只是骗你的话。我虽然相信来生之说，但那终究十分虚妄，我根本看不到那么远，我也不知道来生会有什么变化。十年前，我结识过一个女子，她也问过我同样的话，我说，我来生一定娶你为妻。其实那是骗她的，当时我妻子病倒了，我很内疚，不想跟她来往了，就用那种话骗她，好让她不至于太难过，后来我就不去找她了。如今想起这事，心中仍觉内疚。如今我怎能再说同样的话？”

绿腰又心酸又生气，说道：“你并不是因为撒谎才不肯说，而是你真心喜欢过她，所以你才会对她那样说，但是你并没有真心喜欢过我，所以你骗都不肯骗我！——她长得什么样子？很漂亮吗？”

秦竹山说道：“她性格比较刚强，会骑马射箭，英气勃勃的，还写得一手好字，但要说十分漂亮，那也不见得。”

绿腰气得眼泪滚了下来，说道：“你当着我的面就这么夸奖她，可见在你心里她在天上，我只是在地下！”

秦竹山忙拥住她说道：“瞧你，是你问我我才说的，你现在问我什么我都忍不住会告诉你，谁知道你会为此生气！”

绿腰定了定神，又说道：“那她如今在哪里？”

秦竹山叹道：“她已经病故了。”绿腰有些意外，“哦”了一声，便不好再问了。

秦竹山说道：“绿腰，来生毕竟虚无缥缈，我无法许这个诺，但是我可以许今生的诺。今生只要我一息尚存，我便不会忘记你，只要我的劫难能够过去，我一定会来郴州找你，我要带你一起回京，一起度过后半生。”

绿腰忍不住抱紧秦竹山，把自己埋到他怀里，流泪说道："好，我相信你，我会等你回来！你一定要回来！"

第六节 赎身

绿腰送别秦竹山归来，从此闭门谢客。金妈妈急得又是劝又是骂，说道："傻闺女，你这些年怎么没长一点记性？当初那王公子对你有多好，最后不也是不了了之？这些年人来客往，情投意合时哪个不是海誓山盟？到最后谁的话能算数？又有谁为你的将来打算过？这秦竹山要是有心娶你，为什么不带你一起走？"

绿腰说道："娘，你知道他走得突然，连他自己也不能做主，他并没有余力携带我！他又不是神仙，想怎样就能怎样，我倒并不怪他。"

金妈妈说道："不管他心里怎么想，结局还不是一样的？他不可能回来的！你如今越热情，只怕最后越失望！我真不知道你看上他什么了！他一不年轻，二不英俊，三又没钱，四又没势，他只是空有一世才名，但那都是虚的，能兑成几两银子不能？你说他的策论多好多好，为什么朝廷不听他的？你说他的诗词多好多好，那就更没有用了，无非是骗骗像你这样的傻丫头！何况他如今正走霉运，一再被贬谪，哪里还能有出头之日？你这样等他，不是白白浪费时光？这段日子有他在这里，旧客都断了，新客你也不兜揽，你的声势大不如前了，白苹、红药的名气都排在了你前头！你要是再躲在屋里几个月不见人，只怕大家就把你忘记了！你别以为你现在盛名在外，金钱来得容易，等大家把你忘了，你再想让人捧你，只怕也没人肯来了，都把你当作明日黄花，不会再理睬你了！”

绿腰说道：“娘，不管他好不好，我心里只有他了，你说的那些，我倒觉得很虚无。何况就算眼前再繁华热闹，于我有何益处？我心里只是觉得苦闷！我这些年得到的，年轻美貌、金银绫罗、名声吹捧，没有一样能让我开心，只有和他在一起，我才觉得开心！你说他未必会回来，未必是真心，可是我又如何表明我是真心？如果我继续迎来送往，就算我心里多看重他，实际上又有什么区别？所以我只好闭门谢客，才能显出我的诚意！”

金妈妈怫然变色道：“我养你这么多年，从不曾打过你一巴掌，你们姐妹里，我一向也最偏疼你，我又没个亲生儿女，我本来还指望你能继承我的衣钵，给我养老送终呢！你不但不知恩图报，反而如此不识好歹！你在这一行这么久了，谁会在乎你贞洁不贞洁？偏偏你这么想不开，动不动就想从一而终！白长着一副聪明相，实际上是一副糊涂心肠！你不接客，那秦竹山又不可能回来，难道从此以后，让我白养活你一辈子？如今看在母女一场的分上，你想要嫁人，我也不是不允，趁着你如今正在势头上，急流勇退，嫁个有钱有势的人，我也能多得些聘礼，脸上也有些光彩！你偏偏要等这个姓秦的，真是糊涂油蒙了心窍了！”

绿腰昂首说道：“我这些年随波逐流，也算无能了，如今我主意已定，绝不更改！我既然说了等他，自然要等他回来，他何时回来，我就何时嫁他，他要是不回来，我就去城外剪了头发做尼姑！娘要是逼我，或者索性找个出大价钱的把我卖了，我就一头碰死在这里！”

金妈妈怒极反笑，“哈”了一声，说道：“你以为你做了尼姑就干净了？

城外最大的尼姑庵也暗地里接客呢，就是红梅那个小时候的女伴，在那里做住持，暗地里干这种勾当，还装模作样，自抬身价，要价居然比我们这里高五六倍！那几个小尼姑，琴棋书画还不如你们，不过比你们多读了几卷佛经，就自命清高，故弄玄虚，满嘴里谈佛论道！去年京城下来一位赫赫有名的大员，居然也被灌了迷魂汤，竟住在那里乐不思蜀了！我实话告诉你，这普天下就没有干净的地方，就算你进了皇宫，也不过是一家大院子，只不过只有一个客人罢了！那些民间的穷夫穷妇，反倒是一夫一妻，同甘共苦，只是那也是迫不得已，不信你给一个穷汉万贯家财，看他还愿不愿独守着一个黄脸婆？你亲生父母倒是干净贞洁，那又怎样呢？最终不还是把你卖到我这里来？什么是贞洁？什么是感情？那都是虚的，只有拿到手里的银子是真实的，是有用的！绿腰，我不是有意为难你！我虽然爱财，但那只是因为我心里是极明白的，倒不是为了为难你们！你们好歹是我养大的！我要是有心为难你们，当初我就不放红梅走了！她攒了那些钱，以为我不知道？可是如今又如何呢？她不是去投奔那个假尼姑了吗？谁知道那个假尼姑还指望她帮着调教小尼姑呢！红梅如今不还是从庵里搬走了？她如今自己住着，逢年过节回来看我，反倒对我说些掏心窝子的话！绿腰，生恩不如养恩，我毕竟看着你们长大，你要是真心出家，耐得住寂寞，我倒还真服了你！就算你铁了心想嫁秦竹山，我也拦不住你，与其撕破了脸，还不如成全你。如今姑念他是落难之时，就算你相信他以后会发达，发达了还能想着你，但这聘礼钱也是不能少的！他拿不出三千两，难道一千两也没有？他要真有诚意，哪怕求亲告友也该借一千两银子给你！男人口口声声说在女人身上一掷千金是挥霍，是败家，哼，其实只是自私算计罢了！像你如今为他连性命前程都不顾了，这又是多少钱能补偿的呢？”

绿腰说道：“如果秦竹山肯出一千两，娘果真同意我嫁给他？”

金妈妈冷笑道：“你别打红梅那种主意！你当我是傻子？你攒的那些私房钱，你自己花我没话说，你要是想倒贴，白白嫁给他，门都没有！那姓秦的要是真心想娶你，他只要拿出一千两银子来，我就成全你们！要是你自己花钱自赎自身，那也可以，三千两银子一文也不能少！”

绿腰沉吟片刻，说道：“娘说话算数吗？”

金妈妈说道：“我说话什么时候不算数过？我虽然不是须眉男子，但向来说话掷地有声，只怕一般的男人也比不上！”

刚巧另一家院子的李三姨前来串门，金妈妈便把这话向她又唠叨了一遍，并对绿腰说：“我这话就撂在这里了，你不妨寄一封书信给姓秦的，让他出一千两给你赎身，看他有何话说？那时你才知道是娘对你真心，还是那姓秦的对你真心！”

绿腰沉思了一会，抬头说道：“我比娘更想知道他对我的情分是深是浅，但钱财之事，别人不开口，让我主动去要，我又如何能启齿？再说他漂流在外，手头也很拮据，我又何必出难题让他苦恼？如今我便要自赎自身，我宁愿出三千两，反正这银子是在这里挣的，我也并不想带走，我只想和过去一刀两断。过去的钱我不带走，过去的人也忘得干干净净，让他知道我对他是一片赤诚！如今趁着三姨在这里，我就把银子交给娘，免得夜长梦多！”

绿腰说着，便从床下拖出三四只箱笼，打开了看时，只见一箱箱全是黄金白银，又有许多珠宝首饰，全都折价计算，足有三千两之数。

李三姨看到如此多金珠宝贝，又是吃惊又是艳羡，对金妈妈说道：“没想到侄女攒下这么多钱！我家那几个丫头哪辈子能比得上？既然侄女自己能攒下三千两，这几年给姐姐挣的就更不知道有多少了，只怕姐姐三四辈子的棺材本都积攒下了！”

金妈妈也暗暗吃惊，心想：“本以为她积攒得再多，也只有一二千两，哪想到真有三千两之多！这小蹄子平日里傻得气人，没想到这件事上如此有心，可见早就存了赎身的念头，真是养不熟的白眼狼！既然她一心要走，留下她也只有生气，罢罢罢，就凭她去吧！”

当下绿腰把金银珠玉交割明白，付完三千两之数，尚余下八十两白银。绿腰从中取出二十两送到李三姨手里，说道："多谢三姨从中做证，些少银两，略表心意，三姨莫嫌微薄。"

李三姨笑道："我又没有半点功劳，不过是当面做个见证，你母女俩本就谈妥的，一点没费我什么事儿，倒白白得了二十两，哪里过意得去？"又向金妈妈笑道，"那秦大人一时半会儿哪会回来？侄女如今出去自己过活，处处都要花钱，拿这六十两银子出去，能管几日？姐姐念在母女一场，还该让侄女把头面衣服带出去，就当姐姐给办的嫁妆吧！"

金妈妈见事已至此，只好叹道："随身的衣服铺盖，你都带去吧！"

于是绿腰收拾行装，除了铺盖卷，她只带走两身衣服，一身是初遇秦竹山时穿的长裙，她穿着那身裙子跳了一支"绿腰"；另一身是和秦竹山分别时穿的衣衫，秦竹山曾把她那件衣服慢慢脱下，那里面有她的记忆。其余成箱成箱的绚烂舞衣、贵重绫罗，绿腰一样也没有带走，她想把除了秦竹山之外的所有记忆，都留在会真苑。

绿腰拜别了金妈妈和诸姊妹，身上带着剩下的六十两白银，登上雇来的小车，心中百感交集，她想："我八岁时被卖到这里，卖了六十两银子，如今我离开这里，身上剩下的仍是六十两。就好似我刚刚被卖掉，我自己拿了银子走了，可其实这中间已匆匆过去了十二年。十二年啊，我十二年的青春年华，白白留在了这里，供别人娱乐，供别人盘剥，自己什么也没有留下，凭什么呢？——可是也不对，我还是有收获的，我至少遇到了秦竹山！也许这十二年的磨难，竟只是为了让我遇到他！那我还有什么可抱怨的？"车轮辚辚，穿过闹市，绿腰透过窗帘看着街上景象，心中充满自由和轻快，和以前上街的心情截然不同了。

绿腰在西郊典了一所旧宅居住，因为不习惯独居，便雇了一个老婆子做饭打扫，又买了一个粗手大脚的大丫头做伴。为了补贴生活，绿腰经常做一些字画，拿到书画店里请人家代卖。大丫头见绿腰熬着夜细细画着那些鸟兽的翎毛脚趾，常常十天二十天才画成一幅，拿出去却只卖得三五贯钱，有时候还卖不出去。

大丫头自作聪明道：“姑娘，你干吗署个男人的名字？你以前那么大的名气，只要你把自己的名字署上，一幅画至少还不得卖十两银子？只怕五十两也有人买！何必像现在这样辛苦？”

绿腰说道：“我若用过去的名字，那卖的就不是字画本身了。我并不擅长字画，卖不出价钱也没什么可抱怨的，但要让我用本名招蜂引蝶，即使门庭若市，和过去在会真苑又有什么区别？那我又何必出来呢？我不需要别人认出我，我只想清清静静在这里等他回来！”

平时除了写字作画，绿腰还带着大丫头做各种针黹女工，除了自家三口人的衣服鞋袜之外，其余的便卖掉贴补家用。绿腰的女工做得很别致，逐渐便有人主动请她做活，活计多的时候，绿腰常常熬到三更天才能睡，在灯下一针一线地缝着，一不小心扎着了手指，便放到嘴里吮一吮，一年到头也不知道做了多少件针线，手指上也不知道扎了多少针。但好在夜里做活的时候，她可以一边做一边想着秦竹山，这样她就有足够多的时间想他了！他虽然不在身边，但是绿腰会在静夜里停下手中的活计，含着笑对着黑暗里的虚空说道：“不，你一直都在！”

虽然生活环境变得简陋冷清，但绿腰内心充满欢喜，隔一天便让丫头陪着去驿馆一趟，看秦竹山有没有捎来书信。驿馆的驿丞一向对秦竹山很敬重，也久慕绿腰之名，最近又亲眼见其所为，对她也很同情，便答应她，只要秦竹山寄来书信，一定会送去给她。

最初的一年里，秦竹山果真频频寄信给绿腰，他并不想在绿腰面前显得太消沉，便拣一些愉快有趣的见闻说给她听，有时候还故意跟她开开玩笑，宽慰宽慰她，似乎情况没那么糟糕。只是当绿腰问到归期，秦竹山便一筹莫展，自己也说不上来。但那时他们还沉浸在临别时的恩爱里，秦竹山在其中一封信里便写了一首李商隐的诗："君问归期未有期，巴山夜雨涨秋池。何当共剪西窗烛，却话巴山夜雨时。"绿腰十分欢喜，因为这是李商隐寄给自己妻子的诗，秦竹山这样写，是把她当作妻子了吧？

绿腰每收到秦竹山一封信，就会欢喜好几天，几天之后，又开始盼望，就这么又喜又忧地过着。七夕之时，秦竹山又寄来一封信，写道："纤云弄巧，飞星传恨，银汉迢迢暗度。金风玉露一相逢，便胜却人间无数。柔情似水，佳期如梦，忍顾鹊桥归路。两情若是久长时，又岂在朝朝暮暮。"绿腰看到来信，又伤感又欣慰，忍不住泪如雨下。

第七节 相思无尽处

第二年春天，秦竹山来信说，新党得势之后，虽然用了一些举措增加税收，为朝廷敛财不少，但做事专断强横，弊端很多，民间颇有怨言，已经出了好几桩乱子。朝廷为了稳定民心，有意召回迁臣，自己的一位同年已被升为知州，自己也可能快要北上就职，也许很快就能见到她了。

绿腰见信十分欢喜，从驿馆出来，像个疯子一样一边笑一边手舞足蹈，看到蓝天白云，就冲它们招招手，看到绿树小鸟，就冲它们说说话。

大丫头在后面跟着绿腰，叫道："姑娘，慢点走，看别人笑话你！"

绿腰浑然不觉，只顾提着裙子跳着舞转着圈往前走，一会儿又俯身到草丛里摘一朵小花闻一闻，口中又忍不住唱道："春林花多媚，春鸟意多哀，春风复多情，吹我罗裳开！"

绿腰这一年多来衣食简单，她犹豫着要不要置办一身新衣服，免得见到秦竹山时不够美丽。她在信里把这种担忧告诉了秦竹山，秦竹山回信戏谑道："女人这一生，都在为穿衣服和脱衣服纠结……"

岂料绿腰没高兴多久，端午节之前，秦竹山忽然告诉她一桩坏消息，他不但没有被召回，反而被继续打压。作为旧党领袖人物之一，新党对他十分警惕，绝不手软。他被再次贬谪，贬到了天涯海角的雷州！

绿腰如同遭受晴天霹雳，雷州在大陆的最南端，向南望去，便是茫茫南海，那是真正的天涯海角了。绿腰捏着信，恍恍惚惚走在街上，看着各色行人从身边走过，看着路边店铺的叫卖声，一切都那么近，一切又那么远，仿佛就在身边，又跟她一点关系也没有。

天色逐渐昏暗下来，一些人家点上了灯火。绿腰如同走在梦中，不知道这封信是真的还是假的，恍惚中甚至不知道秦竹山此人是真实的还是虚幻的。也许她从来不曾遇到他？也许世上根本没有秦竹山这个人吧？那自己为什么在这里呢？手里还有一封信？是梦吗？也许梦就要醒了？

绿腰走回住所，看到那所旧宅的大门，看到门前的绿竹依旧青青，绿腰逐渐清醒，忍不住悲从中来，扑上去拉住门环，趴在门上恸哭起来。也许她这辈子真的见不到他了！

秦竹山来信逐渐稀少，但他仍和绿腰保持着联络。对绿腰，他似乎心有不甘，又似乎心不在焉。有时候他会写一些很恳切的话，殷殷地责备她不顾惜自己的身体，或者数落她冷落了自己，有时候他又接连很久毫无音信，对绿腰的询问也懒得理会。

绿腰有时候觉得和秦竹山的这场梦似乎已经醒了，他们不可能再相见了，有时候又不甘心，觉得总有一天他会回来。她积攒了很多话要对他讲，在书信里讲话总觉得隔了一层，有一些苦恼也不便细说，反而要违心地互相宽慰。

绿腰内心的忧愁、思念和无望，一日比一日增长。她也为秦竹山写了一首诗，其实她并不擅长作诗，如果她能见到他，她才不会去写。她会抱着他的脖子诉说，或者哭，或者笑，她可以一伸手就触摸到他，摸到他的脸，摸到他的眉毛和眼睛。

但她见不到他，只能诉诸笔端，她写道："初夏一别后，秋冬又复春。红颜弹指老，孤馆客愁深。道路艰且阻，曰归屡愆期。来生化鸿雁，南北随君迁。"她内心有无限的悲伤，但纸上说来终觉浅，她的思念飞越了千山万水，可到达秦竹山手里的，无非是一张薄薄的纸片。

这一年赶上灾荒，物价飞涨，绿腰的生活越来越拮据，街上也多有卖儿卖女者。有一天绿腰遇到一个衣衫褴褛的瘦小女孩，头上插着草标，被她父亲叫卖。绿腰看到那小女孩的眼神，觉得她长得很像自己小时候，心中一软，就把她买了回来。大丫头还说她："姑娘，我们三口人吃饭都还紧张，现在又添一张嘴，姑娘不是更辛苦？"但买回来的人又不能扔掉，绿腰只好拼命接活计做。

这时红梅忽然登门造访，告诉绿腰说，会真苑金妈妈想请绿腰回去做师傅，训练小姑娘们舞蹈，又说绿腰自己并不需要见客，每天去训练完便可回家，如果她嫌来回奔波不方便，也可以单给她拨一个小院居住，绝无闲杂人等打扰，报酬也不用担心，自然是师傅中最优厚的。

绿腰说道："姐姐，这份活虽然可以改善我的生活，但我自从离开那里，便决心和过去一刀两断。虽然做师傅不用卖笑，但我不想和那个圈子再有一点接触，所以我还是不去了。多谢姐姐挂念，回去代我问候妈妈。"

拒绝了金妈妈的邀请，绿腰只好节衣缩食，荆钗布裙，衣服洗得发了白仍然穿着，平时也不敢吃荤菜，只有过节时割一斤半斤肉改善一下。入冬很久了她也舍不得生火，寒夜里做针线，手脚冻得僵冷，拈不起针线，正是：素手抽针冷，那堪把剪刀？于是绿腰只好起身喝一杯热水，又在屋子里来来回回地跺跺脚搓搓手。

除夕时一家四口围着火光惨淡的破炉子，面黄肌瘦的小丫头一边发抖一边叫道："好冷啊，好冷啊！"大丫头也忍不住说道："唉，这可怎么过得下去呀！"

而此时秦竹山逐渐失去了音信。最后的两封信，他语气已十分倦怠。绿腰知道他的境况也不太好，便不想穷追不舍地追问他。她只能暗自猜测：“也许他对我的情分逐渐转淡了吧？也许他逐渐觉得我是个累赘，徒然增加他的思想负担。也许他一想起我，便觉得无可奈何，也许男人不喜欢这种无力的感觉吧？所以他宁可不想我了。又或者他只是一片好心，也许他觉得他不再联系我，我就会逐渐把他忘记，然后另嫁他人？他会不会希望我嫁人，好让自己过得好一点？但是他又不甘心说出来？或者不是不甘心，而是他心里已经放下了我，只是怕我伤心，所以不忍心直接告诉我，这样冷落我，好让我自己想明白?”

第三年开始，绿腰再也没接到秦竹山的消息。她抱着一线希望，仍然守在自己的居所。她想，只要他有一天能够北上，必定会路过郴州，到那时我再去问他好了。他一日不回来，我就在这里等他一日。除非他这辈子都回不来，那我也不必怨他了。

就这样又过了三四年，大丫头嫁人了，就嫁给了街上一个小本生意人，婚后大丫头仍常来绿腰这里，帮她做些针线家务。后来小丫头也长到了十五岁，出落得亭亭玉立，被一个商人买去做妾，三日后小丫头打扮得焕然一新来辞别绿腰，说要跟主家北上贩货去了。

从此绿腰只和那老婆子做伴。在一个霰雪纷飞的冬夜，老婆子睡去后再也没有醒来。绿腰哭了一场，只好买了口薄棺收殓，大丫头的丈夫叫了人帮忙抬到乱坟岗里埋了，之后大丫头又陪绿腰住了两晚，也就回去了。

红梅听说了消息，也来看望绿腰，劝她道：“已经过去七八年了，秦大人早就失去了消息，也许他早已把你当作一个过客，抛在了脑后，你又何必再等他?”

绿腰怔怔叹道：“也许对他来说已经过去了吧，但是对我来说，他的点点滴滴，就像是昨天的事情，仍然那么清晰。我几乎忘记了他的相貌，可是我记得他的神情，我记得他笑的时候，那样的眼神，那样的表情，我记得他对我说过的话，我们在一起的很多细节。我甚至记得和他相见的日子，和分别的日子。我也想从这种悲伤里走出来，但有时候我又觉得，这辈子可能再也走不出来了吧？我怎么可能忘记他呢？”

红梅叹息着离去了，从此绿腰一个人住在那所旧宅里。因为无力修葺，宅院内树木芜杂，蔓草丛生，宅后又有一片松柏，更加显得荒凉阴森，就连门前的道路，也逐渐被荒草乱藤淹没了。

在一个秋天的夜里，绿腰忽然做了个梦，梦到自己对镜梳妆，当木梳沿着长发滑落，她看到那些头发慢慢变成了白色，绿腰心惊道：“难道我已经老了吗？”她蓦然从梦中醒来，只见明月已升了起来，照在她的窗子上。她把一把头发拉到眼前，凑着月光看去，只见头发仍是黑色的。

绿腰松了一口气，却再也睡不着。她起身打开箱子，从箱底取出初遇秦竹山时穿的那条长裙。这是她仅存的一件舞衣了，自从离开会真苑，她不愿意再歌舞娱人，就连私底下也再没穿过这件衣服。有时候早晨起来，她忍不住舒活舒活四肢，但她再也没有跳过舞。此刻她抚摸着这条裙子，许多往事涌上心头，她忍不住把这条裙子重新穿在身上，轻轻举起袖子，在屋子里慢慢转了几圈。她发现自己其实挺喜欢跳舞，只要那些观看的人不歧视她。

绿腰在屋里跳不开，便穿着舞衣推门出去，走到院子当中。她仰头看了看天上的明月，心想：“竹山啊，不知你此刻是否像我一样未眠，如果你也正巧走到院子里，那么我们此时正看着同一轮明月呢！”于是她对着月亮举起水袖，凝望了它半晌，然后便在院子里曼曼起舞。

绿腰好多年不跳舞，但她居然并没有忘记那些步调，此刻也没有红药为她伴奏，但她一闭上眼睛，耳边便回响起那些扣人心弦的音律，她就闭着眼睛在月光下舞蹈，仿佛回到了二十岁的那天。秦竹山就在眼前看着她，那时他并不认识她，可此刻他是认识她的，所以他看着她在这荒凉的地方舞蹈时，眼光中多了许多情思和怜悯。

一支“绿腰”舞，无限伤心事。一曲舞罢，绿腰慢慢睁开眼睛，只见眼前只有老树枯草，就连秋虫都已沉睡，不再鸣叫，唯有凄冷的风从耳边掠过。满目荒芜中，哪里有秦竹山的影子？

不知又过了几年，在一个春天的早晨，州里的官员们陪同新上任的知州去郊外游玩，路过此地，州学教授莫大人说道："当年有一位天下闻名的舞姬，名叫绿腰，如今就住在这里。"便随口讲了一些绿腰的往事。

知州也是个爱吟风弄月的文人，便忍不住称叹，于是勒转马头，带众人前去拜访。随从人员拿马鞭拂开草上的露珠，在前面开路，但树木上又有水滴纷纷落下，将众人衣服微微打湿。到了门前，只见大门紧闭，敲了半晌门也无人答应。众人见东边围墙坍塌，墙内一株参天古木上挂着橙色的藤花，那花正开得灿烂，随风飘来一阵幽香。

知州便让随从从那断墙处翻进去，看有人没有。两名随从翻墙进去，只见院内荒芜不堪，只有堂屋门前一块空地打扫得很干净，隔着门缝望进去，屋内倒收拾得很整洁。随从出来说道："倒像是有人居住，只是此刻不在家。"

众人叹息一番，猜测道："也许是一大早出去买菜？也许是去河边洗衣服？虽然像隐士一样，总要生活的吧？"于是纷纷猜测着离去了。

这年夏天，皇帝驾崩，幼帝即位，太后临朝，重新启用大批旧臣，秦竹山往年的挚友，有的被起复为知州，有的任判官，有的任翰林院编修。秦竹山也被赦免，被任命为吏部要职。秦竹山接到赦令，不觉意出望外。

近几年他万念俱灰，又因环境恶劣染上疾疫病痛，已存了必死的信念，并自己做了挽联祭文，岂料今日忽然得赦。他想起故乡的儿女亲朋，不知可有多少变化？有多少人已病故？有多少人已衰老？自己不也早华发苍颜了吗？他又想起绿腰，自己当年答应回去找她，可如今已过去十二年了，她已经三十二岁，是不是早已嫁人了呢？如果自己此番前去，纵然见到她，她会不会绿叶成荫子满枝了？

秦竹山带着欢喜和忐忑北上，行了一月，忽见前方有大水阻隔，便让随从觅舟摆渡。秦竹山坐在水边亭中，只见江风习习，吹人衣襟，秦竹山不觉微笑吟道："归去来兮，眷眷怀归今得归。念我生之多艰，心知免而犹悲。天风飘兮余迎，海月炯兮余追。省已空之忧患，疑是梦而复非……"

随从归来之后，请秦竹山上船，秦竹山说道："我有些口渴，那边有卖水的，你先去买一碗给我喝吧。"随从拿来了水，秦竹山端起碗，见碗中水纹荡漾，似乎映出一个女子舞着水袖的身影。他想起绿腰当年舞蹈时，慢慢转身看着他，眼光中的那种忧愁，他想，也许绿腰还在等我吧？秦竹山不觉嘴角含笑。

随从见秦竹山含笑看着手中的一碗水，却始终不喝，不觉催道："秦大人，船已经来了，请喝水吧！"秦竹山仍然含笑不语。随从很诧异，伸手一推，秦竹山却向一旁倒了过去，手中的碗也掉到了地上。随从伸手一摸，却见他早已没了呼吸，竟然死去了。

秦竹山幼子从故乡前来奔丧，扶着秦竹山灵柩继续北还。这日将要到达郴州。却说这天夜里，绿腰在她独居的荒宅中，做了一个梦，梦中明明是炎炎夏日，却刮起了漫天风雪，远处来了一队白漫漫的人马，她正在翘首张望，忽然有人飘飘荡荡来到她面前，定睛瞧去，此人正是秦竹山。绿腰喜极而泣，说道："我在这里等了你十二年，你可算来了！"

秦竹山虚虚地拥抱着她，说道："你没有嫁人吗？"

绿腰说道："就算嫁人，也要先见到你，让你亲口告诉我，你已经不要我了！这十二年来，我总是梦到你，我真怕今天还是一场梦！以前我梦到你时，有时候是在怨你，所以假装冷漠不搭理你，有时候又忍不住扑上去使劲打你，谁知今天看到你，既不是不理你，也不是捶打你，而是这么欢喜！唯有欢喜！唯有欢喜！"

秦竹山说道："我回来找你了，你可愿跟我走？"

绿腰流泪说道："我这一辈子都在等你，就算我死了，躺在灵床上，如果你来叫我，我也会从灵床上跳起来跟你走！”

绿腰从黑暗中哭醒，发现今日的相遇又是一场梦，不觉悲从中来。而梦中那队白漫漫的人马，回想起来，却像是出丧时的队伍，扬着幡撒着纸钱。绿腰心里一紧，忽然有种不祥的预感。果然，就在这天，秦竹山灵柩到达郴州。

绿腰似乎早就做好了准备，她一身缟素前去拜祭，扶着棺材恸哭了一天，哭得头皮发麻，眼睛又肿又疼。到了夜里，她不是家眷，不能在那里守灵，只好回到家中。

第二天出门时，一开门只见门外有个道姑，向她化缘。绿腰定睛一看，这道姑却是乌真真，绿腰一把抓住她，说道：“真真，我不是在你家客厅吗？为什么到了这里？你对我施了催眠术吗？为什么这个梦如此漫长，永远不能醒来？不，梦虽然漫长，和竹山的相聚却是短暂的，漫长的只是永无休止的等待，永无休止的思念！如今我好容易等他回来了，他为什么又死了呢？真真，这到底是不是一个梦？还是一千年前，真的发生过这些事？”

那道姑却不认得绿腰，只当她遇到打击神志不清，便劝慰道：“红尘如梦，聚散随缘，施主不必过于悲伤！”

绿腰平息了一会儿，发现道姑并不认识她，便叹息道：“唉，真真，你来向我化缘，我岂会吝惜钱财。只是我如今捉襟见肘，上月卖了一幅画，侥幸得买家赏识，给了八贯钱，如今日常花销了一些，又买了香烛纸马，只剩下两贯了，你别嫌少，都拿去吧！”于是果真返身进屋，取了两贯钱出来给道姑。道姑道了谢，转身离去了。

绿腰便又来秦竹山灵前拜祭。秦竹山的灵柩在郴州停了三天，旧日同僚朋友都来拜祭了，第三天又要继续北还。绿腰要求一起扶柩北上，秦竹山的幼子见她十分可怜，便答应了她。

但其长子又从任所赶来，见状大发雷霆，骂绿腰是“不要脸的娼妇”，说道：“我父亲一生光明磊落，品行高洁，岂能让一个千人骑万人跨的娼妓给他脸上抹黑？而且父亲已经驾鹤仙去，你还要前来滋扰，更加不可饶恕！你到底是为了讹诈，还是受人指使？”说着像赶苍蝇一样赶绿腰走，又说，“你要再不走，我就让奴才打你了！”

绿腰非常气愤，又被他骂得抬不起头，只觉十分耻辱，无地自容，心想：“既然世人这样看我，竹山就算对我多了些怜悯，也免不了会觉得我很卑贱吧？我因为那些无法选择的经历，被人轻贱抛弃，回想起来真是索然无味！如果我出身高贵，也许他不会常年不给我音信，不会轻易对我置之不理的吧？”

绿腰泪如雨下，莫大人等旧日相识之人见状，纷纷劝道：“你跟着灵柩回他故乡，对你有什么好处？他家里人哪里容得下你？他回去必定要和他妻子合葬，就算你愿意为他守墓，他的族人和他妻子的娘家人也必不会同意！到时候岂有你容身之地？你不是自己往火坑里跳？”

绿腰此时已万念俱灰，便收了眼泪说道：“我这一生，最开心、最欣慰的时光，便是和他在一起的那两个月。我今后纵然苟延残喘，又岂能忘记那段时光？而且他梦中前来问我，我已答应他跟他一起走！既然不能活着前去，想必他的意思是让我去黄泉之下找他！我继续活着终究无趣，不如跟他一起去了吧！”说罢竟一头向棺材上撞了过去。

众人大惊失色，忙把她扶了起来，却见她头上全是鲜血，已经气若游丝。众人呼唤时，只见绿腰慢启秋波，微微睇了众人一眼，便合目死去了。

秦竹山长子十分暴怒，骂绿腰玷污了他父亲的棺椁，骂骂咧咧的，措辞极其污秽，令人难以复述。郴州一些旧官员昔日都曾见过绿腰舞蹈，见状都很不满，当下不欢而散。

秦竹山二子扶柩北还，将父亲葬在了故乡。而当日访绿腰不遇的那位知州也是个好事墨客，对绿腰十分怜惜，命人给她买了棺椁，停在城外释了观，正是向绿腰化缘的那位道姑的观中。道姑给绿腰做了法事，便在后山点了一穴，将她埋葬了。

第八节 第二个梦：王府

绿腰在冥冥之中，仿佛又看到了秦竹山，她走到他面前，可是隔着黑暗，她几乎看不清他的脸。但秦竹山也低头望着她，绿腰仍能感到他的眼神，她便对他说道："如果我们来生还能相遇，你会不会娶我？"

秦竹山叹道："可是我曾答应过另一个女子，来生一定娶她为妻。"

绿腰问道："因为我很低贱，她很高贵吗？"

秦竹山道："她同你一样，也是个青楼女子……不过我当时是骗她的，我毕竟看不到来生，所以我把今生许给了你，想和你一起度过后半生。"

绿腰流泪道："可是今生我毕竟没有等到你，也许今生竟比来世更加渺茫。"

秦竹山叹道："绿腰，人生都是孤单的旅程，就算是夫妻，也总有一个先走，谁也不能永远陪着谁。你又何必太难过？"

绿腰哭道："如果你对我完全无情，我也不会这么不甘心，你明明也在想念我，就像我想念你一样！不是我们不想在一起，是命运把我们分开，不让我们相聚！”

秦竹山见她很伤心，心里也觉得很难受，长叹道：“长相思兮长相忆，短相思兮无穷极。早知如此绊人心，何如当初莫相识？如果我们当初没有遇到，遇到了也没有在一起，你也不至于这么悲伤、这么短寿吧！”

绿腰抬头说道：“就算知道如今的结局，我还是宁愿遇到你！就算明知道再也不能相见，我还是会和你在一起！如果不是和你在一起，我这一辈子都会觉得自己很肮脏，永远都洗不干净！和你在一起，是我自己的选择，我觉得自己很干净！我只是遗憾我们相聚的时间太短！我只是遗憾你至死也不能回来见我，让我无法知道你对我到底还有多少情分！如果有来生，我希望我们相聚的时间更长一些，让我看到，你心里也是爱我的！”

绿腰从哭泣中醒来，蒙眬睁开眼睛，依稀看到乌真真家客厅的吊灯，还有墙上的合影。但她半睡半醒，一切都很模糊，看得不是很真切。她似乎看到乌真真仍然站在那里搅着咖啡，她稍稍有些疑惑，心想：“我做了这么长的梦，她怎么还是刚才的姿势呢？难道梦里的时间过得特别快吗？还是我真的去了另一个时空，那里的时间和这里毫不相干呢？”

她想叫一声“真真”，却开不了口，她想起身不再睡了，可是身体不能动。她睁了两下眼，似乎太困倦了，不知不觉又睡着了。

当林婉秋再次从梦中醒来，发觉自己拥着锦被睡在一张拔步床上，床前帘幔低垂，床围上镂刻着睡莲、牡丹图样。她愣了一霎，知道自己仍然在做梦，只是这是另一个梦了，她不再是绿腰，而叫作孙楚华，乃是吴王孙泓的女儿。

她从枕边摸出一块菱花镜，只见镜中映出一个十六七岁少女的容颜，那是婉秋上高中时的模样。她放下镜子，不知是婉秋在继续做梦，还是如今的楚华才是真实世界的人。而秦竹山，也只是五百年前的一个古人，如今楚华寝宫的书案上，还摆着他的词集。她一向喜欢这个大词人，却没想到，她在五百年前竟和他有过那样一段缘分。

但令楚华迷惑的是，这场梦境并非史书上记载的某个朝代，而像这些朝代的杂糅，一切似是而非。帝国以中都洛阳为京师，以开封府为东京，以长安府为西京，以应天府为南京，以顺天府为北京。除了分封宗室诸王，又根据战功加封了十二异姓王，分别为秦王、汉王、魏王、晋王、唐王、楚王、宋王、燕王、齐王、鲁王、吴王、闵王。她的祖父孙非当年被封为吴王，在金陵城内建造了规模宏大的吴王府，殿堂屋宇七八百间，俨然一座小皇宫。

祖父去世后，父亲孙泓以嫡长子身份承袭王爵，三个叔父则封为郡王，在吴王府西侧建造了三座郡王府，只是形制要小得多，每座郡王府只有几十间房屋。她在十岁那年，循例被封为秣陵郡主，如今她便位于金陵吴王府内，她的寝宫名卿云宫。

楚华叹了口气，坐起身子，自语道："昔者庄周梦为蝴蝶，栩栩然蝴蝶也，自喻适志欤，不知周也。俄而觉，则蘧蘧然周也。不知周之梦为蝴蝶欤？蝴蝶之梦为周欤？"又道，"绿腰是五百年前的人，林婉秋是五百年后的人，她们难道是我的前生后世吗？否则关于她们的梦怎么那么漫长、那么详细？"

帐外有人听到她自言自语，便打开帐幔，对她说道："郡主醒了？"只见是一个十四五岁的女孩，穿着银红潞绸灰鼠袄、秋香色棉裙。楚华知道这是侍女阿秀，她看着阿秀来来回回地踩着小碎步，把那一层层帐幔推到两边挂起来。

楚华穿衣梳洗毕，信步走出门外，只见院子里银装素裹，竟下了一夜鹅毛大雪，墙角梅花盛开，像几树云霞落在了人间。楚华心情愉悦，忽然想起绿腰跳过的一支舞，名叫"落梅"，便走过去撷了一枝梅花，举到鼻尖嗅了一嗅，在雪地里轻盈地舞了一回。

楚华回身的时候，看到几个侍女站在廊下望着她咻咻地笑。楚华蓦然记起，如今贵族女子是不屑于跳舞的，贵族虽然喜爱欣赏舞蹈，却比五百年前更加瞧不起歌舞艺人，也绝不让自家的女孩学习舞蹈。

可楚华从小看戏曲杂剧，就偏爱里面的舞蹈，她看了《春秋列国志》，就学里面的西施跳《凌波舞》；看了《唐明皇秋夜梧桐雨》，就学里面的杨贵妃跳《霓裳羽衣舞》。虽然她年纪小，但无论什么舞蹈看一两遍就记住了，跳得像模像样，小时候父母以此为乐，经常笑话她："这丫头不是这些戏里的佳人托生的吧?"但是等她慢慢长大，父母就不许她再学习舞蹈，也不许她再跟家里的小戏子们一起玩了。楚华只好在清晨起床后，在自己卧室做一下拉伸，舒活一下四肢，在人前却是一副端庄矜持的模样。

如今她偶然失态，怪不得侍女们笑她。楚华暗自叹息，白了侍女们一眼，径自向东去父母的寝宫凤翔宫了。踏进大殿，只见吴王孙泓和王妃胡氏正相对而坐，吴王穿着赤色蟒缎海龙皮的便袍，胡氏穿着家常的狐皮袄子和凤尾裙。

吴王笑吟吟对楚华说起一事："为了你的亲事，这几年我在江南才俊中反复挑选，遇到出类拔萃者，便请来相看。但各有各的不足，总觉得不满意，直到姬家前来求亲，我们才觉得称心如意。姬家长孙姬玉玚，今年一十八岁，相貌、谈吐、才学都无人可及，而且他是周朝天子后裔，血统高贵。他的先祖姬奂，乃是东周最后一任天子周赧王的孙子，秦灭六国时带家眷向东迁徙来到金陵。如今经过几十代的盛衰沉浮，姬家已成为本地最有声望的家族，他父亲袭爵为昭勇将军，他叔父现为应天府府丞。昨日初一，姬家已将你们二人的生辰八字拿去宗庙占卜，大吉，爹娘也很高兴，已打算接受他家的定礼了。十三日是太妃寿辰，姬玉玚也会随他父亲前来拜寿，女儿留神观察一下，便知爹娘所言不虚。"

楚华听了这番话，不觉茫然失措。自己如今出身高贵，是个洁白无瑕的女孩，又能与年貌相当的贵族公子联姻，这自然足慰前生，可既然记起了秦竹山，记起了和他临别时的缱绻，和那十二年的等待与绝望，心中不免耿耿于怀。

她忽然想道："那姬玉玚会不会就是秦竹山呢？他在绿腰的梦里是秦竹

山，在林婉秋的梦里是王佑一，难道在这场梦里就不能与我相见了吗？既然上天让我生于王府，有父母疼爱，可知待我不薄，也许，上天不仅会让我遇到他，而且会让他娶我为妻！”楚华想到这里，不觉又悲又喜，又有些羞赧。

吴王夫妇看到楚华表情羞涩，并不反对自己的主张，不觉相视一笑。

楚华思绪飘荡，跟着母亲去太妃宫中晨省。随即三个婶母也来了。太妃并非楚华的亲祖母，楚华的祖母文氏乃是祖父原配，生长子孙泓、三子孙淳和长女孙雯，之后不幸染病下世。如今的太妃郑氏乃是祖父侍妾扶正的，只生了一个儿子，乃是楚华的二叔孙泽。祖父当年还有一名侍妾为其生了一子一女，乃是次女孙霙和四子孙渔。孙泓娶妻胡氏，孙泽娶妻陈氏，孙淳娶妻冯氏，孙渔娶妻姜氏。

楚华看到二婶陈氏身边的女孩，不觉心中一震。这是她的堂妹孙楚纤，比她小两岁，只有十四岁，她们十几年来一起长大，也算很熟悉，但今天看到她，楚华仍然受到极大的震动，因为她竟是梦中的绿蕊！绿蕊那时住在绿腰隔壁，后来吊死了，那一年，绿蕊也是十四岁！楚纤那郁郁寡欢的模样，那怯弱中含着执拗的神情，竟然和绿蕊一模一样！

楚华心中激荡，走上去握住楚纤的手，想好好看看她。楚纤却吃了一惊，对她突如其来的热络感到不舒服，轻轻推开了楚华，站到一边去了，眼神十分冷淡陌生。楚华心中茫然若失，她想起来，在这场梦里，她们虽是姊妹，却似乎一直若即若离，反不如那时亲密。

楚华心中茫然，胡思乱想着，也不知太妃在训导什么。郑太妃只有五十多岁，但总是摆出一副老祖宗的架势。如今她端坐在那里，一边被人伺候着慢慢梳头，一边目中无人地发表着演说，像往常一样，只有她一个人演说，众人只是赔笑附和。郑太妃先讲了自己当年多么孝敬公婆，然后感叹如今的年轻人一代不如一代，对长辈越来越不尊重，常常阳奉阴违。接着她教导诸位媳妇，女人不但要顺从丈夫，更要和丈夫一起孝敬公婆。

她说道："万恶淫为首，百善孝为先！这个孝字，不是做表面文章，而是内心也要克己恭顺，不能对父母有半点怨言！那些淫贱不孝的女人，一个个都没有好下场，就算到了阴间，也要遭受酷刑惩罚！记得我年轻的时候，我娘家有一近邻，夫妇二人倒也和睦，看不出有什么不端行为。岂料一日忽然雷电穿户，正劈到二人身上，其夫整个后背从上到下烧得焦黑，却未伤及性命，那个媳妇却被雷电击穿心脏，身体上留下一个大洞，当时就毙命了。丈夫抚着妻子的尸体哭道：'我性情刚直，难免时常和母亲争论，但是你一向温和，顶多背着人向我倾诉一下委屈抑郁，或者在灯下悄悄掩泪，日常照样侍奉公婆，为什么雷电劈死了你，却留下了我呢?'你们看，这就是那男人的糊涂处了。而我父母虽然贫寒，却都是极明白的人，当时就告诫我们姊妹，说道凡事讲究主谋从犯，这媳妇虽然没有当面和公婆作对，但幕后怂恿，可视为主谋，丈夫一向爱听媳妇的话，可视为从犯，因此雷电劈死了主谋，留下了从犯，可见上天神明，自能明察秋毫!"

郑太妃微微抬了一下眼，见媳妇们态度恭谨，赔笑聆听，王妃胡氏态度谦和，三儿媳冯氏唯唯诺诺，四儿媳姜氏安静本分，唯有亲生之子孙泽的妻子陈氏偷偷撇了撇嘴，白胖的圆脸上透出十二分的不屑。郑太妃目光犀利地射了陈氏一眼，厉声说道："听说你又鞭笞侍妾？还叫人褪了她的裤子跪在地上打的?"

陈氏笑道："虽有此事，但此女一向妖媚，正是太妃常说的那种狐媚淫贱之女！媳妇也只是想管束管束她，却并非因为嫉妒！太妃既然训诫，媳妇以后不打她们就是了!"

郑太妃说道："你打骂妾婢本没什么大不了，这个侍妾听说并无身孕，倒也不妨事。只是你上次责打的那个侍妾，已有四个月的身孕，你打她不打紧，却把她肚子里的胎儿给打了下来！那可是一个成形的男胎！叫我好不痛惜！你也不想想，你们夫妇都是三四十岁的人了，到如今只有一个女儿楚纤，还自幼体弱多病！就算楚纤身体健壮，也只是个女孩，以后嫁了人，并不能承祀你们的香火。你们一个儿子都没有，以后到了阴间孤苦冷清，四时八节，谁为你们祭扫？侍妾所生子女，虽不是你亲生，却能承祀你们的香火，无论哪个侍妾的儿子，他敢不尊你为母亲？子孙后代，自然尊你夫妇为祖先，世代香烟不断！你要是不喜欢那些侍妾，怕她们生的儿子和自己不一心，大可以等她们生了儿子之后，把孩子抱过来自己抚养，平时不许她们和孩子见面，孩子长大了自然和你最亲！你的身份又是正室夫人，孩子岂会疏远你而去敬重一个妾婢？你好好想想吧，别整天叫我替你们操心！”

陈氏只好勉强答应。太妃又说道：“你看你大嫂，如今身边的侍妾芮儿怀了孕，她赶紧给芮儿添派人手照看，人参、燕窝地供养着，又命人预备孩子的被褥衣物，还特意让芮儿的母亲进府来陪伴伺候，这是多么宽宏仁爱，这才是嫡妻的度量心胸！做丈夫的岂能不敬爱她？你说你呀，自以为很聪明，我看你只是想不明白！”陈氏脸色尴尬，颇感不快。

好容易听太妃训诫完，众人告退，陈氏便忍不住口出怨言，说道：“郑老太太就知道站着说话不腰疼，我们都是快四十的人了，丈夫本来就日渐疏远，要是再让小妾生了儿子，这家里哪还有我的位置？整天只有生不完的气吧！我哪考虑得了阴间那么远的事？我活着的时候别受人的气就行了！还不是因为她自己是小妾扶正的，就处处替小妾说话！她本是咱们祖母的侍女，趁着先王妃怀孕生大哥的时候，和先王私通上的，后来祖母就把她赏给了先王！我嫁到府里的时候，她不过是个侍妾，我拜的婆婆根本不是她，而是先王妃文氏婆婆！随后咱们婆婆病故了，她才扶正做了继配！哼，她以为她是谁？现在她用身份压我，我也不便顶撞她，但我身边这几个贱婢，一个比一个有心计，我不压制着她们，难道还等她们来宰割我？大嫂你说是不是？”

胡氏不便褒贬婆婆，便笑着劝解了一番，众人也都劝和劝和，便岔开了话题。

楚华见惯了府中这些婆媳妯娌的是非，只觉十分烦闷无聊，她虽然不喜欢祖母郑太妃，觉得她古板守旧，但她更讨厌二婶，因为她心狠手辣，对身边的侍妾婢女毫无人性，是一个典型的悍妇。

陈氏的独生女儿楚纤，身材却不像母亲那样富态，而是继承了父亲的清瘦，她年纪又小，身量尚未长成，所以看上去清秀瘦弱，惹人怜惜。楚纤从小性情孤僻，一副拒人千里之外的模样，和楚华并不亲近，楚华虽不和她计较，却也并没把她放在心上。但如今楚华想起绿蕊为了保住清白之躯，竟以上吊收场，心中既有叹息，又有敬爱，看她的眼光便温柔亲近了许多。

十二月十三日是郑太妃寿辰，送礼者早在一个月前便络绎不绝，到了十三日正日子，郑太妃在慈寿宫大宴宾客，载歌载舞，冠盖往来，仕女如云。

楚华看到姬玉玚时，他正夹杂在几个锦衣华服的贵公子之间，那几位公子有的含蓄腼腆，有的张扬跋扈，有的圆滑世故，而姬玉玚气质高贵，神情潇洒，一言以蔽之，则是：增之一分则过长，减之一分则过短。他置身众公子之间，如同美玉置身瓦砾之中，闪着独特的光芒。

阿秀在旁边悄悄向楚华笑道："郡主你看，那个鹤立鸡群的就是姬公子，王爷和王妃很挑剔的，郡主这下该放心了吧？"

楚华却觉得十分失望，因为姬玉玚和秦竹山的眉眼、神情、气质没有半分相像，即使秦竹山只有十八岁，也绝不会变成这副不食人间烟火的英俊模样！他显然不是秦竹山！楚华怏怏道："我倒没看出有什么好，我不喜欢长得太精致的男子！男人就应该长得粗糙一些，只有能看出缺点，才显得有血有肉！"

阿秀吐了吐舌头，笑道："郡主这还不满意？整个金陵城的名媛都在抢他呢！"

楚华鼻子里哼了一声，正要离开，忽见姬玉玚远远地向她看了一眼。姬玉玚眼光高傲而冷漠，射在楚华身上，楚华只觉得从他身体内透出一股寒气，森森然向她游了过来，在她身前扩散，把她包裹，几乎瞬间要把她凝固成冰。楚华如堕冰窟，忍不住打了个寒噤，再看姬玉玚的脸，他的脸忽然变长，白得毫无血色，露出一口冷森森的尖牙，仿佛半死不活的吸血鬼一样。

楚华心惊肉跳，心想："这是怎么回事？我怎么看到姬玉玚变成了吸血鬼？我们初次见面，他怎么会对我动情呢？就算动情，他离我那么远，我怎能看到他变形？难道他的本相太过强大，而我偏偏有这种第六感吗？"她揉了揉眼睛，只见姬玉玚又恢复了英俊潇洒模样，正和旁边之人谈笑。楚华十分疑惑，忍不住隐身假山旁，想再观察一下。

姬玉玚此时正从一群女子身边经过，这些金陵城的贵族少女，向来都慕姬玉玚之名，此刻有的不知所措，扭扭捏捏，有的搔首弄姿，想出风头。而那个万人迷似的姬玉玚，带着一副"万花丛中过，片叶不沾身"的冷漠和傲慢，睥睨着这群金陵城最高贵、最美丽的少女。

忽有一个容貌明艳的女孩越众而出，落落大方地向姬玉玚笑道："玉玚哥哥，好几天没见你了，听说你都要定亲了，是哪家的姑娘这么有福气啊？"这女孩一副奚落嘲笑的玩笑口吻，好似和姬玉玚很熟，周围女孩们听到这个消息却都惊呼起来。楚华仔细一看，原来是昭毅将军边通之女边紫云。

姬玉玚淡淡一笑，尚未答话，旁边一位公子抢着说道："姬兄这样的门第人品，自然要配金陵城相貌最美、身份最高贵的女子。大家想想还能是谁？"

这话一出口，众女孩又都失声惊呼，其中一个穿葱绿羽缎狐皮披风的女子，本来只是躲在众人之后，似乎有些胆怯害羞，听到这里忽然转身拂袖而去，脸上神色十分抑郁。楚华见那女子正是自己堂妹孙楚纤，楚华心惊道："难道她也喜欢姬玉玚？"

楚华忍不住又看了姬玉玚一眼，只觉得他冷得吓人，那不是刻意伪装的冷酷，而是他根本不像一具血肉之躯，他像是寒冰或者岩石做成的，毫无暖意。他有意无意又看向这边，楚华便觉不寒而栗，再多看一眼，便又看到姬玉玚的脸变了形，像是来自地狱的魔鬼，尖利的獠牙，苍白的脸。她无心再逗留，便悄悄转身离去，心里觉得自己和姬玉玚的这桩婚事十分不妥。

楚华这夜接连做噩梦，一闭上眼就梦到姬玉玚的脸变了形，不是龇开长满尖牙的大嘴想要吃了她，就是掐住她脖子想要吸她的血。楚华惊醒了好几次，可姬玉玚拥有那么高的赞誉，只有她能看到那些怪异的形象，别人都看不到，她该怎么向父母解释呢？

第九节 隔世故人

次日上午，楚华闷闷不乐地坐在窗前看雪景。忽有一个穿着狐裘的少年走进屋来，对楚华笑道：“妹妹在做什么？”

原来是世子孙楚奇，也是王妃胡氏所生，年十八岁，是楚华亲兄长。吴王孙泓夫妇只有这一子一女，侍妾芮儿虽有身孕，尚不知是男是女。孙楚奇虽为世子，却不爱循规蹈矩，整天只和一群纨绔子弟架鹰驱狗，聚赌斗殴，不务正业。

孙楚奇见妹妹悒悒不乐，便说道：“我带你出去逛逛吧！”于是楚奇带着妹妹从后门人少处溜了出去，门房侍卫见到楚华虽然诧异，但见有世子带着，也不敢拦他们。兄妹二人来到集市，只见酒家客栈林立，天南海北的生意人操着各种口音吆喝，当街又有很多杂耍卖艺的，还有开不起店背着货架走街串巷的货郎。

孙楚奇笑道：“你想要什么稀罕东西？我买给你！啊哟！可惜我没带银子，平时都是侍卫带着银子，今天为了躲开众人，就咱俩偷偷出来，我却一两银子也没带!”

楚华笑道:“我刚才出门时,在荷包里放了几块碎金子,还有一把铜钱。”

二人随意游玩,楚华平时只能从车轿中观看街市景象,今日步行其中,只觉盎然有趣。一时看到前面有一群人围成个圈儿,似乎在看表演。圈内有人吆喝,又有什么东西吱吱乱叫。二人便挤了进去,只见是个耍猴的,一共两只猴,脖子上都拴着长长的绳子,尾巴都剁掉了,露着红红的屁股。

耍猴人牵着其中一只猴,大声呵斥它,命它做出各种动作。猴子做得并不好,它似乎很惊恐,左顾右盼,跳来跳去,就是不按耍猴人说的去做。耍猴人很恼怒,拿着个大鞭子唰唰唰地挥舞着,使劲抽打那只猴子。猴子被抽打得发出各种尖叫,拼命往四处乱跑乱跳,但因为脖子上拴着绳子,根本跑不掉。耍猴人手里一拽,就把猴子拽回来了,接着又是一顿狠狠的抽打和斥骂。

楚华见那只猴子被打得很凄惨,不觉皱起了眉头。她又注意到,两只猴子身上的皮毛都掉得东一块西一块的,好像剃头不小心剃光了几块,又像是不小心被热水烫掉的,令人惨不忍睹。一只猴子被打骂着做各种动作,另一只猴子则站在一旁一脸恐惧地张望着,两只脚一动也不敢动。耍猴人手里的猴子被打得急了,忽然尖叫一声,牙一龇,猛地蹿到耍猴人脸上,表情狰狞地扑上去撕咬他。

人群发出一片惊呼,楚华也吓了一跳,生怕猴子凶性大发抓到自己。耍猴人眼尖手快,左手绳子一抖,右手鞭子夹头夹脑向猴子打去,转眼又把猴子抽打了一顿,猴子偃旗息鼓,不再做无谓反抗,吱吱哀号着,四处躲避耍猴人的鞭子,但由于脖子上的绳子在耍猴人手里,所以被拽得满地翻筋斗,身上鞭子仍是如雨点般落下来。楚华从没见过这么残忍的动物表演,她胆战心惊地退出人群,拉着楚奇说不想看了。

两人又往前走,走不多远,又见一群人在围观什么,这个圈子更大,里三层外三层,还发出阵阵喝彩声,原来是搭班卖艺的。楚华心想:“这个可别像刚才那么残忍才好！”

正在表演的是喷火，一个瘦小的老头站在雪地里，颤颤巍巍像一片风中的树叶，只见他举起一只破碗，喝了一口什么东西，咕咚一声咽了下去，然后张开嘴慢慢走了一圈，伸出舌头让人们看他的嘴，表示已把喝的东西咽到肚子里了，没有藏在嘴里。然后他又慢慢走回圈子中央，双膝微曲，左手照自己肚子上拍了几拍，右掌平平举在胸前，摆出一个类似太极的姿势，然后忽地喷出一口水柱，就像传说中会喷水的龙那样。水柱经过右手时，忽然燃着了，变成一个火柱，直喷出去有一丈长。

人群发出一阵喝彩，待他表演完，拿着破碗转圈收钱时，便有人掏出三个两个的铜钱扔给他。楚华见他年纪甚大，好似已有七八十岁，而又衣衫褴褛，步履蹒跚，空有这些本事，仍老无所养，还要走到街头讨生活，甚觉可怜，便从荷包里掏出一小块碎金子，轻轻放到老头的破碗里。

老头见是金子，不觉吃了一惊，把金子捏起来咬了一下，忙紧紧攥在手心里，又颤颤抖抖跪到雪地里，向楚华磕了一个头。楚华见老迈之人向自己磕头，不觉暗叫惭愧，忙伸手扶那老头，说道：“老人家，快起来！”

却听楚奇大声说道：“快别扶他！他身上很脏！”说着一把把楚华拉了过来。

老头收完了钱，紧接着又有一个虬髯大汉表演了吞刀，把一把长刀一点一点吞到肚子里，再一点一点拉出来。然后又有一个女子表演了钻桶，只见她一个劈叉坐在雪地上，往前一趴抱住自己的一只脚，然后保持这个姿势从一个极细的木桶里钻了过去。

这两个人转圈讨钱时，楚华照例都给了一小块碎金子，围观众人不禁咂舌，纷纷说今天这卖艺的交了好运了。卖艺的也都满脸笑容，自觉今天的收成能抵上以前的好几个月，看来这个冬天不会被饿死了，兴许还能添件暖和衣服。围观众人议论纷纷，注意力竟大半转到了楚华兄妹身上，只见他二人锦衣狐裘，不知来自什么富贵人家。

楚华想躲开众人的眼光，便拉哥哥离开，说不想看了。楚奇不走，嘻嘻笑道："那角落里还有一个卖艺的，都看完了再走吧！你给了那三个人金子，却不给这最后一个，只怕这人回去要嫉妒死了！"

楚华看时，果见从角落里出来一个十八九岁的少年，走到场子中央站定。这少年身材笔直，衣衫单薄，手持一柄长剑，微微仰着下巴，他的神色十分阴郁，眉毛平直、鼻梁挺拔，下巴的轮廓像是用硬头铅笔勾画的。他虽然置身人群的中央，却仿佛独立在弥漫着白雾的冰原，浑身上下透着一种说不出的孤独。

楚华一看到他的眼睛，不由得便呆住了。原来是他！在前尘旧梦里，绿腰八岁那年，被贩卖的船上，那个总在安慰她的男孩！他的眼睛那么明亮，又那么忧郁，让人看过一眼，便再也难以忘记，想不到前世未能再见，今生却又相逢！

楚华内心非常激荡，有种他乡遇故知的感觉。正想着，只见这少年已剑尖朝下，微微颔首，向人群行了一圈礼，然后唰地一剑划出一道白虹，众人只觉眼前寒光闪过，剑尖险些划破自己眼睛一般，都忍不住惊呼一声，眼一闭把脸扭到一边。回头再看时，只见少年剑尖斜斜朝上，正一剑接一剑刺出，步伐沉稳敏捷，出剑极快，一剑套一剑连绵不断。

楚华初时吓了一跳，只觉他剑上的寒气逼人，待看了一会儿，又觉得无非是一些脚步腾挪和击剑动作，跟武侠剧里精彩的武打情节相差太远了。他虽然脚步稳健，腾挪敏捷，但并不像武侠剧里那样上下翻飞，他的脚只不过挪来挪去，顶多有一些跳跃动作，但一下也没踢出去，既没有踢一个少林和尚那样的朝天蹬，更没有像玉娇龙那样往后一踢踢到后脑勺了。他的剑法倒是看上去既猛又快，但是看得时间长了又觉得动作比较单一。如果他多做几个转身，并向不同的方向出手，也许就好看了，但他只是反复地做一些看上去很雷同的动作，一剑又一剑刺得很快，根本没有一点节奏感，甚至看都看不清楚。

围观众人十分失望，觉得这少年挥剑乱刺滥竽充数，既没有喷火和吞刀惊险，更没有那个女子的钻桶漂亮，不觉发出“嘘、嘘”的喝倒彩之声。又有几个人嚷嚷：“不好看！不好看！表演个别的！不然不给钱！”这少年置若罔闻，阴沉着脸把一套剑法演完。

楚华心中愤愤不平，对楚奇说道：“他如此孤苦，能学到剑术已经不错了！这些人也太挑剔了！”

楚奇嘻嘻笑道：“这人倒是个用剑的行家，只是对着这些贩夫走卒舞剑，无异于对牛弹琴，倒是可惜了的。”

楚华意外道：“哥哥，你说他的剑法很好吗？我倒不懂这个！”

楚奇笑道：“我虽然剑术不精，但自幼也经过名师指点。略懂点武功的人就知道，刚才那三个人的表演无非是花架子，那女子无非身体柔韧，那是从小练就的，咱们家的舞姬每一个都能那样做，而且姿态还会更优美。而那老头的喷火和那大汉的吞刀，临阵一点用也没有，只是拼着伤了自己身体来混口饭吃。只有最后这个人的剑法是实打实的真功夫，只是在这里也派不上用场。”

楚华心中释然，瞧着楚奇笑道：“哥哥懂得还真不少！”又自思道：“你今生虽然仍出身贫寒，但你有这等身手，何愁没有用武之地？”

她忍不住含笑看着那少年。只见他剑尖朝下，抱拳又向众人行了个礼，便撩起衣衫下摆收钱，众人嫌他表演不精彩，又沉着脸不言不语，也不会说句客气话，忍不住纷纷摇头，陆陆续续四散走开了，有几个好心的往他衣服上扔了一两个铜钱，教诲他道：“你这孩子长了这么一副聪明相，以后多跟那几位学学，也好长点本事！”那少年皱着眉头冷笑，也不答言。

楚华深感不平，便去荷包里摸金子，想一反众人之态，独给他一份肯定。等那少年经过面前时，楚华却又羞愧起来，想道：“我们本是平等的朋友，没想到我如今侥幸生在王府，如今让我居高临下地施舍他，我于心何忍？何况他在贫困中学得这样精湛的剑术，实在令人敬佩，他又岂该受我的施舍呢?”因此手伸到荷包里却迟疑起来。

楚奇笑道：“这小子不错，好妹妹，赏他一块大的!”楚华却暗叫糟糕，原来她出门时只带了三块碎金子，心想这就够买一车玩意儿了，带多了也没用，不如多带些零钱，还省得找不开。如今即使拿金子给他已令人羞愧，又岂能拿铜钱给他呢?

围观众人此时都盯着楚华，见她并不掏金子出来，反而扭过头去不再看那少年，众人哈哈大笑，纷纷指着少年说道：“瞧，连这位小姐也嫌你学艺不精糊弄人了！哈哈哈哈!”

那少年也早就注意到了楚华，她穿着大红羽缎白狐狸毛的披风，和一个穿着玄狐皮袍的贵公子站在一起，周围人群虽然拥挤，却似乎怕碰脏了她的衣服，都和她稍稍离开些距离。她那么华贵，又那么美丽，想不注意到她是不可能的。只是少年心想：“人家如此娇贵，如同天上的仙女，而我不过是地下的草芥，我在街头冒着风雪讨生活，人家只不过偶尔走来瞧热闹，一回头就各干各的事儿去了，我又何必多看她呢?她是不是很高贵，是不是很美，跟我有什么关系?”

只是刚才楚华已给了三次金子，如今独不给他，还故意扭过头去不看他，引得众人一片哄笑。这少年心中抑郁，冷笑了一声，一眼也不再瞧楚华，抬脚继续往前走去。前面众人见楚华不睬他，如同看到了法官的判决，更加都不理睬这少年了。这少年接下去竟一个铜板也没讨到。

楚华非常懊恼，心想：“如果不是因为我不给他钱，大家也许不会这样嘲笑他，他既有本事，却又流落街头，已经郁郁不得志，如今因为我又被人嘲笑，心里不是更加抑郁不平吗?刚才哥哥还说了一个赏字，真把我羞愧死了!可是他既然为了生存来卖艺，想必很需要钱，我这一搅和不打紧，他却要喝西北风了!”

楚华见这少年满场走了一圈，也没收到几文铜钱，反倒招去一场耻笑，她深觉愧疚，猛然想起自己身上还有两件首饰，比刚才的碎金子值钱许多倍，而且首饰岂不比碎金子更显得尊重吗？——只是想鼓励他一下，我前世的朋友！莫愁前路无知己，天下谁人不识君？

楚华忽然抬起手向那少年招了招，微笑道："你过来！"

那少年有点诧异，迟迟疑疑走了过来。还没散开的人们也都看着楚华，不知她有何话说。只见楚华低下头，从发髻上拔下一支凤头钗，这支金钗虽不算很大，但雕镂精致，那彩凤似要展翅欲飞的模样，凤首高昂，凤尾飘摇，凤嘴里还衔着一串洁白莹润的珍珠。楚华把这支凤头钗递给那少年，那少年吃了一惊，犹豫着不敢接。

楚华婉言说道："你剑术很好，我并不是有意令你难堪，只是荷包里没了金子了。"说着见众人又在指点议论，楚华有些羞涩，把钗往那少年身上一丢，转身就走，留下那少年惊诧地站在当地。

孙楚奇跟上来大呼小叫道："哎呀我的好妹妹！你把你的首饰赏人啦！啊呀呀，这可了不得啦！"

楚华横了他一眼，说道："这有什么了不得的！我没金子了，白白让那个人难堪，只怕还要没饭吃！都怪你，出门也不带银子！"

楚奇笑道："可是你头上戴的东西，怎么能赏给一个男人呢？我看着又吃惊，又好笑，看你回去怎么跟娘说！"说着幸灾乐祸地瞧着楚华。

楚华笑了一笑，说道："只要哥哥不说，娘怎么会知道？只可惜忘了问那人的名字，我上辈子一定认识他……"

却说那卖艺少年名叫张雪崖，本极聪明勤奋，但落魄江湖多年，郁郁不得志，受尽冷眼羞辱，性格逐渐变得沉郁乖戾，就连前次渡河时，旁边一个相貌粗陋的大嫂见他衣衫破旧，脏兮兮的，脸色又阴沉得可怕，只怕他是那种穷急跳墙、杀人越货的歹徒，本已坐在他身边，又站起身远远找地方坐，不敢挨着他。

张雪崖本以为楚华那千金小姐瞧不起他，心中愤愤，便也不愿睬她。后来楚华却送他一支金凤钗，并向他婉言解释，张雪崖既意外，又感激，心中十分震撼，心想："这个漂亮的小姑娘是哪家的？今后还能不能再看上一眼？"因此楚华和楚奇走了之后，张雪崖不由自主，远远跟着二人，见他们进了王府，他便向路人打听，才逐渐知道二人身份。

张雪崖心中感慨，她乃王府郡主，而我与乞丐无异，如今真是一场奇遇，定是上天对我的安慰！只是我哪敢有太多幻想，只求此生能再看她一眼，便觉心满意足，别无他求了！

张雪崖回到存身的破庙，把那凤钗贴身放在胸口，晚上躺在冰凉的草堆上，临睡之前，眼前总是浮出那张娇美无比的面孔，不是向他凝眸，就是向他浅笑；白日里，他也变得心神不定，总要鬼使神差地走到王府围墙外徘徊。张雪崖每天在王府附近徘徊时，心里乱糟糟的，理不出个头绪，但他知道和楚华结交只是痴心妄想，他也不敢存这个心，只是盼着她能再出来一趟，让他再见上一面。

可是直到除夕，楚华也没再出来。张雪崖在破庙中独自度过除夕，迎来新的一年。那三个一起卖艺的同伴本是临时同台，如今已各自飘零。张雪崖孤孤单单，形影相吊，除夕夜在缺了口的铁锅里熬稀粥、煮野菜，怀里那凤钗却说什么也舍不得卖掉。

第十节 姬兰卿

正月是王府最繁华热闹之时，祭祀和宴会不断。今年正月更加喧闹，正月十二日行纳征之礼，姬府送来三十六担贵重聘礼，王府上下庆贺欢宴，唯有楚华暗自发愁。她试图向父母解释自己的担忧，她看到姬玉玚变成吸血魔鬼，她说她不喜欢他。但父母笑她胡思乱想，以为她只是少女临嫁时常有的慌乱。

楚华看着整个王府为她的婚事忙乱，一个个笑意盈腮，可他们忙的只是程序上的繁文缛节，似乎和她本人并没关系，也没有人关心她心里是怎么想的。楚华越来越愁闷。孙楚奇来看妹妹，安慰她说："我也很讨厌姬玉玚那副傲慢的样子，可这事儿木已成舟，妹妹也不必自寻烦恼了，就算让你重新挑一个，你又能挑出什么三头六臂的人物来?"

楚华道："如果我实在不愿嫁他，哥哥帮我想想，可还有什么办法?"

楚奇开玩笑道："那只有出家了，你铁了心去做尼姑，谁还能把你从庵堂里拖出来?"

楚华说道："做尼姑倒也清净，只是我舍不得这一头长发。再说，我到今年五月才满十七岁，我这一辈子，难道就不能遇到一个真心相爱的男人？如果我遇到了他，他见一个尼姑爱上他，虽然一时难免沾沾自喜，但他也许又会觉得我淫贱而不可靠，谁会觉得自己应该娶一个尼姑呢？就算我愿意为他还俗，他也会觉得太费周折，又不合常规。可我若遇到相爱之人，自然会想嫁给他，那我岂能以尼姑之身遇到他呢？”楚华说这番话时，她设想的那个他便是秦竹山。

楚奇笑道：“这么说你并不愿出家，还是想嫁人的，只是不肯嫁给姬玉玚罢了。那你可以出家一年两载的，等过了这事儿再还俗。唐朝的时候，吐蕃来求亲，想娶太平公主，武后舍不得，就让她出家做了女道士，过了几年又还俗招驸马。妹妹不想嫁姬玉玚，也可以仿效太平公主，先出家，再还俗，不就可以了？”

楚华笑道：“太平公主出家，是她父母安排的；我说出家，爹娘岂会答应？我必定得赌咒发誓，甚至以死相争，他们才有可能勉强依从我，这样出家以后，没过两年我又说要还俗待嫁，这不是胡闹吗？我又怎能说出口？而且我出尔反尔，以后我再说话还有谁会听信？”

楚奇笑道：“妹妹既想要感情，又想要名分，这恐怕是极难的事。如果别计较名分，其实出家倒比在家自在一些。你看唐朝那么多公主郡主出家，住在道观里，自由自在，花天酒地，身边聚集着许多风流名士，经常举行一些宴会，饮酒作诗，歌舞娱乐，不是比守着一个驸马舒服快乐得多？唐朝的玉真公主，就是出家为道，传说和李太白、王摩诘都有私情，这些人还为她争风吃醋。李太白有一首诗，名叫《玉真仙人词》，就是写给玉真公主的。妹妹想要感情，那不如索性真出家罢了，何必想着还俗呢？”

楚奇虽在说笑，楚华却认了真，说道：“哥哥说的是唐朝，唐朝风俗开放，本朝却最重礼法，哥哥见本朝有哪个公主郡主出家了又这么自由的？别说公主郡主出家的，就是民间的那些普通尼姑、道姑，若是与人偷情，被人揭发，也是要拉到官府上刑受辱的，不但身体受摧残，而且颜面全失，甚至于游街示众，被全城人跟着诟骂，求生不能，求死不得。古代的传说虽然风流又美丽，眼前的现状和人心却残忍又龌龊。我要是真的出了家，只怕一辈子只能守着青灯古佛，就像一段朽木，毫无生趣了！”

楚奇笑道：“妖妹不愿出家，又不满意婚事，我也没有办法了。我要是有权做主，我倒愿意成全妹妹，妹妹要是不喜欢谁，就算成了亲也可以不用理他；妹妹要是看上了谁，不妨把他娶来做男妾好了。可惜我又没这么大的权力，上面有父王，再上面还有皇上，又轮不到我来管妹妹的事儿。”楚奇一向和楚华亲密无间，无话不谈，此刻信口胡诌，不过是说说而已，楚华若真如此做，只怕他又会跳着反对了。

楚华也忍不住笑道：“要真这样，我们兄妹还不得被人骂死？南朝的山阴公主对她弟弟说，我和陛下都是先帝的子女，陛下身为男人，便可以有后宫万人，我身为女人，更只能守着一个驸马，事情之不公，何以至此？她弟弟便送给她一些男妾。其实细想这番话，也不无道理，可是男人们即使娶妾嫖妓，也照样冠冕堂皇，不会影响自己的身份地位，女人偶有私情便似乎应该下地狱！而那山阴公主，更是被古往今来的史书添油加醋，骂她淫荡无耻，骇人听闻，骂得她就算再过一千年也不能翻身！别说本朝对女人的要求这么严苛了，就算大唐盛世的时候，还出了个女皇帝的，可是男女之地位仍相差万里，皇帝后宫有名分的侍妾便有三妃、九嫔、二十七世妇、八十一御妻，没有名分的更不用提，皇帝就像一匹种马，可是仍然受万民爱戴，可女皇帝武则天只因有几个男妾，便被世人诟骂，连女皇都如此，更别说皇后公主们了！这世道之不平由来已久，我又岂能与之对抗？我并没有野心娶什么男妾，我承认女人是弱者，我也乐意出嫁后忠于丈夫，相夫教子，只是我希望能嫁一个喜欢的人，‘愿得一心人，白首不相离’！”

楚奇搔首道：“我倒引出妹妹的牢骚来了！‘愿得一心人，白首不相离！’

那只是一种理想，现实中哪能办到呢？”

二人说来说去，毫无结果，而姬家又来请期。楚华心烦意乱，这天上午，从凤翔宫出来，在王府乱走，一抬头已到了后门一带，心想，索性出去逛逛街散散心。她此时有了21世纪林婉秋的思维，希望能经常逛街的愿望比以前强烈许多。

后门门房里七八个人见楚华独自走来，都惊慌失措地跑出来，虚虚地拦住她，不敢放她出去。楚华索性背起双手，冷笑道：“哥哥还没出来吗？”

众人笑道：“没看到世子殿下。”

楚华不耐烦道：“怎么这半天还没出来？一会儿等他出来，就说我在右边拐角处等他。”说着大步向外走去。

众门房以为楚奇又带她一起出去玩，又不敢真动手拉她，便面面相觑，迟迟疑疑地放她出去了。楚华放慢脚步，大摇大摆出了门，走到街角拐了弯，这才舒了一口气。她沿着大街信步往前走，却并没发现，自她一出门，就有条人影远远地跟了上来，等她站住时，那人又赶紧闪到一边不见了。

楚华正行间，只见前方一阵喧闹，是两三个女人在争吵，围观的人越来越多，但都是看热闹，没有一个上去劝解制止。楚华不喜欢凑这种热闹，便想从旁边径自走过去。忽听人群中一个年轻女子的声音说道：“像这种不要脸的贱货，直接杀了就算了，姑姑何必多费口舌？”

楚华听这声音，倒觉有些耳熟，忍不住回头去看。只见那女子相貌明艳、态度娇蛮，正是那个和姬玉玚很熟络的边紫云。楚华纳闷道：“她身为大家千金，怎么不顾身份，在大街上吵架骂人？”

却见边紫云抬脚向对面一个白衣女子身上踹了一脚，那女子被踹倒在地，捂着肚子呻吟。边紫云从小随父亲舞枪弄棒，颇有几分武艺，对面那女人看上去却很柔弱，头发蓬乱，衣衫破损，脸上也已青肿。楚华见状有些不平，便停住脚看是怎么回事儿。

只见边紫云旁边还有一个黑衣女子，身材瘦长，神色冷峻，本来相貌也算俊美，但她左右额角各有一绺白发，夹在黑色长发里，使她看上去老了不少。这黑衣女子似已有三四十岁年纪，边紫云称她姑姑，对她十分恭谨。

楚华诧异道："边紫云那么傲慢的人，也会有恭谨的时候？这女人是谁？是边通的妹妹吗？"

只见黑衣女子对着委顿在地的白衣女子说道："我辛辛苦苦找了他五年，一直想知道把他勾走的人是什么样的天姿国色，谁知道你却如此平庸，真叫人失望啊！"黑衣女子眼望天空，似乎对此迷惑不解，又喃喃自语道，"我姬兰卿十五年前也是名动金陵的美人，论出身、相貌、才华，甚至武艺，哪一点比不上你这贱人呢？"

白衣女子半卧在地上，捂着肚子抬起头辩解道："姬小姐是天上的天鹅，五娘只是地上的麻雀，我知道我这辈子都不能跟你比。但是，我并没有勾引宋郎，是他主动要娶我的，而且我嫁给他的时候，他已经离开你了！"

黑衣女子姬兰卿脸上全是恨意，说道："哼！想当初，也是他主动接近我！他不过是我家门客，身份卑微，我当年为了他，跟家族断绝关系，只拎了一口剑，跟他离开了金陵。我为了他，从一个贵族小姐变成游走江湖的民女，从此一无所有！我死心塌地跟着他到处奔波，谁知道过了七八年，他觉得疲倦了，开始嫌弃我。可恨啊！居然对别的女人说我们已经分开了！他当初赌咒发誓的时候，说什么永不分离！都是骗人！撒谎！可耻！可恨！我当初怎么就瞎了眼呢！哼哼，这种男人，真是死有余辜！"姬兰卿说到最后一句，已是咬牙切齿。

自称五娘的白衣女子听到"死"字，不觉心惊，蓦地坐起了身子，问道："宋郎呢？你把他怎么样了？"

姬兰卿冷笑道："这种负心汉，留着何用？我已经把他杀了！"

五娘似乎不敢相信，说道："姐姐不要说笑！你如果不是还在爱他，怎么会找他这么久？如果爱他，又怎会忍心杀他？何况宋郎对姐姐一直心怀愧疚，也一直念念不忘，就算我嫁给他，他也没给我夫妻名分，虽然有一夫一妻之实，又生了孩子，但他只承认我是侍妾！在他心里，始终都留着姐姐的位置！姐姐！你怎么对我我都无怨，我自甘为妾，不敢跟你相争，但是求你不要为难宋郎。就算你撵我走，我也不敢说什么，但是求你让我再见他一面，只要他能过得好，我就算走了也没什么牵挂了！”

楚华心想：“好像是两个女人在争老公，那黑衣女人虽然被遗弃，有点可怜，但又似乎不讲理。她那么厉害，不知道是不是把老公藏起来了，看这光景，那男的未必愿意跟她回去呢！只是这黑衣女人自称姬兰卿，必定不是边通的妹妹了，而金陵除了姬玉玚家，哪有第二家姓姬的？”

只听姬兰卿冷笑道：“这种男人，当初那样绝情地背叛我，现在就算跪着求我，我也不稀罕要了。再说他那么犟，一心要回来见你这贱人，我就算留得住他一时，又岂能留得住他一世？我不能时时刻刻跟着他，还得防着他再次背叛我。所以，我干脆一剑把他杀了！”

姬兰卿说得很平淡，仿佛杀人就像吃饭一样平常，不但五娘不愿相信，连楚华也将信将疑。

忽见姬兰卿惨然一笑，又道：“这死鬼虽然死了，却能一直陪着我了。只是他的孩子在哪儿？我得把她带回去，陪着她老子，要不她老子在阴间岂不是寂寞牵挂？”

楚华听了这话，心里咯噔一下，心想：“难道这女人真把她老公杀了，现在要杀小孩？还是故意吓人的，只是想抢孩子回去好让她老公不再挂念别人？”

忽听街边一户人家里有个稚嫩声音哭道：“娘——娘——”却是一个老婆婆怀里紧紧抱着一个两三岁的小女娃，掩在门内偷偷向外张望。那女娃脸上带泪，眼神又疑惑又惊恐，把小手拼命伸向门外，冲着委顿在地的母亲哭喊道：

“娘——抱抱——”

边紫云忽然蹿上去，一把把女娃抢在手里，举了起来，厉声说道：“姑姑，这就是那贱人的女儿！你说怎么处置?”

五娘见女儿被对方抢去，不觉像疯了一样，不顾浑身伤痛，跳起身来张牙舞爪地向边紫云扑去。边紫云被她的声势吓了一跳，不觉闪了一闪。五娘一把抢过女儿抱在怀里，转身就往屋里跑。

边紫云回过神来，伸手抓住五娘脑后头发，往后一扯，把她扯得仰天倒下。五娘摔倒，怀里的女孩也朝地下摔去。人群中发出一片惊呼。好在五娘虽然摔倒，却把孩子抱得更紧了，又是向后倒地，孩子便摔在了母亲怀里，并未受伤。饶是如此，那小女孩也受了惊吓，已经惊恐得哭不出声了。

楚华本来在犹豫该不该劝阻她们别用暴力解决问题，又怕自己不但拦不住，反而被卷进去受到羞辱。现在看到小孩子摔倒，她无暇多想，扑上去把孩子扶了起来，又把五娘拉起来。五娘本来神志几近狂乱，刚才被人殴打羞辱又被路人漠视指点倒也罢了，如今眼看祸及爱女，怎能不惊恐?如今忽见有人挺身帮自己，仿佛溺水之人抓住了一根稻草，陡然看到了希望。

却听姬兰卿立眉喝道：“死丫头！你是什么人？胆敢管我的事!”

边紫云见是楚华，也有些意外，说道：“姑姑，这是吴王的女儿，秣陵郡主孙楚华。”

姬兰卿冷笑道：“原来是你这丫头，长这么大了！看在我与你母亲当年的姐妹情分上，我不为难你！你躲得远远的，休要多管闲事，否则别怪我翻脸!”说着探手去抓那小女娃。

楚华赶紧踏上一步，挡在五娘和女娃身前，昂首说道：“您既然是我母亲的姐妹，那便是我的长辈了，我至少该叫您一声姨娘！好姨娘，求您看在这孩子年纪太小的分上，别难为她了，大人的事跟小孩子有什么关系呢？她不过是个两三岁的小孩儿，懂什么呢?”

楚华这套大人的事跟小孩无关的理论，听得边紫云倍感好笑，觉得楚华一副聪明相，怎么说话像个呆子？边紫云幸灾乐祸地向姬兰卿瞧去，只见姬兰卿气得焦躁起来，怒道：“你这丫头胡搅蛮缠什么！这贱人生的贱胎，怎么就跟我没关系了！”

姬兰卿说着，抬手一掌把楚华推开，身形一晃，已欺到五娘身前。五娘死命抱住孩子，姬兰卿照她脑门拍了一掌，五娘登时感到天旋地转，手臂不觉放松，女娃已到了姬兰卿手里。

楚华被姬兰卿推开时，看上去姬兰卿并未用力，只随便一推，但楚华只觉得胸口一窒，又闷又痛，已被一股极大的力道击中，向后踉跄了七八步，身不由己向后倒去。就在这时，突然有人伸手托住她后背，往旁边一带，把力道化开。楚华只觉得背心一阵温暖，像是撞到了一堆软绵绵的东西上，天旋地转之后，忽然看到一张年轻的脸，原来是那天那个卖艺少年，站在旁边扶住了她。

楚华十分惊喜，说道：“是你？”

第十一节 巫女淮秀

那少年看着楚华，冰冷的眼光中似乎含了些笑意，尚未答话，忽见姬兰卿左手举起女娃，右掌高高抬起，对着五娘厉声笑道："哈哈哈！孟五娘！我要让你亲眼看着自己最爱的人被人抢去，我要让你后悔一辈子，痛苦一辈子！我要让你知道我这些年心里有多苦！"说着抬手向小女孩拍去。

一片惊呼声中，楚华几乎魂飞天外，孟五娘像痴呆了一样连声音也发不出了。却见眼前一花，那卖艺少年张雪崖不知何时已闪到姬兰卿旁边，抬起手肘向她胳膊撞了一下，伸手已把孩子抢到了怀里，再一闪身，已后退到一丈之外。

姬兰卿冷不防，倒吃了一惊，打量了张雪崖一眼，喝道："臭小子！好身手！你是何人？敢坏我的事！"

张雪崖答道："在下张雪崖。请问这位前辈，她只是个两三岁的小娃娃，你怎么下得了手？"孟五娘已扑上来接过孩子。张雪崖伸手将她推向屋内，孟五娘脸上全是劫后余生的惊喜，抱紧女儿拔腿跑进屋里去了。

姬兰卿大怒，她一恨张雪崖救了情敌之女，中断了她的复仇快感；二恨自己一向自视甚高，却被一个无名小卒偷袭成功，大大损伤了自尊心。她脸色煞白，唰地抽出一柄长剑，向张雪崖刺来，口中骂道："臭小子找死!"手下毫不留情，剑剑刺向张雪崖要害，想要结果了他的性命。边紫云则亮出一对弯刀，在一旁掠阵。

姬兰卿出剑既狠又快，只见她黑衣飘舞，剑光闪烁，长剑划出的冷光如车轮般在张雪崖周身滚动，张雪崖便在剑影的罅隙中闪避还击。姬兰卿见张雪崖腰间挂了柄长剑，却并不抽出来，只是徒手接招，姬兰卿一向骄矜自持，岂能容一个衣履敝旧的后辈小子轻视自己？她不禁勃然大怒，喝道："拔剑!"

张雪崖边闪避边说道："前辈住手！我和你并无深仇大恨，何必以性命相拼!"

姬兰卿哪里跟他啰唆，仍是冷着脸喝道："拔剑!"

姬兰卿剑法修为颇深，楚华站在人群里，见她每一剑都险些刺中张雪崖，虽然都被张雪崖避过，但只要有一剑刺中，张雪崖也许就一命呜呼了。楚华一颗心提到了嗓子眼，忍不住跟着围观人群发出一阵阵惊呼。

张雪崖徒手接了姬兰卿十几招，只见她剑势咄咄逼人，非往日遇到的庸手可比，也忍不住暗暗称奇，一个闪避不及，只听哧哧两声，身上衣衫已被划破两条大口子，露出了肌肤。张雪崖见姬兰卿毫无住手之意，反而欲杀自己而后快，当下不敢大意，反手拔剑在手，喝道："得罪了!"

张雪崖一剑在手，如同猛虎伸出爪牙，局势顿时大变。那天楚华见他独自表演，只觉他刺得毫无章法，如今和姬兰卿真刀真枪白刃相搏，却只觉他剑法既准且狠，往往从意想不到的方位出手，又快得令人匪夷所思。楚华耳中只听得叮叮当当剑刃相击之声，眼前只见两个人影在剑光中翻滚，也数不清有多少招，只见姬兰卿已由进攻变为防守，渐渐几无反击之力。

楚华一颗心稍稍平定，忽见边紫云咯咯笑道："喂！那穷小子！你干吗管我们的闲事呀！你瞧我们小郡主怎么了?”说着抡起弯刀，兜头向楚华砍去。楚华听她提到自己，不觉一愣，不知她什么意思，忽见她抡起弯刀，向自己面门砍来，楚华大惊失色，掩面惊呼。

边紫云袭击楚华乃是出其不意之事，不但张雪崖没想到，楚华也没想到，就连边紫云自己也是突然起意，为帮姬兰卿扭转局势而碰碰运气。她刚才看到这穷小子出手相救楚华，两人虽未来得及说话，但是照面之间，神色十分亲切，不知两人是何渊源。边紫云看出这小子必定关心楚华，但至于会不会舍身救人，却只能试试再说：若他来救楚华，自己便给姬兰卿解了围；若他不来救，自己也不能真砍了郡主，只好在刀刃快碰到她那娇滴滴的脸蛋时突然住手。

边紫云虽留了退路，这一刀砍下来却气势磅礴。张雪崖虽知她是围魏救赵，却也无暇多想，纵身向边紫云扑来，人尚在空中，手臂一长，举剑去挡边紫云砍下的弯刀。

张雪崖一个转身之间，后背便卖给了姬兰卿。姬兰卿哪会放过机会，立即向张雪崖扑来，长剑直刺张雪崖后心。张雪崖听到背后风声，知道姬兰卿合剑刺到，若返身格挡，就无法救下砍向楚华这一刀，当下一咬牙，硬是接了姬兰卿这一剑，只是身子在空中微微扭转，左臂向后拍出一掌。

只听“当”的一声，边紫云弯刀脱手，掉在地上。姬兰卿一剑刺入张雪崖后背，只稍偏了一点，未刺中心脏。张雪崖这反手一掌，却也是掌力浑厚，风卷云起，尚未触及姬兰卿衣服，已听到她衣衫哧哧碎裂之声。只听“砰”的一声，姬兰卿向后跌出一两丈远，又后退三步，这才刹住脚步站定。

姬兰卿挺身站定，又忍不住弯腰捂住左肋，嘴角渗出血来，她看了看剑尖，上面也挂着张雪崖的血。姬兰卿冷哼一声，怨毒地剜了张雪崖一眼，冷笑道：“好！好！好！这才是后生可畏!”然后对边紫云道，“走!”说着转身便走。

两人纵身离开，楚华惊魂甫定，忽见张雪崖后背鲜血涌出，在衣衫上迅速扩大成一片，惊呼道："血！你流了这么多血！快！快回我家包扎！否则失血过多，你会没命的！"

张雪崖淡然一笑，说道："哼！那恶女人也没讨到便宜！"回头看看孟五娘家，只见街门紧闭，想是她抱着孩子远远躲到里面去了。张雪崖便道："郡主请回吧！我这贫贱之身，怎能冒昧登门，惹人耻笑？"说着低头走开了。

楚华见他后背血迹一直在扩大，急得追上去叫道："你是为救我才这样的，为什么不能去我家？怎么会有人笑你啊？我爹娘会很感激你的！"张雪崖好似没听见，低着头踉跄疾奔而去。楚华追了一阵没有追上，张雪崖拐了两个弯，已不见了踪迹。

楚华急得直想哭，十分惦记张雪崖，不知他伤势如何。她跑回王府，拜托楚奇帮她去找雪崖，怕他无处疗伤而有生命危险。楚奇见妹妹担心焦虑，且真受了人家救助，便派侍卫满城去找，找了几天也没找到雪崖踪迹。有人说那个卖艺少年住在某处破庙，但侍卫到了庙里一看，只见空荡荡并无人迹。楚华非常失望，又十分牵挂。

却说张雪崖无处投奔，只好先回庙里，想自己胡乱包扎一下，走到半路，血流不止，渐渐觉得身体疲惫，眼前发黑，挣扎着又走了一阵，身上困倦之意越来越重，终于失去知觉，一头栽在地上。

张雪崖也不知道自己睡了多久，当他逐渐苏醒过来，发现自己并没有死，仍然趴在那里，而天色已经黑沉沉的。他撑起身子，突然发现自己并非趴在路边，而是趴在一张床上，身上盖着被子。

他吃了一惊，腾地坐起身，却又发现自己赤裸着上身，身上缠着绷带，往背后摸了摸，知道背后伤口已经清洗包扎好。张雪崖暗自诧异，却听到黑影里有人哧哧而笑，回头一瞧，只见一个瘦瘦俏俏的长发女子，靠在床的另一头，笑嘻嘻地瞧着他。

张雪崖从未和女人同过床，此时昏睡初醒，光线昏暗，忽见一女子坐在自己旁边哧哧而笑，只觉十分诡异，脱口便问道："你是谁？你是人还是鬼？"

那女子嘻嘻而笑，指着自己鼻尖说道："难道我长得像鬼？"

张雪崖见那女子眉清目秀，细长的眉眼，俊俏中透出点妩媚，一笑露出两个浅浅的酒窝，似乎真切、温暖，并非女鬼。张雪崖诧异道："我怎么在这里？这是什么地方？"

那女子笑道："我乃东越国的巫女，初来金陵，暂时居住在此，今天上午进城采买物品，归途中见你倒在路边，好心把你救了回来。谁知你不思报答，反而说我是鬼！"

张雪崖舒了一口气，说道："多谢姑娘！我身上的伤是你包扎的？"

那女子笑道："岂止是包扎？那么深的伤口，已伤及内脏，是我用桑皮线给你细细缝合，内脏、肌肉、皮肤，一层层细细缝下来，再加上清洗上药，足用了我半个多时辰！你小子也算命大，幸好遇上我，若是平常郎中，只怕治不好你，若一直流血不止，只怕你这条小命已经没了！"

张雪崖见她只有二十多岁，口气却这么大，不觉半信半疑，但自知伤口很深，而今确实已处理好，便再次道谢。张雪崖回过神来，发现与她仍坐在同一张床上，慌忙翻身下床，在架子上找到自己的棉袄披上。

那女子也款款下了地，叫丫鬟送饭食进来。于是有小丫鬟端进来一托盘饭菜，乃是一碗红枣花生粥、两个馒头，又有两盘蔬菜、一碗骨头汤。张雪崖此时也觉得肚子咕咕直叫，便捧起碗吃起来，虽不算山珍海味，却也是常年不能享用的美食。放下碗，张雪崖说道："受了这么大的恩惠，还不知姑娘尊姓大名。"

那女子笑道："我姓桐，名淮秀。"此时月上中天，夜色已深，桐淮秀便让张雪崖在这里休息，自己带上门到别的房间睡去了。

张雪崖在此调养，桐淮秀按时给他换药。张雪崖每日打坐练功，逐渐觉得恢复了元气，脸上也有了血色。白天出屋子查看，知道这是金陵城外山脚的几间茅屋。如此日出日落，不觉已近一个月光景。

这天傍晚，张雪崖来与桐淮秀辞别。淮秀沐浴方罢，一头长发披散在身后，已晾得半干。雪崖说道："在此叨扰多日，心中十分不安，如今身体已逐渐复原，明日便当辞行，只是大恩不知如何报答，今后姑娘若有驱遣，定当赴汤蹈火！"

淮秀淡然笑道："治病救人，也是我常做之事，没什么大不了，你只需付了诊金就是。"

雪崖尴尬道："可是在下身无分文。"

淮秀笑道："把你怀里的金凤钗送给我，也可抵了诊金了。"原来她给雪崖缝伤口时见到过这凤钗，后来又还给了他。

张雪崖伸手入怀，踌躇了半天，却舍不得把这凤钗给她，说道："姑娘救了在下的性命，并非一支小小金钗所能报答，今后在下如有积蓄，定当奉还诊金！即使要我舍出性命，也在所不惜！只是这钗乃是他人所赠，实在无法转赠给人，并非在下吝惜钱财！"

淮秀冷笑道："你连一支金钗都舍不得，还说什么赴汤蹈火的大话？何况你穷困潦倒，身无分文，谁知你以后会不会发达？即便发达时，你要谢我，又到何处去找我？"

雪崖受了她恩惠，本就心存感激，而自己有钱不付，又心怀内疚，今又见她冷笑奚落，心中更加惭愧，把心一横，有了主意，把怀里金钗取出来放在桌子上，说道："这钗先押在姑娘这里，我这就去筹办金银。姑娘前日说想搬家，如今天色已晚，今日必不会搬了，我天亮前就回来，用金银赎这钗子！"说着转身就走。

淮秀叫道："站住！你这一去，是要去偷还是去抢？还是去杀人放火？"张雪崖嗫嚅不语。

淮秀笑了一笑，又道："既然你这么看重这钗子，那你收回去好了。我颇有些资财，岂会在意一两件首饰？我救你回来，不过顺便之事，本来也没想着图你什么。只不过那日见你这么一个衣衫褴褛的穷小子，怀里却有这么精致贵重的金凤钗，其中必有缘故，却想不到是美人所赠。我倒更觉得有趣，要对你刮目相看了！"

淮秀说着，向雪崖招招手，让他过来。张雪崖这些日饮食换药都听她的调停，听她的话听惯了，见她招手，不觉便走了过去。淮秀笑嘻嘻拉他在床沿坐下，说道："我不要你的钗子，你想报答我却也容易，像你这么英俊的小伙子，我本来也很少见到，你只需陪我一宿，便算报答了我对你的救命之恩，何如？"

张雪崖疑心自己听错了，天底下哪会有这么好的事情？她救了自己性命，还要自荐枕席？却见淮秀笑嘻嘻踢掉鞋子，斜斜地靠在床上，又问了他一遍。

张雪崖疑心自己在做梦，要不就是已经被姬兰卿一剑戳死了，这几天不过是在阴曹地府。他望了望窗外，窗外黑沉沉的，刮过一阵夜风，桌子上一灯如豆，在黑暗中跳跃。他忽然伸手向淮秀脸上晃了晃，疑惑道："你……也许你是骗我的，你不是东越巫女，你……你不会是这山里的狐狸精吧？"

淮秀忍不住哈哈大笑，笑得肩膀一颤一颤的，然后她屏住笑，鼻子里哼了一声，不屑道："你之所以疑惑，是因为你见惯了这世上男人贪求女人之色，却没见过女人贪求男人之色，岂不知七情六欲，男女都是一样的，你只见男人去娶妻、纳妾、召妓，可你并不知道那些做妻的、做妾的、做妓的，她们心里是怎么想的！她们是喜欢，还是不喜欢？她们是不是也想有所选择？我之所以入了巫祝这一行，也是觉得这样活得更自在。我有手段，普通男人未必就比我强，我不会因为在他们之间谋生而感到怯懦惧怕，相反他们常常有求于我！我也有钱，不需要依附于某个男人，为他守身如玉，只为求得他的垂怜，不把我抛弃！我还可以随意寻找我喜欢的人。我们巫女不嫁人，也不讲究贞节，我们延续上古的传统，并不掩饰自己的本真和欲望！我有个师妹，身为巫女，却爱攀附权贵，以求金钱地位，我非常瞧不起她，那只是她本事不济，而以我的神通，我无须依附权贵，所以我可以按照本心寻找男人，只求两情欢洽而已。”

淮秀说着，眉眼含着妩媚之色，斜倚在床上，抬起一只光脚丫轻轻搁在雪崖胸口。张雪崖不由自主伸手握住她的脚，只见她的脚丫和小腿都白皙光滑，脚指甲还用凤仙花染得红红的。她似乎很瘦，两腿修长，衣领间隐约露出细细的锁骨。雪崖的手碰到她小腿，胸口像被人用铁锤猛击了一记，一股热血直冲上来，就想冲上去把她的衣裙全扯下来。但是他忍了忍，坐着没有动。

淮秀笑嘻嘻说道："你这个呆子，你若不是柳下惠，便是从没见过女人的处子！"

雪崖见她嘲笑自己，心中十分羞辱，怒道："我是没见过女人，那是因为我太穷，这有什么好笑！"说着又想去剥她衣裳，好在她身上宣泄一番，以报复她的无礼。但他仍然忍住了，他定了定神，松手站了起来，叹道："姑娘一番好意，兼相救之恩，雪崖来日再报！今日就告辞去了！你好自保重！"

雪崖说着，起身向门外走去。淮秀笑道："啊哟！倒把你这傻小子吓跑了！你明日再走何妨？难道我会吃了你？"

雪崖迟疑了一下，仍往外走。淮秀哈哈笑道："你不敢留下，只因为你动了情！既然动了情，为何还要走？圣人所订的法则，真是荼毒不浅！"

雪崖不知如何回答，也不敢回头，只怕一回头又不想走了，于是推开门疾奔出去，一股冷风扑面而来，脑中清醒了一些，身后犹传来淮秀银铃般的笑声："傻小子，你命中注定，终有一天还要来找我！又只怕你这一走，日后必定懊悔莫及！"

第十二节 祭神媒

转眼已是二月中旬，天气渐暖，草长莺飞，又到了祭祀女娲的时节。女娲娘娘既创造了人类，又令男女配合，繁衍后代，因此后世把她奉为神媒，要用三牲齐备的太牢之礼隆重祭奠。每年二月祭祀之时，男女青年趁机在河畔林间踏青嬉戏，幽会定情。先秦之时，人们甚至以天为帐，以地为床，自由结合，这被称为“天作之合”。至于那些婚后无子者，也纷纷来女娲庙祈求子嗣。《周礼·媒氏》云：“中春之月，令会男女，于是时也，奔者不禁。”

祭祀持续三日，以第一日最为隆重，金陵城东北郊的女娲庙外已搭设祭台，皇天上帝面南，以骍色的牛犊、苍青色的玉璧献祭，女娲娘娘面西，以牛、羊、豕三牲献祭。吴王孙泓、各郡王、将军、公侯伯、文武官员皆携妻妾盛装赴会，王妃命妇各按品级大妆，乘坐各种规格的车轿络绎而来，祈求子嗣繁盛。民间的青年男女更是全城出动，有祭拜的，有看热闹的，有游玩的，庙外又有卖点心小吃的、卖脂粉头油的、卖玩具百货的，一时间熙熙攘攘，十分热闹拥挤。

楚华这天也乘坐马车出城踏青，到了神庙之外，因为车轿拥堵，楚华的马车缓缓难行，楚华便下了车，命众随从在附近等候，只让阿秀陪同，两人穿花拂柳，循着风景往河边走来。只见树林清幽，河水清澈，泉石相击，叮咚入耳，又有各色春花烂漫，点缀在深深浅浅的绿色之间。游人们有的倚石，有的观花，有的戏水，尽情享受自然之乐。阿秀蹦蹦跳跳摘了不少野花，叽叽喳喳像个出笼的小鸟。

游玩了一会儿，楚华总觉得有人跟着自己，等回头去瞧，那人却闪开了。楚华心中纳闷，便转身往回走，那人却也不再躲闪，站在树后面等着，等楚华找回去，便迟迟疑疑转出来作了个揖。楚华一看，却是张雪崖，楚华非常惊喜，说道："原来你在这里！我找了这些天也没找到你！你去哪里了？身上的伤怎么样了？"

张雪崖见她关心自己，心里非常高兴，低头说道："我好差不多了，多谢郡主记挂！"

楚华见他穿了一件半旧的长袍，系着腰带，挂了柄长剑，虽然朴素，倒也收拾得清清爽爽。楚华见阿秀在一旁看着雪崖发笑，想是没见过郡主跟这样的穷人说过话。楚华正色道："阿秀，这便是上个月救我的张雪崖张少侠！我和他说会儿话，你去那边采点花编个花篮给我！"阿秀笑嘻嘻走开了。

楚华和张雪崖闲步说笑，她很想知道这个前生的朋友今生是怎么过的。张雪崖渐渐不那么紧张了，便把身世和盘托出。他说道："我是汝宁府人氏，父亲去世得早，我本来还有个妹妹，父亲去世以后，接连几年不是旱就是涝，连赋税都交不起，母亲就把妹妹卖掉了。那是十年前的事，那时我九岁，我妹妹六岁。那时是冬天，天寒地冻的。那天一大早，就有几个人牙子到村里来，我知道我娘要卖我妹妹，我拉起她就跑，跑到村子后面的干草堆里躲了起来。我用干草把妹妹盖起来，生怕他们找到，谁知道娘亲自带着人来了，一下子就把妹妹拽了出来！妹妹脖子里钻进去很多干草，扎得后背又疼又痒，她哭着告我的状，对娘说：‘都怪臭哥哥，坏哥哥，把稻草弄到我衣服里了!’……后来他们就把她带走了。那时候我恨死了我娘，又哭又叫地跟那几个人牙子厮打起来，我娘紧紧地抱住我，我挣脱不开，眼看着他们把我妹妹抱走了。后来我好几天都不理我娘，她老是哭，每天眼睛都是又红又肿的，但我还是不想跟她说话，默默地砍柴、打水、烧火，就是不跟她说话……后来我娘一直精神不好，过了两年就病死了，临死时娘对我说：‘你原谅我，我养不起你们两个，我以为卖了你妹子就可以把你养大，可是我现在太累了，我管不了你了，你以后要靠自己了……’后来她就死了。我娘死了以后，我真是后悔死了，她也是没办法才卖我妹妹，她岂能不心疼自己的女儿呢？可我为什么对她那么冷淡？我真是太对不起她了……”

楚华听着这些，只觉触动前生旧事，忍不住兔死狐悲，便问道：“你后来再也没有她的消息吗?”

张雪崖道：“自从我母亲去世以后，我就四处漂泊，找我妹妹。她的眉眼神情我一辈子也忘不了，就算她现在长大了，我也一定一眼就能认出她来！七八年来我走遍了大江南北，一直没有她的消息，直到前不久我碰到一个同乡，他说，四年前他贩货时，有一天傍晚船正要靠岸，忽然听到旁边大船上有个穿戴华丽的年轻女人叫他，他看了看，又不认识那个女人。谁知那个女人说，她就是我们村东头范家的三女儿，那年跟我妹妹一起被买走的。她比我妹妹大几岁，也认识我那个同乡，她说她被转了几道手，最后卖到一个大户人家做妾，日子过得还可以，她还把手上的镯子捋下来，把头上的珠花也摘下来，让我同乡捎给她父母。我那个同乡问起其他几个小孩的情况，范家的三姑娘说，我妹妹在金陵，在一户人家学唱曲儿。我一听这话，就赶紧到金陵来了，谁知来了三四个月，仍是大海捞针。我那同乡见到范姑娘，是四年前的事了，那时我妹妹才十二岁，如今又过了四年，也不知道她还在不在这里了!”

楚华望着雪崖，忽然有种时空错乱的感觉，仿佛他要找的妹妹正是自己，自己并非王爷家的郡主，仍是前生那个贫苦的小女孩，发水灾被卖掉了。她仍然记得他们在船上，她一直哭着，他站在对面静静地看着她，偶尔只会说一句：“别哭了……别哭了……”而恍惚之间，已是多少轮回？

楚华心中感慨，便用好言安慰雪崖，又道：“其实你可以去我家住下，我爹非常好客，你剑术这么好，他必把你奉为上宾。而且我家宾客数百人，三教九流无所不有，交游都很广阔，你也可以向他们打听，不是多一些线索？”

张雪崖听了倒有些动心，但仍然说道：“贫贱之身，岂敢登门？身无寸功，怎能叨扰王爷？那日郡主相赠金钗，雪崖已十分感激，今日又能闲话片刻，也是想不到的福气！岂敢再有他想？”

二人说着话，一路上经过的男女见他二人一个似千金小姐，一个似穷苦汉子，若说是情侣却极不般配，若说不是，又在这祭祀时节到这幽会场地，因此那些人暗自指点。楚华倒不介意，雪崖却觉得无地自容，便道：“打扰多时，只怕有污郡主清誉，这就告辞了！”

楚华无奈，只得由他去了。却见不知不觉间，已和他走出很远，再往回走去找阿秀，又走岔了路，一时找不到她。楚华也不着急，心想，索性回车驾那里就是了。刚走了几步，忽听前方树林里似有情侣争吵。楚华不便窥人隐私，便想绕道走开，却听那声音似曾相识，便忍不住隐身于山石后面，瞧了一眼。一看之下不觉吃了一惊，原来是边紫云和姬玉玚在一起。

边紫云跺着脚哭哭啼啼，似乎是吵闹，又似乎是撒娇，姬玉玚则背着双手，无动于衷。细细听去，只听姬玉玚说道：“你认了我娘做干妈，你就是我妹妹，我一向对你也不错，你也经常能见到我，你还要争什么？你这样吵闹，到底想怎么样？”

边紫云跺脚道：“我不要做你妹妹！我要嫁给你！你定了亲，我改变不了，可我情愿嫁你做次妻！我在名分上争不过孙楚华，但只要你不理睬她，总跟我在一起，我就不去找她麻烦！”

姬玉玚道："想嫁我还不容易？等我娶了她，便好娶你！"

边紫云说道："你明明就是在敷衍我！你说喜欢我，可你从来都没有亲过我！我就那么丑吗？让你对我这么冷淡！你要是没有敷衍我，那你亲我一下，我就相信！"

楚华听到边紫云这么步步紧逼，不觉有些吃惊，没想到她这么胆大！其实自己并不想嫁给姬玉玚，要是能把婚事改到她头上，倒于自己无扰了。却见姬玉玚伸手搂住边紫云的腰，果然去亲吻她，边紫云十分幸福，倒在姬玉玚怀里，抱着他的脖子。

楚华心里有气，心中暗恨姬玉玚："你这道貌岸然的绣花枕头，既来王府求亲，让我烦恼，又去和别的女人亲热，真是罪不可恕！"估摸着他们亲吻完了，抬头再看时，却见姬玉玚伸手想推开边紫云，边紫云却不愿放手，攀着他脖子撒娇道："我对你一片真心，你干吗老对我这么不耐烦？真是该打该罚！"说着抬脚照他腿上踢了一下。

姬玉玚有些恼怒，又见她纠缠不休，便重新搂住她问道："是不是我要你做什么，你都愿意？"

边紫云见他盯着自己，眼神有些异样，不觉便红了脸，说道："我整个人都是你的，就算要我此刻便委身于你，我也情愿！"

姬玉玚便搂着她向前一推，把她扑倒在地，伏在她身上，眼神像狼一样盯着她。边紫云见他似要求欢，倒是意外，说道："这里不行的，这里有人经过的！"

姬玉玚说道："没关系的，很快就好！"说着又俯身去亲吻她，边紫云躺在草地上，被心上人抱在怀里亲吻，虽知不妥，却也无力挣扎，不觉闭上了眼睛。

楚华心中暗骂，低下了头不敢再看。过了片刻，却听边紫云惨叫一声，叫声十分凄厉，绝非男女欢爱的声音。楚华吃了一惊，探头看去，只见姬玉玚仍趴在边紫云身上，后背弓起来，就像一只野狼，边紫云两腿蹬了几下，就不动弹了，他二人衣衫完整，只有边紫云领口被扯开了一些。

姬玉玚从她身上慢慢爬起来，似乎是地狱出来的魔鬼，脸色十分苍白，两只獠牙又尖又长，嘴边犹挂着许多鲜血。边紫云躺在地上，脖颈汩汩地流出血来，染红了一大片草地。楚华胆战心惊，原来他并非与她欢爱，而是咬破了她的喉咙！

楚华不敢再看，想站起身溜走，却两腿发软，怎么也站不起来。忽然看到姬玉玚走到她面前，獠牙已缩了回去，他又举起袖子拭掉嘴角的血迹，恢复了平时英俊斯文的模样。姬玉玚一把把她拉起来，说道："你来了多久？你看到什么了？"

楚华强作镇定，却不知怎么回答才好。姬玉玚拽着她走到边紫云身边，冷冷说道："她太聒噪了，我实在受不了她！而且我想娶你，是真心诚意，你出身高贵，血统纯正，相貌又美，她哪一点也比不上你！她和我纠缠这么久，你不会介意吧？"

楚华脊背发冷，虽然她不喜欢边紫云，但亲眼看到那么充满活力的少女被活生生残害，仍然心中恻然。楚华说道："我不介意！没关系的！真的没关系！——你为什么要杀了她？"

姬玉玚道："她的血统并不纯正，还有些腥臭，我只是给她放放血而已。"说着打了个呼哨，一辆马车便从林中驰了出来，那车夫穿一身灰白色衣服，脸色也是灰蒙蒙的，眼神十分呆滞，垂着头坐在马车上，看上去十分诡异。姬玉玚拖起边紫云的身体，扔进马车，然后对楚华道："上车！"

楚华吓了一跳，说道："我不上车了，你要去哪里你自己去吧！我要回家了！"

姬玉玚笑道："如今才交巳时，还早着呢！今日本是情侣同游之日，你我是未婚夫妇，一起游玩又有何妨？"说着走上来抓住楚华胳膊，把她往马车上拖。楚华见那车夫阴不死阳不活的，边紫云则不知是死是活，而姬玉玚又是个冷血怪物，便说什么也不肯上车，一边挣扎一边大叫。

姬玉玚有些不耐烦，抓住楚华的腰把她抱起来，扔进了马车。楚华刚好摔在边紫云身边，吓得跳了起来，却见姬玉玚也钻了进来，放下了车帘。楚华慌了神，就想拉开车帘往下跳，马车突然奔驰起来，楚华没站稳，向后一仰摔到了姬玉玚身上，吓得赶紧坐起来离他远一些。姬玉玚不再理她，端坐一旁，淡然含笑。楚华拽开窗帘，只见车旁树木杂草迅速向后闪去，偶尔有游人的身影在远处一晃而过。

行不多久，马车便已转入了山中，眼前荆棘怪石逐渐增多，车速放慢。楚华见车外景色越发荒僻，已不见人迹，只有飞禽走兽偶尔经过。渐渐进入深山，天气越来越寒冷，道路崎岖难行，马车颠簸得厉害，车窗外似乎起了浓雾，又似乎是飘起了雨，透过帘幔冷飕飕地扑到楚华身上，沾湿了她的头发和衣服。楚华只觉寒气浸透身体，不禁瑟瑟发抖，蜷缩在车内一角，心中既忐忑又烦躁，不知道这个姬玉玚要带她去什么地方。

楚华警惕地瞥了姬玉玚一眼，却见姬玉玚正襟危坐，盯着车夫后背，左手掌心朝上，握着一块黑黝黝、青森森的东西，形状奇怪，不知是铜是铁。

又过了一会儿，马车忽然停下，姬玉玚让楚华下车，楚华无奈，只好随他下车。只见马车停在一片山谷之中，周围尽是悬崖峭壁，荆榛枯藤，非常荒凉。又往前走了十几步，忽见前方横着一条小溪，过了小溪，山脚下现出三间茅屋，屋后种着几株松柏。

姬玉玚走到茅屋门前，击了三下掌，屋门吱呀一声打开了，出来两个淡蓝色衣服的侍女，长得似乎一模一样，都是长长的头发、瘦瘦的脸颊，眉目清秀，只是脸上灰蒙蒙的，似乎病入膏肓的样子，都低眉顺眼地向姬玉玚行礼。姬玉玚把边紫云的身体从马车上抱出来，走进屋内，拐到左边里间放下，对两个侍女说道："这是我给姑姑新带回来的侍女，你们去给她服药，教她规矩。"

说完拉着楚华进了右边屋子。

却说楚华刚踏进茅屋，便觉有一股腐朽恶臭的气味扑面而来，腐臭中又夹杂着一种草药的香气，臭气和香气混杂在一起，怪异得难以描述，却比单独的腐臭气味更加刺鼻，楚华登时就要呕吐，赶紧抬手捂住口鼻。进了右边屋子，只见屋中光线昏暗，隐约可见床帐桌椅。

楚华站住脚，让眼睛适应一下这昏暗的环境。却见姬玉玚走到屋角的床边，看着床上的一个人，冷冷说道："你不是挺爱管闲事的吗？不妨告诉你，你那天遇到的姬兰卿便是我姑妈，床上这个人，就是她的宋郎。"

楚华忍不住走过去，只见床上躺着一个男人，身上盖着一床薄被，双臂伸出来压在被子上面，就像人睡觉时的样子。但他显然已死去多时，双目闭合，两颊下陷，嘴巴微开，衣袖里露出的手腕和双手已发干发黑，只是身上似乎被涂了药水，并未腐烂。

楚华突然近距离看到个死人，不禁心惊肉跳，两腿发软，哪敢再细看，不由得踉跄后退，惊魂不定地说道："你姑妈果然把他杀了！"

姬玉玚淡淡笑道："此人乃是我家门客，当年姑妈与他私奔，令我姬家丢尽脸面，我祖父盛怒之下，只说她已经死了，自己再没有这个女儿，所以拿了她一套衣服，开丧破土，跟她真死了一样给她办了后事。后来姑妈跟着此人到处奔波，甚是劳苦，只是他们总绕着金陵走，再也没敢回来。如今祖父过世了，她才敢回金陵，祖母怜悯她，要我善待她，她才有了这容身之处。那天她被那个叫张雪崖的穷小子打伤了，休养了大半个月才能勉强出门。听说那小子为了救你，自己也中了一剑，你和他有何渊源？为什么他肯舍命救你？"

姬玉玚说着，眼神犀利地看向楚华。楚华不知他为何问这些，便道："也许他只是行侠仗义，来不及多想吧？"

姬玉玚哼了一声，说道："你不是还赠给他一支金钗吗？他只是个走江湖卖艺的下贱之人，怎么当得起郡主的金钗呢?”

楚华道：“那是因为我荷包里没有金银了！可你又是如何知道的?”

姬玉玚冷笑道：“这事传得满大街都知道，我怎么不能知道？不过这事已经过去了，我也不想再提了，如果以后你再遇到张雪崖，不许你再跟他说话！你要记住，你已接受我家聘礼，便是我姬家的媳妇，你不能再和其他男人有任何瓜葛!”

楚华心中有气，说道：“我尚未嫁给你，你就这样威胁我，我要真进了你家的门，我还有一点自由吗？何况我并不想嫁你！今后如何，还不知道呢!”

姬玉玚道：“我们姬家的人都是很专情的，我虽然名声很风流，但我既然与你定了亲，我眼里心里就再也进不了第二个女子。你也许不了解我们有多执拗，你看看这个吧——”姬玉玚说着，忽然弯腰从床上男尸枕边捏起一个什么东西，向楚华道，“你过来看看!”

楚华向他手里看去，因为光线太暗，初时只觉他什么也没拿，正觉诡异，忽然看清楚了他指尖捏的是几根长发，几根长发搭在一起，却有的黑有的白。楚华正不知是什么意思，忽然想起姬兰卿两鬓的两绺白发，心中惊疑不定，恐惧道：“难道这是你姑妈的头发?”

姬玉玚骄傲地笑道：“这正是我姑妈的头发！我姑妈这段日子每天和她心爱的人同床共枕，她立志就这样陪他一辈子!”

楚华仍不敢相信，说道：“你是说，你姑妈先把他杀了，把他的尸体放在床上，然后自己每天和一具尸体睡在一起?”姬玉玚点点头，脸上却不像楚华那样惊异，反而觉得姬兰卿之举理所当然，而且十分令人敬佩。

楚华只觉得一股寒气从脚底直升到头顶，左右看了看，惶恐地问道：“你姑妈现在在哪里？她要回来了吗?”

姬玉玚道：“她前几天又去找孟五娘算账，却发现孟五娘已收拾了细软，抱着孩子逃走了。我姑妈非常生气，出城追踪她们去了，只是那孟五娘邻居说她已弃家走了半个月，我姑妈只怕一时找不到她，因此现在还回不来。”

楚华心里稍稍安定，只想远远躲开这个姬玉玚，而且嫁牛嫁马也不能嫁入姬家！

第十三节 地宫

楚华战战兢兢，不敢再和姬玉玚辩论，放缓口气说道："好，就算你是对的。你姑妈爱怎么做随她去吧，只是这跟我有什么关系？我不想知道他们的事了，也不想再看了，我只想回家。姬公子，求你让我回去吧！"

姬玉玚笑道："我也只是路过此地，并不是专为让你看这死尸，就算你有一天对不起我，我也舍不得把你变得这么难看！我姑妈的做法，实为下下之策。我的心胸，又岂止如此？你随我来，我要让你看看我的志向！"

楚华不愿同他再去，一出门就辨着方向想逃走。姬玉玚岂能容她走开，伸手攥住楚华手腕向屋后走去。楚华只觉手腕上像套了个铁箍，掰不动撬不开，勒得她手腕生疼，当下身不由己，踉踉跄跄被姬玉玚拉着往前走。走不多远，只见前方三面环山，山上松柏森森，环绕着一座向阳的山丘，整个山丘地势极为开阔，从山顶到山麓列满了坟墓，像棋盘一样密密麻麻。

楚华看到这规模宏大的坟墓方阵，不觉惊讶震撼。却听姬玉玚长叹一声，说道："这便是我姬家的坟茔。自从一千多年前强秦篡乱，我姬家子孙流散各地，我的祖先来到金陵，如今已几十代人。这片坟地埋的便是我家最近七代的族人，其中最小的是我夭折的幼弟，当时只有两岁！前面山里有一片更大的坟地，便是我家七代以上的祖先。唉！我祖上本是周朝天子，在长安洛阳的陵园都是极宏伟的，如今家室衰微，只能这样简单埋葬了！不过这还不是最坏的，至少一年各节祭祀是周全齐备的，而我祖先在长安和洛阳的陵园，经过后来常年战乱，早已荒凉破败，去年我随父亲西游洛阳，看到我祖先的陵墓已是荒草丛生，连道路都不见了！”姬玉玚说着，眼中滴下两滴泪来。

楚华对姬玉玚落泪感到意外，秦代周已是一千多年前的事，之后又有无数朝代更迭，何以到了姬玉玚这一代仍在为此感伤？

姬玉玚又带楚华向深山中走去，走到一处山壁之前站住脚，只见他沿着山壁向上攀缘，摸出那块黑黝黝的金属扣在岩壁上一处机关之中，转了两转，只见那岩壁居然嘎啦啦开了一条小缝，如同一个小门。姬玉玚跃下地，拽着楚华进了小门，回头拧上机关。楚华回头看去，只见石门关闭，门背后居然刻着一幅八卦。

楚华见眼前是一条隧道，头顶有一些细小的缝隙漏下几缕光线，虽然幽暗，却仍可视物。向前过了隧道，眼前陡然开阔，竟是一座空旷大厅，四壁燃着许多巨烛，照得眼前明晃晃的。厅内有石桌、石椅，两个青衣仆人正在拭抹桌上灰尘。那两个仆人动作僵硬，神情呆滞，面上有大病之色，和给他们驾车的车夫以及那茅屋里的侍女如出一辙。楚华心想：“怎么他家的仆人都这副半死不活的样子？”

二人走过大厅，沿着石阶向下走，眼前居然出现一片极大的湖泊，里面种满荷花，池上烟雾缭绕，水中绿叶田田，荷花盛开，当中长长一座石桥。楚华走上石桥，置身湖中央，被周身的景象惊呆了，疑惑道：“如今只是二月天气，这山腹中就算有荷花池，也不到花开季节啊。”伸手去摸离得近的一株荷花，却发现并非真的荷花，而是用绢纱做的假花，染色又很逼真，在这烟雾缭绕之中，居然难辨真假。水中有一些鸥鹭，却都呆然不动，只是偶尔随着水流荡漾，想必也是假的。过了石桥，岸上立着几只仙鹤，有的在剔翎，有的在闲步，虽然逼真，却都一动不动。

再往前走，便是一座巍峨大殿。姬玉玚神色肃穆，整理了衣襟，拾级而上，进了大殿，先跪下磕头行礼，这才站起来对楚华介绍道："这里供着我姬家列祖列宗的灵位。"

只见殿上灯火通明，正面墙上挂着一排画像，正中乃姬玉玚先祖姬奂和他原配夫人。两旁百余幅画像则是自姬奂以来，金陵一脉几十代祖先以及他们的嫡妻。楚华听父母说过，姬家金陵一脉的祖先姬奂，乃是周朝最后一代天子周赧王的孙子，眼见周室衰微，国都随时不保，便提前离开王城，向东流亡到金陵定居的。这座殿中，也有几个仆人打扫照料，点灯上香，一日四餐地献供。这些仆人，也像先前见到的仆人那样垂着头，神情呆滞，一副死人相。楚华见得多了，倒不像先前那样恐惧了。

出了这座大殿，从殿后拾级而上，迎面又是一座大殿，里面居然供着东周二十五位天子和他们的各位王后，从周平王姬宜臼、周恒王姬林，一直到周赧王姬延。左右偏殿中，又有姬奂父母之位，以及周赧王其他诸子之灵位。

再向后又是一座大殿，当中赫然供着周文王姬昌和王后太姒。那太姒的画像十分美丽，楚华不觉想起《诗经》里的"窈窕淑女，君子好逑"。据说那"窈窕淑女"，说的就是太姒了。如果太姒真的如此美丽，那么《诗经》一点也不夸张。又见两旁列着从周武王姬发到周幽王姬宫涅等十二位天子和诸位王后的灵位。左右偏殿中，又供着伯邑考、周公姬旦等五六个灵位。

楚华越看越惊，看到周文王、周武王的灵位，首先想起《封神榜》，看到周幽王的灵位，又想起"烽火戏诸侯"，一时惊疑交集，不知自己如今身在何处，是在梦境，还是在神话里？抑或是到了历史书中？见楚华不再吵着回家，而是被一路上的景象惊呆了，脸上还流露出追慕之色，姬玉玚十分喜悦，不禁露出自豪得意之情。

出了大殿后门，眼前是一片开阔的空地，竟像是一片原野。楚华惊疑，心道："山腹之中，竟有如此开阔之处！看来那些地心旅行之类的科幻片也未必毫无道理。"

姬玉玚带楚华穿过这片原野，只见眼前又是一座宫殿，这座宫殿规模较小，样式古朴，里面供的不是画像，而是一尊塑像，乃是周太王姬亶父。出了宫殿，姬玉玚脸上已满是敬慕得意，望着眼前的原野唱道："绵绵瓜瓞，民之初生，自土沮漆。古公亶父，陶复陶穴，未有家室。古公亶父，来朝走马。率西水浒，至于岐下……"

楚华恍然，心里想："原来这周太王就是《诗经》里的古公亶父啊！这古公亶父是周文王的祖父，姬玉玚唱的是《诗经·大雅》里的《绵》，说的就是古公亶父率领周人从豳地迁居到岐山定居，开创基业的事情。这姬玉玚唱的是歌颂他祖先开创基业的史诗，怪不得他这么自豪。只是姬家能把这种自豪感保持这么多代，真是奇异之事！"

二人又走了一段路，只见眼前出现一片树林，楚华奇道："这山腹之中，哪来的树林？"

却见树干树叶纹丝不动，绿树红花也似乎凝滞，眼前赫然出现一只猛虎，却也是一动不动。时间在这里仿佛是静止的。楚华伸手触摸，原来这树林与猛虎竟也是假的！花朵、树叶竟都是绢纱堆成，那猛虎一摸之下却像是真的，楚华忙缩回手，却见那虎皮是硝制之后套在模型之上的，又缝得天衣无缝。虎睛不知是什么宝石做成，熠熠生光，惟妙惟肖，看上去极其凶猛。

楚华忽想起池中的鸥鹭和殿前的仙鹤，不禁问道："那仙鹤的羽毛也是真的吗？"

姬玉玚道："自然是真的。这里所有的飞禽走兽以及水族，每一根羽毛鳞片都是真的。要做一只仙鹤，至少先杀五只仙鹤，才能做成。"

楚华不觉心惊，感到很残忍，又问道："这浩大的工程得多少工夫才能做成呢？一路上虽然看到了不少仆人、侍女，但要完成这规模宏大的宫殿建筑、树林池塘、飞禽走兽，肯定还是远远不够呢！"

姬玉玚带楚华走到一处崖边，说道："我姬家自从来到金陵就在修这座地宫，至今已经一千多年了。虽然中间断断续续，有时候会停滞数十年甚至几百年，但只要子孙后代有能力者，必定继承祖先的遗志继续修建。只是世人并不知这地宫的存在，因为修这地宫之人，都是有进无出的。"说着指着崖下说道，"你看那是什么？"

楚华透过朦胧的雾气看下去，只见崖下居然是个万人坑，堆满了死人，腐烂的程度却不相同，似乎不是同一批死去的。楚华脊背发凉，胃里翻腾，差点失足掉下去，刚才的历史沧桑感陡然消失，只剩下愤怒和厌憎。她颤抖说道："你们居然杀死这么多人！"

姬玉玚淡淡道："这算什么？这只是没来得及掩埋的，以前埋起来的更不计其数。要把这悬崖下面的白骨都挖出来的话，只怕能堆成几座山了！哼，想要成就伟业，岂能计较这些小节？"

楚华道："这么多人命，你居然说是小节？这些人，这些老虎、仙鹤、鸥鹭，都活得好好的，却被你们弄来杀死，做成这些模型，这样做有什么意义？你一点也不觉得残忍吗？"

姬玉玚冷笑道："他们不被杀死，早晚有一天也会死的！生命短暂而卑微，只有死亡是永恒的！"姬玉玚忽然笑了一笑，又道，"何况并没把他们全杀死，刚才你一路上看到的仆人，就是留下来的。"

楚华道："他们就不会泄密了吗？何况刚才在这地宫之外，那间茅屋里，还有两个侍女，还有那马车夫，他们都能到外面去，你们为什么不把他们杀了灭口？"

姬玉玚淡然道："他们是活死人，百依百顺，不会泄密的。"

楚华道：“活死人？什么意思？”

姬玉玚道：“他们喝了巫女配的药，只会听从主人吩咐，让做什么就做什么，只有技能，却没有思想，也没有喜怒哀乐，绝不会反抗或者背叛——不过这对他们也好，因为他们应该可以活到二百岁以上。”

楚华更加惊悚，说道：“你们把人变成这副半死不活的样子，就算能活那么久有什么用？啊呀！那边紫云，你说带来做你姑妈的侍女，难道你把她也变成了活死人？”

姬玉玚道：“她为了接近我，和我家里人都很熟络，连我姑妈这样被家族遗弃的人都那样讨好！既然她这么用心良苦，索性让她进了我家的门，让她得偿心愿！而我姑妈很喜欢她，所以让她来伺候我姑妈好了！”

楚华叹道：“她虽然想进你家的门，可她只是想嫁给你，并不是想失去思想和爱憎，她变成这样，又岂能知道自己的处境？又何来得偿心愿的欢喜？唉，这里再宏伟，我也不想再看了，求你，让我离开这里吧！”

姬玉玚笑道：“是啦！今天确实有点晚了！你没吃午饭，早该饿了吧？今天带你看的地宫，只是旧宫，规模比较小，从北面山腹绕过去，那边有座新宫，是我七世祖先开始建的，是这边规模的四五倍，改天再带你瞻仰吧！”说着果真带她往回走。

楚华又惊又惧又怒，还有比这规模更大的新宫？那得死多少人？楚华忍怒说道：“我才不想看！快离开这鬼气森森的地方吧！”

姬玉玚笑道：“你不想看？你要是嫁到我家，你的灵魂早晚要住到这里！那边的新宫比这边巍峨舒适多了！你怎么一点好奇心也没有了？”

楚华忍住气说道：“哼，你带我到这里看这些，就不怕我泄密吗？”

姬玉玚笑道：“只有你一个人来过，你去告诉人，又有谁会相信？而且我带你来，你只觉得一路畅通，你自己来，却未必找得到道路，只怕就像那渔人去找桃花源，再也找不到的！要是连这点本事也没有，这地宫就白修了！更重要的是，你也是我姬家的人，这种大事岂能瞒你？”

楚华冷笑道：“未必！我还没有嫁给你不是？”

姬玉玚道：“如果你不嫁给我，我得设法把你这段记忆抹去！”

楚华悚然道：“怎么抹去？给我吃那些活死人吃的药吗？”楚华顺口这么说出来，随即自己呆住了，惊疑道，“你刚才说，你姑妈把她丈夫杀死，是下下之策。难道你想给我吃那些活死人的药？”

姬玉玚道：“那倒不是，那些药药性不稳定，十个人吃下去，倒有八个死了疯了的，只好都埋了，剩下两个使唤。再说，那些药吃了之后人变得很难看，就算能长寿，我也不会给你吃，我自己也不会吃。”说着诡异一笑，又道，“我请了三位东越海边的巫女，正在配一种新药，是从东海仙山采来的药引，如果配成功了，可以长生不老！我今天要告诉你的最重要的事，其实就是这件事，我希望我们成亲后，能够同服仙药，长生不老！我姬玉玚并不想恢复祖业，称王称帝，也不满足于修建地宫，侍奉亡灵。我最大的心愿就是长生不朽！我相信我能实现这个愿望，这也是我对你的承诺！”

楚华看着姬玉玚，终于无语了。她觉得自己跟他一路上的争论真是多此一举。她现在觉得姬玉玚就是个疯子。她岂能再跟疯子辩论？她看着姬玉玚，只见他的脸又开始变形，变得苍白而无血色，尖牙逐渐伸出嘴角，就像一个来自地狱的吸血鬼。楚华浑身发软，不想再生枝节，只得乖乖跟着他往外走。姬玉玚见她沉默温顺，便伸手握住她的手，一起往外走。

楚华浑身发抖，说不出话，想把手抽出来，但没有成功，只好由他握着。姬玉玚却也不再有更亲密的举动，只是拉着她往外走，只觉楚华手心出汗，微微发抖。姬玉玚以为她惶恐害羞，不觉笑了一笑。却不知楚华心中充满厌恶恐惧，在看过了与死尸共枕的“忠贞”之后，在见识了活死人、万人坑的“伟业”之后，在听过了姬玉玚的心愿诺言之后，她终于彻底无语，浑身发虚，只觉每挪动一步，都十分吃力。

第十四节 雪崖进府

二人出了山洞，眼前豁然开朗，楚华心里一块石头落了地，不禁长舒一口气，快步向山下走去。到了山谷中，已有一辆马车等在那里，车夫仍是一个活死人，一身灰扑扑的衣服，垂着头，表情呆滞。因为这些活死人似乎都长得一个样，楚华也看不出是不是来时的那个。她也顾不得这些了，不等姬玉玚吩咐，便主动爬上马车，乖乖坐好。姬玉玚微微一笑，也坐上马车，送楚华回去。

楚华一言不发地靠着车窗，心中暗想："今日所见实属骇异，即使我原原本本告诉父亲，只怕父亲也难以置信！只是无论他信不信，我都绝不能进姬家的门！"她正暗自盘算，忽见姬玉玚举起手，向车夫说道："停车！"马车戛然停住。只听姬玉玚说道："如今时间并不算晚，这里已渐有人烟，你下车自己回去吧。你顺着这条路往前走，不过三四里就是女娲庙。"

楚华一听此言，如释重负，赶紧跳下马车落荒而逃，奔出去不远，忽然想道："他把我放在半路，想必不愿让人看见他！难道他还怕见人吗？"不觉回头瞧了一眼，只见风吹荒草，杳无人迹，姬玉玚的马车已不见了踪影，竟像从来没有存在过一样。

楚华十分惊异，只觉像做了一场怪梦。楚华寻路奔走，只见沿途山势险恶，下午的阳光惨淡地照在树林中，树上停着几只秃鹫，偶尔尖厉地叫一声，前方几条饥饿的豺狗正溜达着觅食。楚华从小就怕狗，只好小心翼翼地绕过它们，从更崎岖的山坡上攀爬过去，衣服早被荆棘划破了，双手也割了几道口子，那几条豺狗却远远地跟上来。

楚华边走边回头，发现那些豺狗一直不远不近地跟着她，似乎在掂量这孤身女子是不是口中食物。楚华胆战心惊，又不敢跑，也不敢大声叫，怕那些豺狗认为她在挑衅。楚华一颗心扑腾扑腾乱跳，硬着头皮不紧不慢往前走，顺手捡起脚下的石头抱在怀里，又捡了一根木棍以防万一。

就这样走了一会儿，那几条豺狗忽然加快了脚步，向楚华奔来，眼看就要追上。楚华魂飞魄散，举起石头向豺狗砸去，虽然没有砸中，豺狗们却都吓了一跳，站住了脚步。楚华又做出凶巴巴的样子，把手中木棍向豺狗使劲挥舞，那些豺狗灰溜溜夹着尾巴跑开了。

楚华赶紧转身疾走，转过这个山坳，前方已有游人的身影。楚华大声呼叫，一边叫一边回头看了一眼，只见那几条豺狗却又聚拢在一起猛追上来。楚华拔腿就跑，忽然踩到一个石块上，右腿一歪，脚腕咔嚓一声，痛得像断掉了一样。

楚华一跤坐倒，眼泪差点涌出来，原来自己如此渺小，平时全仗郡主的身份，众星捧月一般，如今却是落到荒野被狗欺了！抬头见那几条豺狗已近在咫尺，最前面的一条张着大嘴，龇着尖牙，迫不及待地纵身向她扑来。楚华惊叫一声，举起胳膊护住头脸。

只听豺狗们嗷嗷嗷嗷一片怪叫，却没有一条扑到她身上。楚华惊疑地看过去，只见那群豺狗被一些飞石击中，纷纷倒毙，有两条没死的也瘸了腿断了脚，夹着尾巴落荒而逃。楚华纳闷地回头，却见一个身影倏忽奔到跟前，正是张雪崖！

楚华十分意外，三魂七魄慢慢归位，忍住疼痛说道："雪崖，你怎么在这里？真是太好了！"

张雪崖道："我在庙会闲逛，忽然听说郡主不见了，王府侍卫正到处乱找，我很担心，就自己进山来找！谁知你在这里！"

楚华点点头，想要站起，右腿却仿佛不是自己的了。她苦恼地说道："我右脚好像断掉了，痛得钻心！"张雪崖蹲下来，看楚华脱下右脚鞋袜，只见她脚踝外侧肿得像馒头一样，一直延伸到整个脚背。

张雪崖皱眉道："崴得这么重，看来筋也扭伤了，但愿别伤着骨头！"忽然吃惊道，"啊呀！你身上怎么还有血迹？还有哪里受了伤？"

楚华想了一想道："我在马车里摔倒，摔到了边紫云身上，只怕是她的血！我一路上很惊恐，也没有注意到。"于是把事情经过大体向张雪崖说了一遍。

张雪崖十分震惊，脱口说道："那你绝不能嫁给姬玉玚！"话未说完，自己先感到十分羞愧，又暗骂自己："纵然她婚事不谐，跟你这穷小子有什么关系？凭她嫁给谁也轮不到你来操心！"于是定了定神，说道："那可怎么回去呢？我去叫个轿子来接你，倒也可以，只是不敢把你独自留下。"又踌躇道，"如果你不介意，我背你出去如何？"

楚华道："那也只好如此，到了女娲庙那里，你再帮我找辆车轿吧！"

张雪崖小心翼翼地把楚华背起来，心中十分欢喜，今日之事真是意想不到的缘分！张雪崖感觉自己就像喝醉了酒一样，晕晕乎乎往前走。忽听楚华说道："啊呀，我的鞋子掉了！"原来楚华右脚肿得太厉害，脱了鞋之后就没再穿，自己拎在手里，此时没有拿紧，便掉在了路上。

雪崖回过神来，忙回身弯腰把鞋捡起来，接着往前走。于是晕晕乎乎，晃晃悠悠，迷迷瞪瞪，深一脚浅一脚，一眨眼工夫竟已到了女娲庙后面。张雪崖看到女娲庙的院墙，心想：“背不成她了，把她放在哪里呢?”

忽听楚华在背上欢喜叫道：“韩晟！我在这里！雪崖，放我下来吧!”

张雪崖左右一望，只见几个王府侍卫正向他们奔来。张雪崖慌忙把楚华放下来。楚华左脚站立，右脚虚虚点着地，抓住雪崖左臂不使自己跌倒。等那几个侍卫奔到跟前，楚华指着领头的那个对张雪崖笑道：“雪崖，这是我母亲宫中的侍卫长韩晟！韩晟，这是张雪崖，我险些被豺狗吃了，是他救了我，把我带了回来!”

韩晟不知楚华为何会失踪，但他乃下属，不便盘问，慌忙叫了辆马车过来，请楚华上车，然后向张雪崖笑道：“张少侠，你今日救了郡主，功劳不小，快随我回去禀玥王爷，定会大大赏你!”

张雪崖虽然对楚华恋恋不舍，想跟随她而去，但又自惭形秽，不敢登门，因此十分踌躇。众侍卫一拥围了上来，纷纷说道：“张大哥运气真好！我们都未找到郡主，只有你找到了，看来是老天爷给你这机会立功表现!”说着拥着张雪崖便走。

张雪崖心里乱糟糟的，如果没有楚华，自己有了机缘去见王爷，必定心情振奋，期待有朝一日时来运转、飞黄腾达，可有了她在这里，却又不愿去了，这是为什么呢？自己不是朝思暮想盼望见到她吗？怎么到了跟前，却又想逃走似的？张雪崖没考虑好，便不肯抬脚，众侍卫虽都年轻力壮，此时围着他又推又拉，但张雪崖两脚像钉在了地上，众人如蚍蜉撼大树，哪里推得动他？众人纷纷称奇，不觉发出咦咦的一片怪声。

楚华掀开车帘，见状不觉好笑，说道：“张少侠，你这是考较我家侍卫的武功吗?”

张雪崖忙道：“在下岂敢!”内心仍在挣扎，忽见楚华冲他莞尔一笑。楚华这一笑，虽谈不上倾城倾国，却也是美若春花，张雪崖心里便软了，脚下也无力再坚持，心想："张雪崖啊张雪崖，其实郡主一直看得起你，甚至把你当朋友，你何必如此小家子气，如此自卑敏感呢？你能多一些机会见到她，那是上天在眷顾你，何必逃脱呢？"于是张雪崖也冲楚华一笑，抬脚随众人向吴王府走去。

张雪崖随众人来到王府正门端礼门，这是他第一次正视王府，只见门楼巍巍高耸，上面覆盖着青色琉璃瓦，朱漆大门上镶嵌着巨大的镀金铜钉，门外列着八个披甲执戟的侍卫，都笔直站立，一动不动，如同雕像，只有帽缨衣角被微风吹动。门内候着几个锦衣华服之人，见韩晟一行回来，都喜出望外，迎上来寒暄了几句，目送众人进府去了。

韩晟把张雪崖带到一个房间，说道："请张少侠在这里等候，容兄弟禀报了王爷王妃，等王爷宣召，便好来接你！"于是韩晟先把楚华送回卿云宫，医官处理了楚华脚伤，又给她手背划破之处擦药，然后叮嘱她卧床休息，不要着急下地走路。

众人退出后，吴王夫妇焦灼地问楚华："你到底去了哪里？可急死我们了！听阿秀说你和一个穷小子在一处聊天，后来就不见了，是那个穷小子劫持了你吗？"

楚华吓了一跳，忙道："不是！反倒是他救了我！是姬玉玚把我带走的！"于是把事情经过详细描述了一遍。

吴王夫妇先是惊骇，后是怀疑，吴王最后笑了起来，说道："女儿在编故事吧？编得如此绘声绘色，可又完全不合情理。我在金陵生活了四十年，金陵的地理我非常熟悉，每年秋天我都要去山里打猎，女儿说的那一带我也常去，并没见你说的坟苑和地宫。而且如果姬家杀死那么多人，怎么一点动静都没有？姬家如此显赫的门第，怎会被你说得如此阴森乖张？难道女儿不想嫁到姬府，就编出这个故事来，想让爹娘悔婚？"

楚华道："我在这世上唯一可以依靠的就是爹娘，如果爹娘不信任我，那就生死由我好了！我要是嫁到姬府，早晚也是个死！”

吴王说道：“你是我亲闺女，你又不惯撒谎，我怎会不信你？只是此事事关重大，姬家墓葬规制如此僭越，又杀了这么多人，如果查实，就是谋反的罪名，会株连无数，不能不慎重从事。如今只有暗中查探，如果真如你所言，我们躲着姬家还来不及，怎会把你嫁过去？只是你说最后姬玉玚把你送出来了，他既然送你，为何又把你丢在半路？”

楚华说道：“我怎么知道？不过他既然说他家的地宫是个大秘密，也许他不想对别人承认呢？也许他不想让人看到他是从那里出来的呢？”吴王仍似信非信，但悄悄让人出去打听，果然听说边紫云也失踪了。

张雪崖一直等到傍晚，正等得不耐烦，忽有一名宦官前来说道：“王爷王妃请张少侠到凤翔宫一见！”张雪崖跟着那宦官，穿过一个个广场，走过一重重院落，绕过一座座殿堂楼阁，只觉像走迷宫一般，也不知走了多远，忽而走进一所气派恢宏的院落。

只见正面台基上矗立着九间大殿，前后左右厢庑环绕，廊柱森森，屋脊交错，勾勾连连，也不知有多少房间。殿外侍立着七八个宦官，进入大殿，殿内又有十几个侍女，穿戴打扮一模一样，年纪也相差无几。殿上正中坐着二人，想必便是吴王夫妇。只见吴王年约四十岁，头戴翼善冠，身穿赤色盘龙袍，腰佩玉带，脚蹬皮靴。吴王妃似乎很年轻，凤冠霞帔，端庄美丽，恍若仙子，如果不是见过楚华兄妹，张雪崖会以为她尚不满三十岁。他们身边尚有一人，正是楚华的哥哥，世子孙楚奇。

张雪崖一瞥之下，不敢再仰视，低头上前拜见。吴王和颜悦色说道：“张少侠，多谢你救我女儿。听说你身手极好，没想到却如此年轻，甚是难得！我一向喜欢结交江湖豪客，我家宾客大约八百人，有一多半都是武林高手，你既身手不俗，就请权在王府住下，闲时与本王切磋切磋武艺，你看如何？”

张雪崖流落江湖，什么打杂跑腿帮佣卖艺的活儿都干过，如今王爷客客气气请他入王府做宾客，他自然觉得时来运转，只是心想："我若入了王府，和郡主便尊卑有别，这辈子她便是天上仙女，我只能在尘埃中仰望了。"可又转念想道，"我不入王府，难道就离她更近了吗？只不过更加卑微潦倒，连见她一面都那么难！而且我起初只是盼望能再见她一面，便别无他求，如今为何又得陇望蜀，胡思乱想？"

正想着，忽听世子孙楚奇笑着向父母介绍张雪崖的剑法如何如何，原来楚奇那天在街头看他卖艺，对他的剑法十分赏识。雪崖见他赞赏自己，心中十分感激，这么多年来在江湖上被人嘲笑轻贱，积郁难平，谁想到这少年竟是自己的伯乐！雪崖心中一激动，不觉朗声答道："小民蒙王爷世子抬爱，岂有不允之理？从此后愿为王爷效犬马之劳！"

张雪崖从此投身吴王府做了门客，吴王命长史司按照二等武士待遇，每月供给他衣食月钱。张雪崖不再为衣食奔波，便每日外出游逛，专心寻访妹妹下落。只是兄妹俩幼年便离散，如今纵有蛛丝马迹，待他细细寻去，却总是归于失望，又一个多月过去了，仍然毫无着落。

张雪崖失望之余，却又偶尔能遇到楚华，心中颇感欣慰。楚华脚上渐渐消肿，不那么疼了，可以下地走路。有时候清晨或者黄昏，她会带着阿秀走到演武厅畔的湖边，看府中武士们练功。府中武士有老有少，或胖或瘦，技艺也各有所长，有的人把长矛舞得像车轮，有的人一把钢刀泼水不入，有擅轻功者则可以踏雪无痕。他们的兵器也各式各样，有的人能把演武厅上的兵器使个遍，刀枪剑戟，斧钺钩叉，镋棍槊棒，鞭锏锤抓，无一不会。而张雪崖的兵器只有一样，就是他的剑。

有一次楚华和张雪崖在湖边遇到，楚华便微笑伫立一旁，专心看他练剑，对其他武士则视而不见。许多武士心怀嫉恨，忍不住传播流言，把郡主和这新来的小子的结识经过描述得十分暧昧，而楚华浑然不知。

这一个月吴王曾数次派人进山搜寻，看楚华所说地宫是否存在。有一队侍卫进山后，不料山中下起雨来，侍卫们一个接一个滑下陡崖，全部葬身谷底；又有一队侍卫误入沼泽，人马尽皆溺毙；还有一队侍卫绕来绕去仍然迷失了路径，在山里兜了一天圈子。只有一队侍卫走得最远，到了一个山谷入口，眼前却出现一个迷魂阵，只见四周天色昏黑，飞沙走石，魑魅往来，众侍卫呼爹叫娘四散逃命，好容易脱身出来，赶紧拖泥带水结伴返回。

再后来凡是吴王派出的搜寻姬家坟茔之人，不是无功而返，就是陷入险境，甚至丢掉性命，种种意外，仿佛有鬼神作怪。吴王孙泓十分惊骇，虽未找到姬家的地宫，对楚华的话倒信了八九分，便有了悔婚之意，因此推说女儿身体不适，婚期容后再议。

楚华得到这个消息，心里十分高兴，便想去告诉张雪崖，让他分享自己的快乐。虽然雪崖不记得绿腰，但在楚华心里，他们却是两世的好朋友，因此对他一向坦诚，有什么话也喜欢对他讲。而且，张雪崖是她能捕捉到的前生的一点影像，每当和他聊天，楚华便会想起秦竹山。

时间过了那么久，秦竹山就像一个正逐渐消失的梦，楚华有时候甚至怀疑是否真的见过他，但楚华不想忘掉他，她害怕有一天他真的完全消失了，而张雪崖便是前生存在的证明，也是她和前生的一个连接。

这天，楚华带着阿秀去湖边找张雪崖，雪崖却不在湖边，楚华沉吟了片刻，决定屈尊去张雪崖住处探望他。正走着，忽见迎面走来一个老年宦官，见是楚华，吓了一跳，忙迎上来跪倒在地，笑道："郡主怎么贵脚踏贱地，到奴婢这里来了？"

楚华笑道："是你管这一带吗？你叫什么名字？"

那宦官笑道："奴婢姓郝，是这里的舍监，这一带的房舍、钥匙、家具、床帐，一切生活物品，都是奴婢负责。"

楚华不屑于跟他绕弯子，便直接问道："那个叫张雪崖的武士住在哪里？我找他说句话。"

郝宦官笑道："就在前面这座院子！这个院子很清静，只住了三个门客。"于是郝宦官在前引路，三人一起进了院子。只见院中空荡荡的，并没一个武士的身影，只有两棵枯树之间扯了根绳子，挂满了刚洗干净的衣服，还有被面和床单。一个十七八岁的侍女，袖子绾得老高，迎着阳光站在那里，正把最后两件衣服搭到绳子上，是两只白色的袜子。

第十五节 初露锋芒

那侍女正在搭衣服，忽见楚华一行走进来，忙捋下衣袖，低头行礼。楚华见她正是母亲宫中的侍女青萍，不觉十分诧异，问道："萍儿，你怎么在这里?"

青萍脸颊通红，低头嗫嚅着说不出话。正在这时，只见张雪崖挑着一担水从院外走进来，身上穿着一套新衣。见楚华和阿秀都在这里，张雪崖大吃一惊，赶忙放下水桶，说道："郡主怎么来这里了?"

楚华盯着张雪崖看了两眼，嘲笑道："你的新衣服很合身哟。"

张雪崖如实说道："啊，这是萍儿做的。只因天气变暖，萍儿帮我把夹衣拆了，做了这身单衣给我穿。"说着摸了摸自己的衣领，又指了指青萍。

楚华心想："你这小子看上去老实巴交，谁知道还这么有女人缘！我若告诉你我爹要悔婚，人家不得疑心我是想嫁给你吗?"楚华不觉暗笑，回头看看青萍，这"田螺姑娘"低着头偷偷瞟了张雪崖两眼，眼中洋溢着幸福和羞涩。

张雪崖见楚华神色犹疑不定，慌忙解释道："我和萍儿是同乡，便认了她做妹妹……”

楚华淡然一笑，说道：“好。”又问道，“你住在哪间屋子？也不请我进去喝茶？”

张雪崖赶紧指了指北面东头那间屋子，说道：“我住这一间。”说着抢上去推开房门，想请楚华进屋。这个院子是个长方形小院，没有厢房，只有三间北房和三间南房。郝宦官指着北面靠西两间房对楚华说道：“西边这两间套间是一个老剑客住的，今日回家去了，东边这一间是张少侠住。南房还住着一个门客，也是个武士。”

楚华走上台阶，见张雪崖的房间虽然不大，但北房地势较高，采光也好，阳光从窗棂照进屋子，显得很温暖。屋内床榻上铺着拆了一半的夹衣，还有一个小针线笸箩。楚华看到这情景，忽然不想进屋了，一时不知道说什么，只是觉得自己有些多余。她自认为并未喜欢过雪崖，只是把他当朋友看待，但此时此刻，只觉得他离自己很远，心里忽然有些酸溜溜的嫉妒。

她茫茫然转过身，忽见郝宦官和青萍站在台阶下，虽然都低着头，却都从眼皮下面偷偷观察着自己。楚华心里升起一种奇异的自尊，想道：“难道你们觉得我在和一个侍女争风吃醋吗？”

楚华便不再理张雪崖，带着阿秀便往外走，刚走到院子中央，忽听门外一个醉汉的声音叫道：“妈的！回去也是冷冷清清的，还不如多喝一会儿！”说着咣当一声撞开院门。众人一看，是个三十多岁的虬髯汉子，衣领扯开在一边，摇摇晃晃朝楚华走了过来。

一见他进来，张雪崖赶紧抢上两步，挡在楚华前面。那醉汉乜斜着眼，一见是张雪崖，不觉怒火中烧，伸手推搡了他一把，骂道：“姓张的，好狗不挡道！你挡住老子做什么？你算个什么东西？你也配住上房？老子来了五六年了，替王爷办了好几趟重要差事，却一直住在下房里，你奶奶的凭什么刚来就高人一等？你说说，你给了都总管那阉货什么好处？难道那老东西看上了你这小白脸?”说着抬起手笑嘻嘻去刮张雪崖的脸颊。

张雪崖大怒，阴沉着脸一把攥住醉汉的手腕，顺手往下一带，照他后颈砍了一掌。那醉汉吃多了酒，身子有些不灵便，被张雪崖打得一个踉跄，扑倒在地。

醉汉大怒，腾地从地上翻起来，揪住张雪崖举拳就打。张雪崖一把按住他的拳头，喝道：“郡主在这里，不得撒野!”

郝宦官对那醉汉平日里张口闭口骂他们“阉货”，也早就心怀愤慨，此时早变了脸色，尖声喝道：“茅威，小心冲撞了郡主，你吃罪不起!”

醉汉听他们说什么郡主，不觉摆摆脑袋，抬头四处看了看，只见院中还站着三个女子，其中一个天仙般的小美人，正是秣陵郡主孙楚华。茅威一个激灵，酒醒了一半。

只听楚华说道：“你姓茅？叫茅威?”

茅威扑棱扑棱脑袋，诧异道：“是！小人正是茅威！郡主也知道我的名字?”

楚华心想：“这人真是喝醉了，郝宦官刚叫过他‘茅威’，我又不是没听见!”她只觉得一阵酒气扑来，心里有些厌憎，不想跟这人多说话，但又怕他闹事，便淡淡一笑，说道：“你既然替父王办过几趟重要差事，想必有一些本事，父王心里清楚得很！俗话说，养兵千日，用兵一时，日后自然有用你的地方，你又何必在这里怨天尤人?”

茅威见楚华安慰自己，心里十分舒坦，但仍然有些不服，指着张雪崖说道：“可是这小子有什么本事，凭什么高我一等？……”

楚华冷笑道：“难道我们家的武士，都是这么斤斤计较的吗?”

茅威见楚华对自己有鄙夷之色，不觉有些惭愧，但是仍然不服，抬头看了众人一圈，忽然像明白了什么，借着酒劲哈哈大笑起来，指着张雪崖说道：“我说呢！原来你这小子攀上了郡主！我听别人议论，只是不信！谁知道郡主亲自来找你！你小子可真是艳福不浅哪！来了一个小姑娘给你洗衣服还不算，现在连郡主都跑来找你！你奶奶的哪辈子修来的福气……”

话还没说完，郝宦官已尖声叫道：“你这醉汉胡说什么！”楚华对他醉言醉语本来还不是很介意，但看到郝宦官尖声呵斥，似乎欲盖弥彰，又看到张雪崖、青萍和阿秀的眼光似乎都有些异样，青萍的眼光中似乎还透着对自己的同情。楚华又羞又恼，冷哼了一声，转身欲拂袖而去。

张雪崖见茅威喝醉了酒，不但辱骂自己，而且辱及楚华，不觉又惊又愧，觉得自己玷污了她的名声，转眼见楚华和阿秀拂袖而去，忍不住大怒，“咚”的一拳重重击在茅威脸颊上。茅威“噗”地一下，吐出一口鲜血，里面夹裹着一颗大牙。

茅威也是勃然大怒，唰地拔出腰间钢刀，大叫一声向张雪崖砍去。张雪崖一侧身闪到一边，茅威接着一刀又已砍下，登时刀下生风，舞成一张蓝色的刀网，将张雪崖罩住。张雪崖手无寸铁，对面又是醉酒疯汉，只得左右腾挪，步步后退，逐渐退到庭院西侧。西侧扯着绳子，挂满了衣服床单。茅威一刀下去，把一幅床单劈成两半。

郝宦官大声呵斥茅威，茅威哪把他放在眼里？即便郡主在这里，也无非是个小姑娘，茅威醉酒之人，哪里想得了那么多？因此只管红着眼睛大声呐喊，一心要把张雪崖劈成两半。

楚华看到张雪崖空手对付那疯汉的钢刀，十分心惊，赶紧跑进他屋里，从墙上摘下他那柄长剑，跑出来站在台阶上，想瞅准个机会把剑扔给他。但是电视上演的扔剑似乎很简单，一声“接着”就可以了，可眼下自己就算扔过去，恐怕也扔不到张雪崖手里。

正心急火燎地不知如何是好，忽见茅威一刀下去把绳子砍断了，衣服床单纷纷落地。张雪崖顺手抓住一条长裤，唰地一拧，拧成一条长绳，向茅威手腕抽去。茅威手腕一麻，钢刀险些飞出去，忙握紧刀柄，双手高高举起，正对着张雪崖脑门砍下。张雪崖一矮身，飞起一脚，踹向茅威心窝。茅威腾的一声向后飞了出去，钢刀脱手，落在地上，人一直飞过大半个院子，才咕咚一声向后跌倒，跌倒后又向后翻了个滚，这才按住地面摇摇晃晃站了起来。张雪崖眼睛盯着茅威，脚尖向落在地上的刀柄一点一踢，钢刀嗖的一声，插在了茅威的卧房门上，刀柄犹在乱晃。

茅威噗的一声，吐出一口鲜血，大怒，抬手擦了擦嘴角的血，大叫一声，喝道："姓张的，老子今天不活剥了你，老子也不活了!"

正在这时，门外呼啦啦闯进来几个持刀挟棒的武士，原来是附近的武士听到动静，都赶过来看热闹。郝宦官尖声叫道："快把疯汉拿下!"几个武士却都哈哈大笑，说道："原来是老茅又跟人打架啦！怎么被打得这么惨！这新来的小子这么厉害吗?"

楚华有些生气，喝道："你们是来劝架的？还是来瞧热闹的?"众武士见楚华持着剑站在台阶上，一齐上前行礼。一个武士说道："门下不知郡主在此，多有冒犯!"

郝宦官底气更足，捏着嗓子又叫道："还不把疯汉拿下!"众武士心中都骂他狐假虎威，但转眼见茅威正哇哇啦啦向张雪崖冲去，像疯子一样。几个武士一拥而上，将他反剪手臂，摁在地下。

茅威哇哇大叫，骂道："奶奶的，以多欺少！我不服！我没输！臭小子，你有什么能耐！你不就是比我长得俊些吗？连郡主都看上了你！处处袒护你！……"

众武士神色都有些诡异，纷纷拿眼睛去瞧楚华。楚华看了张雪崖一眼，心想，众人既然一定这样议论，那也只好由他，只是雪崖如此身手，何必被我所累？就算凭他实力，也定能将这个粗人打败，何必叫他落下话柄，叫人家说他没本事，靠着女人？楚华冷笑了一声，看着茅威说道："茅威，刚才分明是你拿着刀，张雪崖是空手，明明是你占了便宜，你怎么如此不讲理？好！既然你口口声声说埋没了你，那如今当着大家的面，叫你跟张雪崖公公平平地再比一场，你愿不愿意？”

茅威叫道：“好！刚才我是吃多了酒，才落了下风，现下我出了一身汗，酒劲已经过去了！这番我要比输了，我向这小子磕三个响头！”

楚华瞧了张雪崖一眼，张雪崖轻轻点了一下头。楚华回头向茅威笑道：“好吧！那你是要比兵器还是空手比拳？”

茅威叫道：“比兵器！兵器爽快！”

楚华笑道：“好，你们放开他吧，把他的刀给他！”

众武士放开手，让茅威爬起来，把他的钢刀从门上拔下来递给他。楚华举起手中长剑，张雪崖走过来双手捧住，垂着头退了下去。

二人相对而立，茅威忽又问道：“要是这小子输了呢？”

张雪崖横眉说道：“我要是输给你，我从此离开王府！”

茅威叫道：“好！够爽快！看刀！”茅威说着，腾空跃起，钢刀迎面向张雪崖砍落。此番果然比刚才沉稳得多，楚华不觉又有些担心，也许他真是酒劲过去了呢？张雪崖要是输了，或者受了伤，那可如何是好？

却见张雪崖身子微侧，轻轻挪了半步，举剑向茅威刺去。眼见并未刺到他身上，茅威却大叫一声，后退了两步，站在那里愣了一愣。张雪崖也不追击，站在原地以逸待劳。

茅威大喝一声，忽又持刀扑上，身形敏捷，如同猎豹。张雪崖倏地又刺出两剑，第一剑似乎刺到了刀刃上，只听叮的一声响，刀刃偏了一偏。紧接着一剑正中茅威握刀的手腕，茅威手腕一酸，钢刀又掉到了地上。张雪崖身形一晃，剑尖已抵在茅威喉结上。

众武士都十分意外，茅威虽然好酒爱赌，平时又爱惹事，但他刀法也是极好的，在场有一半都打不过他，没想到张雪崖这小子的剑如此之快，竟能三招之内战胜茅威。众人都是习武之人，向来以武力分高下，起初他们觉得张雪崖是新来的，年纪又轻，以为他没什么真本事，并不把他放在眼里，但如今见他技艺过人，便都心生敬意，纷纷叫道："好剑法！是条汉子！""老茅，是你输啦！快磕头吧！"

茅威又羞又愧，真要他磕头，却又觉得十分羞耻，眼睛一闭叫道："你杀了我吧！叫老子给你磕头，门都没有！"张雪崖也不说话，慢慢收了剑，退了开去。

楚华心想："这个无赖，自己说磕头，现在又要赖！叫不叫他磕头呢？不会给张雪崖结下冤家了吧？"忽听阿秀在旁边笑道："没羞没羞！说话不作数！就会瞎逞能！"众武士也跟着起哄，纷纷笑道："老茅，你就磕了这个头吧！自己说的话怎能不算数？白白叫人笑话！"

茅威见众人哄笑，恨不得地下有个缝钻进去才好，眼睛一瞪，像两个铜铃似的，大声叫道："磕头就磕头！可是我并没有输，磕完了头，咱们再比一场！"说着就要跪下去。

张雪崖抬手拦住，说道："我不想跟你争强斗勇，你也不用给我磕头，我也不想跟你再比。我们同在府中，效命于王爷，希望今后不要再起争执！"

茅威眼睛一瞪，骂道："放屁！今天我输给你了，难道不许我以后争回来？我就是瞧你不顺眼，以后还要跟你打！"说着扑通一声跪了下去，向张雪崖咚咚咚磕了三个响头。

楚华心想："茅威既然敢做敢当，也并不算十足的无赖，也许只是性格粗鲁吧！"还没想完，却见茅威站起身，恶狠狠地向张雪崖说道："咱们没完！总有一天，我得让你给我磕九个响头，把今天这场羞辱加倍地还给你！"

张雪崖和茅威这一架打得阖府皆知，都说因郡主而起。流言终于传到吴王孙泓那里，孙泓倒不生气，只是纳罕道："茅威的刀法我是知道的，虽然算不上一流，可也不至于三招就败给别人，那张雪崖剑法如此精妙吗？"这天刚巧有空，便传张雪崖来见。张雪崖随吴王侍从来到存心殿，只见殿中除了吴王之外，还有几个人或坐或立，正在谈笑，这些人或高或矮，或文或武，状貌不一，都是府中门客。

张雪崖拜见了吴王，孙泓让他与诸人一一见礼，或曰某某公，或曰某某生，不能多记，都是吴王亲近的门客。孙泓请张雪崖坐下，宦官捧上香茗，众人也各自归座。孙泓笑道：“先前听小儿夸你剑法过人，可惜我一向忙碌，并未亲眼见过。近日听说你三招之内就能打败茅威，那茅威虽然粗鲁，刀法却极剽悍。我今日请你来，便是想请你演一套武艺，给我们开开眼界！”

张雪崖见吴王笑语谦和，便恭敬答道：“是！”正要去殿前舞剑，却见一个身材短小的中年门客不屑道：“你这小子真不知进退！王爷不过跟你客气几句，你就真想出风头了。我们王爷自幼习武，早在二十年前，便十八般武艺，无一不能。你年纪轻轻，能有多少本事？岂敢班门弄斧？”

张雪崖十分尴尬，退也不是，进也不是，心想：“王爷对我尚如此客气，你不过是和我一样之人，怎么讲话如此无理？”但念在王爷在座，不便与他计较，只好鼻子里哼了一声。

那门客斜眼瞥见张雪崖腰间悬着一柄长剑，便说道：“敢问足下最擅长什么兵器？”

张雪崖不假思索，说道：“剑！”

那门客摸了摸唇上两撇小胡子，哧地笑了一声，说道：“武功若练到一定境界，草木皆可成为兵器，正所谓大象无形，倒不必拘泥于某一种有形的兵器了。”

张雪崖挺了挺脊梁，轻轻抚摸剑柄，冷笑道：“剑是有灵性的兵器，不是其他兵器能比的！”

吴王孙泓笑道：“张少侠，这位古先生便是用剑的行家，一柄夺命剑，不知杀了多少黑道高手，武林中提起来，人人闻风丧胆。”

那古先生脸上露出得意神色，笑道：“那都是十年前的事情了，十年前朝廷曾出重金悬赏十二个江洋大盗，我的头是最贵的。”那古先生说到被悬赏，脸上得意之色更是掩饰不住。

孙泓见古先生这等姿态，脸上闪过一丝不悦，但立刻便恢复了笑脸，说道：“张少侠，你和古先生两位高手相遇，不如你二人切磋切磋，令我们开开眼界？”其他几位文士模样的门客也都鼓噪叫好，想看二人比试。

二人推托不过，走到庭院中，各拔长剑，对面站立。吴王与众人站在廊上观看。

古先生讲话轻狂，张雪崖早就心中不忿，如今见他拔剑出鞘，便想好好教训他一下，让他丢一下脸。但古先生一出手，张雪崖不觉吃了一惊，只见他剑法果然精奇、神出鬼没、变幻莫测，似乎在那姬兰卿之上。张雪崖不敢大意，当下沉下心思，跟他斗了起来。只见剑光人影，倏忽来去，风过之处，树叶惊飞，花瓣如雨。二人在庭前斗了几十回合，仍不分胜败。只是古先生却渐渐气怯手拙起来。

原来这古先生十年前也算是个剑法一流的高手，后来被朝廷通缉得紧了，听说吴王孙非胆大豪爽，喜爱招贤纳士，什么亡命之徒都敢收留，官府也不敢与他为难。因此他才来到金陵，投奔了孙非。后来孙非去世，世子孙泓袭了王爵，孙泓和父亲一样喜爱结交三教九流之人，因古先生名声极响，剑术又高，便也对他比较客气。古先生便更加目中无人，养尊处优，武功却日渐荒疏了。所幸他身处富贵之林，平时既不用上阵杀敌，又不用跟人斗殴，别人也瞧不出他的深浅，因他资历渐老，便都对他尊重有加，他便越来越目空一切。

如果在十年前，古先生和张雪崖交上手，谁胜谁负还真是难说，但如今古先生锋芒露过之后，便逐渐显出疏拙之相，张雪崖暗道：“也不过如此！”当下身影一晃，剑尖直刺古先生咽喉。

古先生腾身后跃，避开剑锋，双脚落在一棵树干上，脚尖轻轻一点，复又纵身扑上，长剑直向张雪崖右肩刺去。张雪崖忽然身形微转，长剑不知何时已交到左手，向右横削，削向古先生手腕。古先生忙撤回长剑，左掌划了个半圆，忽地向张雪崖胸前拍去。一掌刚刚拍出，还未到半路，忽觉右肩一痛，张雪崖左手长剑直指，已插入古先生右肩。

古先生大吃一惊，不知张雪崖的剑为何如此之快，又能左右手变换使用，令人防不胜防。他右肩中剑，右臂不听使唤，手中长剑当一声落在地上。众门客见古先生盛名之下居然落败，都深感意外，不觉站在台阶上议论纷纷，摇头叹息。

张雪崖已还剑入鞘，横了古先生一眼，转身走上台阶去了。

吴王孙泓呵呵笑道："真是长江后浪推前浪，张少侠果然名不虚传，名副其实啊！"

古先生独自站在院中，十分羞愧，正不知该回到殿上，还是就此告退，忽听到王爷并不来抚恤自己，反而携了张雪崖说他"名副其实"，似乎在讽刺自己名不副实。古先生深悔自己近年来疏于武艺，以为富贵可以长久，谁知意外中断，不觉羞愤告辞，收拾了包裹，径自离开王府，投奔他处去了。

吴王也不在意，反而悄悄向张雪崖笑道："这个老头，我早就讨厌他，像他这种靠十年前的名声混饭吃的人，走了毫不可惜！"张雪崖见吴王私下里如此坦率，不觉也会心一笑。从此张雪崖被吴王看中，提升为一等武士，并在府外赐给他一所房屋，几亩田地。王府各色门客，无论武士还是文人，见了张雪崖都亲热寒暄，与他攀交情。茅威见了张雪崖，虽然心中不忿，却也敢怒不敢言了。

张雪崖有了些许资财，想起巫女淮秀相救之恩尚未回报，因她曾向自己索要金钗，于是雪崖准备了几件金银钗环前去相赠，心想，虽然用这些金珠付诊金尚有结余，但救命之恩，岂是区区银两所能报答，可惜财力有限，只能以此聊表寸心罢了。等他到了淮秀住处，却见屋里空荡荡的，淮秀已不知搬到何处去了。张雪崖不觉怅然若失，徘徊了半晌，方才离去。

第十六节 藩王罹罪

张雪崖如今有了身份地位，心情略略宽展，而有时又能见到楚华，闲话片时，更觉心满意足。如今春暖花开，王府的宫墙柳影，殿堂楼阁，湖光山色，都在张雪崖心里印下了美好而难忘的影像。

怎奈好景不长，四月初的一天，吴王忽接到朝廷传来的丧耗，说道大行皇帝御驾宾天，遗诏命诸王不必来京，各自在国中哭临；各王国中，文武官吏听朝廷节制，不许再听王府令旨行事，唯有王府护卫官军仍归诸王指挥。

吴王孙泓大惊失色，赶忙在府中搭设灵堂，上下家人皆换上丧服，早晚聚集举哀号哭。金陵城中也是哀声四起，百官军民尽皆聚集哭悼。这天早上，吴王孙泓哭完了先帝，退到偏殿密室，对妻儿说道："如今先帝刚刚驾崩，皇太子尚未登基，便不许各地亲王进京祭奠，我们是外姓封王，不进京倒也罢了，只是那些同姓王里，有先帝的亲兄弟、亲子侄，一律不许进京见最后一面，似乎有悖常情。皇太子这几年对各地藩王十分忌惮，如今尚未登基，便借遗诏之名，削夺亲王权力，不许亲王干涉地方政务，不知登基之后，又会用什么举措对付我们了!”

世子孙楚奇见并无外人，便大胆说道:“父王不必过于担忧，皇太子忌惮的只是那些同姓王，尤其是他的叔辈，皇太子每次与诸皇叔见面，诸王虽先向太子行国礼，之后太子却又得向诸王行叔侄家礼，诸王位尊功高，皇太子又年轻，诸王表面上虽然客气，其实并未把太子放在眼里。尤其是二王爷和四王爷，皆为高皇帝嫡子，又拥领重兵，坐镇边塞，皆曾有意于皇位。皇太子做一些防范，也是不得已吧!而我们异姓王，虽然名为亲王，实力比同姓王却又差之远矣，二王爷兵力五万，四王爷兵力三万，而我吴王府三卫总共只有一万五千兵力，对朝廷实在不足为患吧!朝廷何须来对付我们?”

孙泓道:“话虽这么说，但自古以来异姓王比同姓王更难有始有终。汉朝时高祖曾封了八个异姓王，楚王韩信、梁王彭越、淮南王英布、韩王韩信、燕王臧荼、赵王张耳、长沙王吴芮、燕王卢绾，最后只有长沙王得以善终并把王位传给了儿子，其余诸王大都死于非命，像楚王韩信、梁王彭越更是被夷灭三族!唐朝时高祖封杜伏威为吴王，杜伏威最终却不明不白暴卒于长安;封罗艺为燕王，罗艺最终却被逼叛乱，被部将所杀!我朝十二异姓王，能平安传承三十年已是罕见之事，又岂敢妄想世代相继呢?只是不知朝廷打算怎么对付我们?真令人惴惴不安!”

吴王心怀忧虑，王妃与世子也相顾叹息。唯有楚华面上含笑，若有所思。王妃问道:“女儿傻笑什么?”楚华不答。楚奇撇嘴道:“咱们家为守国孝，一年之内不得嫁娶，她正不想出嫁呢，这下父王可以从从容容想个借口悔婚了，她可不是偷着乐了吗?”

楚华没乐多久，便觉察到王府中气氛的变化似乎不妙。父王向来温和，如今却终日愁眉不展。从前吴国官员定期要来朝拜父王，地方事务也要请示父王，就连路过金陵的官员也必来朝见，人人是一张笑脸，一团和气，可如今金陵的高官甚至不愿登门，对父王敬而远之，就像躲在一边偷窥之人，其心变得神秘莫测。

皇太子登基之后，便有一些名不见经传的官吏出首告密，举报某王横行不法，暴虐无度，鱼肉地方。诸王向来骄横，不法之举随手便可拈来，常见的比如侵占民田，虐杀僚属；骇人听闻者如某王强抢民女，貌美入眼者囚禁奸淫，不入眼者则烧成灰送还出去；又如某王和王妃命人诱拐民间五七岁儿童入府，清秀可爱者私自阉割留用；又有某王喜欢吃活人心肝……

于是朝廷雷厉风行，立即查办，很快便有五个同姓王被废黜羁押，两个异姓王被打入死牢，抄没家产，一个异姓王被削爵软禁。百姓们一向仇官恨富，见王爷们纷纷倒了霉，无论罪有应得的，还是莫须有被牵连的，百姓一概拍手称快，嬉笑怒骂。

接着有人告湘王伪造宝钞、擅杀良民，朝廷立刻降敕切责，遣使率兵到荆州府逮捕湘王。湘王高傲执拗，说道："我为高皇帝之子，执掌一方，怎能受辱于皂隶之手?"竟然阖宫自焚。

又有滇王被检举羁押，滇王年轻惧怕，自辩道："这是平西侯与我争权，并不是我有什么过失。朝廷因为云南新附，命我以藩王身份镇抚，而平西侯自恃收复云南时他家功大，又恨我分权，想独自镇守云南，便用莫须有的事情污蔑我，想借朝廷之手除我。"朝廷不听，把滇王废为庶人，流放漳州。滇王一路哭泣，还没到漳州就病死了。

这两件事传到金陵，吴王脸色惨然，世子孙楚奇也说道："有些亲王的确残暴骄横，视人命如草芥，但并非所有亲王都是如此。而如今只要被告发，就免不了牢狱之灾，以致天下亲王，噤若寒蝉。皇上不分缓急轻重，东一榔头西一棒子地乱打，看样子只是借机把亲王们赶尽杀绝！其实如果想削去亲王封号，收回兵权，只要下诏就好，何须罗织这么多罪名，让人连个好名声也不剩下？那些宗室的王爷，难道没有去找二王爷商量吗?"

吴王摇头道："二王爷如今闭门不出，不问世事，只和门客们喝酒吟诗谈风月了。”

孙楚奇道：“我们总不能坐以待毙，父王要早作打算。”

吴王叹道：“唉！我能做什么打算？一万多的兵力能做什么？只是我们和秦王燕王这两支关系最好，如今只有暗地里遣使通问，看他们是怎么办再说。”

吴王孙泓私下派使者去燕国和秦国，不知为何竟走漏了风声，使者在半途被拿获。朝廷下诏申饬吴王，吴王十分惊恐，慌忙用重金贿赂前来颁诏的宦官，并再三解释自己并无谋逆之心。宦官满口答应替吴王周全。

岂料一行人回京后，宦官对皇上汇报，说吴王孙泓坐拥江浙，富可敌国，吴王府的富庶奢靡，比皇宫有过之无不及；又说吴王私养勇士，除卫所兵力外，府中门客八百人，大都是武林高手、亡命之徒。并取出厚厚一沓记录，列举了吴王的财产，计有良田两万亩，佃户连家眷数千人，佃户所居房舍所用农具，皆由王府提供，实为王府财产；另开设当铺若干、绸缎庄若干、粮店若干、瓷器店若干、客栈若干等，又开设一间规模极大的织厂，雇用女工数百人，织布售卖……

皇帝极为震惊，命都指挥使、布政使率兵把守王府，召吴王即刻上京陛见。吴王府上下陷入一片慌乱。吴王孙泓的三个弟弟前来探望，也被挡在门外，不能进府。吴王召集府中武士，张雪崖也在其中，吴王问道：“这场浩劫已在所难免，各位看应该怎么办?”

张雪崖慨然说道：“门下受王爷一家恩遇，尚未报答，如今愿以性命效劳。王府中门客八百，其中武士就有五百人，何惧区区几千守兵？我们可以把都指挥使、布政使骗进来杀掉，然后带人冲出去，再集合三卫兵力，占领外城城门。”众武士群情慷慨，纷纷叫道愿意誓死效忠吴王。

吴王叹道：“我本无谋逆之心，也从未擅杀良民，如今最大的罪过，不过是我私下经商，蓄积财富，再者就是私养门客，令朝廷疑心。如今朝廷命我上京，即便是要处死我，也未必会处死我的妻儿，也兴许并不会处死我，只是将我囚禁，我又何必真去谋反？再说我以一藩之力，去对抗朝廷，岂不是以卵击石？即便一时和你们冲了出去，杀了些官军，然而乱军之中，我又怎能保证妻儿平安无虞？即便一时胜利平安，然最终若败于朝廷大军，不仅保不了妻儿性命，连族人也保不住了，那便是灭族之祸，就连父祖在泉下也难以安生！我孙泓一己之身何足道哉，岂能冒如此风险呢？我今日便要应诏上京，今后不知还有没有机会再与各位切磋！各位有愿意回乡的，可到账房领取二十两银子做路费，有愿意留下的，今日也不许和官军冲突滋事，今后当如同待我一样扶持世子……”

吴王心意已决，妻子儿女都阻止不了，一时吴王家眷都悲悲切切。吴王的侍妾芮儿，已身怀六甲，见吴王被诏上京审讯，即将启程，不觉哭得晕了过去，王妃命侍女将她扶进内室。

众门客有的早想离开这是非之地，苦于门口官军把守出不去，当下先是一群胆小文人匆匆忙忙去领银子，只等吴王一被带走，自己就能溜之大吉了。接着是一些武士卷了铺盖要走，武士们大多本不想走，但见场面越来越骚乱，心思便动摇了，于是越来越多的人去领了银子，背了包裹，等着离开。

吴王和王妃看着人们只顾逃命，都忍不住叹气。孙楚奇脸色也很难看，含悲向父亲说道：“父王您这样下令，人心已经涣散，即便现在改了主意，只怕也迟了。”

吴王叹道：“我只是上京走一趟，也未必就会死了！何况还有你在！我走之后，你就是一家之主，虽然剩下的人少一些，但这些留下的武士，都是经过考验之人，你若有用他们之时，他们必会效忠于你！你今后遇到事情，不必像我这样懦弱，一定要保全自己！但若不是性命大事，你能忍时也要稍稍忍一忍，要顾全大局，不能莽撞行事。另有芮儿已身怀六甲，无论生下的孩子是男是女，都是你的弟弟妹妹，望你好生照料，如同一母所出！”楚奇含泪一一答应。

楚华挽住吴王胳臂，哀求道："父王，我和您一起去!"

吴王诧异道："你去做什么?"

楚华道："我不知道我能做什么，但是我害怕父王一走，我就再也见不到您了!"楚华想起和秦竹山分别之事，一别永无期。虽然她至今对秦竹山念念难忘，但那逐渐更像一个梦境，而眼前的父母，却是真切而清晰的，这十几年和他们在一起的记忆，让她感到自己作为楚华的真实。

吴王摸了摸楚华的头发，说道："你和哥哥在家陪你母亲，你跟着我，我反而要为你操心。"

楚华道："我听说汉代有个叫缇萦的女子，就因为跟着父亲上京，请求以自身为奴赎罪，而救了她的父亲。也许我见机行事，能帮上父亲的忙呢?"

吴王含笑叹道："如今朝廷对藩王极为严苛，那几家遇难的异姓王，有的家眷被杀，有的家眷被流放为奴，别说女儿用一身来赎罪，就算把我们整个家族的女眷都贬为奴婢，朝廷也未必会开恩于我！不过女儿别担心，我并未做过什么不法横暴之事，朝廷只是一时羁押我罢了！我定会回来见你的!"于是吴王和妻儿告别，独自随朝廷使者上京去了。王府中悲声四起，都不知今后命运如何。

吴王孙泓羁押于京师，吴王府陷入一片惶恐，世子孙楚奇拿出许多金银珠宝，派人去京师疏通打点。吴王二弟孙泽患了脚疾，行动不便，女儿楚纤又染病卧床，因此孙泽便没出门，留在郡王府休养。吴王三弟孙淳则去京师打探疏通，银子花得像流水一样。

临行时孙楚奇犹道："叔父不必替我省银子，就算把王府卖了我也甘愿的，只要能救我父亲就好!"于是孙淳滞留京师，苦寻门路，艰难疏通上下关节。其间孙淳也曾派使者回金陵回报讯息，孙楚奇也屡次派张雪崖等武士送银子物品去。内眷们则每日在王府备受煎熬。

就这样度日如年。到了六月间，京城传来消息，说朝廷并不打算治吴王的死罪，只是要虢夺其亲王爵位，年俸一万石裁减为三百石，同时令其将三护卫兵力交还朝廷。王妃、世子等见吴王得保性命，都喜出望外，反复追问使者消息是否可靠、吴王几时能归来。

孙泽和妻子陈氏听说了此事，陈氏便私下对郑太妃进言道："这几个月楚奇把银子花得跟流水似的，只怕把王府都快搬空了！虽说楚奇是世子，可毕竟还没封王不是？就如此专断，根本没把您放在眼里！再说大哥若是丢了王爵，楚奇这世子就不过是一介庶民了！这吴王府又不是他一个人的，怎能把王府都搬空了呢？大哥虽然捡了性命，但每年就那三百石的俸禄，怎么供养您呢？他们把银子花光了，让您老无所养，这也太不像话了！您可是第一代吴王的王妃，怎能受后人拖累呢？再说，孙淳和大哥乃是一母所生，谁知道他们是不是借着打点的名义把银子搬走私藏了起来！您这四个儿子里，只有我们王爷是您亲生的，也只有我们真心实意为您考虑，他们这样做，今后您可怎么办呢？"

郑太妃沉默不语，过了半晌，才垂着眼皮慢慢说道："楚奇虽然花的是官中的银子，按说是大家的，但这几个月我们的日常供应还是照旧，并没有受到影响，何况这也是为了救他父亲，如果他父亲被治罪太重，这一大家子都会受到牵连！所以这几个月，他从官中取银子取东西，我都睁只眼闭只眼，不闻不问，随他打点去。如今他父亲已保住性命，我这每天念经祷告也算灵验，我也算对得住先王了！你既怕他们转移藏匿银子，那当初楚奇先去请他二叔上京打点，你为什么拦住不让去？现在又说这话！"

陈氏嘟嘴说道："我不是怕我家王爷被连累嘛！这些年大哥一家赫赫扬扬，积下金山银山的财产，我们不过住个巴掌大的郡王府，跟他们天壤之别。同是先王的子孙，他们继承了家业，早占了大便宜，我们又没多少好处，现在大哥犯了事，那只是他们一家的事，为什么要把我们也拖进去，让我们去分担风险？只是，这亲王爵位，乃是先王传下来的，难道因为他一家的过错就白白丢掉了吗?”

郑太妃冷笑道:“我家的亲王爵位,乃是当年高皇帝亲封,如今已传承三十年,孙泓虽然有过,先王却是清白的,先王的其他儿子也是清白的,岂能因一人之过轻易把爵位丢了呢?我自然要上书朝廷,请求由先王别的儿子继承吴王之位。”

陈妃笑道:“正是这个道理!按顺序我家王爷是次子,又是您亲生的,您是先王继妃,我家王爷也应算是嫡出,继承王位是理所应当!再说大哥已无法供养您,您以先王妃之尊,又怎能移居我们小小的郡王府?自然我们夫妻进来侍奉您更妥当!”

郑太妃瞥了她一眼,说道:“你也别总做出这副心急的样子,让人看见像什么?如今这事还没有定论呢。要把握得恰到好处并不容易,一半在人为,一半看天命了!”

忽一日,孙淳使者驰回金陵急报,说道:“北边全乱了!王爷只怕一时回不来了!”

王妃、世子等追问何故,使者喘气说道:“皇上的二叔夏王也被朝廷带兵围困在府里,要把夏王带回京审讯,夏王用计把带兵的都指挥使等人都杀了,又带府中将士冲出王府,占领了宁夏城。夏王上书给朝廷,说道朝廷如此对待藩王,乃是奸臣蒙蔽之故,要清君侧、除奸臣,书信发出就起兵了。如今朝廷已接到书信,夏王也占领了附近州县,朝廷正要派大军前去清剿,只怕此刻已经出发了!”

吴王妃胡氏急道:“这和我家王爷有什么关系?”

使者道:“夏王一起兵,周围的王爷吓得都丢了藩国不要,跑回京城去了,就连四王爷宁王也跑回京了,不敢和夏王一起造反,又怕夏王打自己,只有燕王起兵响应夏王。朝中有人提起旧事,说我家王爷和燕王最好,也一直图谋造反,所以皇上发怒,要杀我们王爷!”

吴王妃一听，险些晕了过去。楚华赶紧扶住母亲，自己也十分揪心。孙楚奇握住佩剑怒道："什么昏君！他想杀我父亲，我还想上金銮殿杀他呢！"

楚华忍悲说道："哥哥别说气话，如今父亲还在牢里，哥哥若是起兵，父亲的性命不是更保不住了？"

楚奇一听此言，又气愤又无奈，恨得拿拳头捶自己脑袋，叫道："那该怎么办？"

吴王妃含泪道："如今你父亲陷在京城，我们还能怎样？只有祈求皇上，剖白心迹罢了！不如即刻上书，交还这一万五千的兵力，实在不行全家发配边塞也好，只要能保住你父亲性命，一家人还能见面就好！"

楚奇说道："如今夏王一带头，到处都会有骚乱，如今起兵，正是良机！虽然兵力只有一万多人，但我散去王府资财，即可招募到军队！如果此时交还兵力，只是自己拔去爪牙，就算本是猛兽，也只能任人宰割了！但又岂能置父亲安危于不顾？"因此左右为难，在屋里走来走去，十分焦躁，无计可施。

正在犹豫，忽见四叔孙渔匆匆进府，对楚奇说道："都指挥使突然拜访二哥，说谋反之罪都要株连，如今大哥已经坐实了谋反，只怕二哥也逃不了干系，说如今只怕你也要带兵造反，都指挥使劝二哥捉了你报官，好表明自家清白。二哥担心你安危，就假意应允，还在和他周旋，悄悄叫我来通知你，看你是出去避避风头，还是怎样？"

吴王妃一听，又一桩飞来横祸，不觉惊恐道："那赶紧收拾东西，出去躲躲吧！"

楚奇急道："我躲到哪里去？我躲出去了你们怎么办？我现在就去杀了那都指挥使！"

孙渔道："楚奇别着急，要杀那都指挥使也不难，莫若我们去二哥府中，合力杀了都指挥使，再做打算。大哥虽然在牢里，但怎么定罪还都只是传闻，即便问斩，也得等到十月以后，这几个月我们定当设法营救。"

吴王妃道："只怕还是不妥！"

楚奇道："朝廷若认定了我们造反，即便我们不反，朝廷还是会杀我们！倘若起兵，兴许还能捡一条命！"

楚华道："即便哥哥决意起兵，也不必急着去杀都指挥使，莫若先召集武士，集合府外军队，定下作战计划！至于那都指挥使，让他多活两天又何妨？"

楚奇道："擒贼先擒王，那都指挥使手握重兵，岂是好对付的？如今他在二叔府中，刚好是个机会，若今后他在军中，我想杀他哪有那么容易？"

楚华道："那哥哥就多带些武士，把张雪崖也带上！"

孙渔道："都指挥使虽有膂力，武功也不见得有多高，如今他并无军队跟随，只有几个亲兵，我和楚奇足以对付。带武士前去，反而惹他亲兵疑心，只怕近不了他身，更是麻烦。"

楚奇也道："二叔府中也有亲兵，不妨事的。"于是和孙渔前往孙泽府中。

第十七节 祸起萧墙

却说楚奇心怀怨愤，进了正院，远远见都指挥使在堂上喝茶，楚奇恨不得立刻上去质问他。楚奇穿过院子，刚要踏上台阶，忽见廊上廊下冲出来许多披盔戴甲的士兵，把他包围，一回头，四叔孙渔已不知去向，堂屋内都指挥使走出来抚须微笑，却并不见二叔的身影。

楚奇暗叫上当，正要回身，那兵士们却呐喊着一拥而上，楚奇拔剑相迎，刺死了两名士兵，怎奈披甲士兵里三层外三层包围过来，都持着长戟，一起向楚奇戳来。

楚奇身上早被戳伤十几处，随即被按在地上反绑了。楚奇气得眉眼都变了形，大叫道："孙渔！你居然骗我！孙泽！孙渔！你们出来！出来啊！你们都是我叔父，为什么骗我？"

只见孙泽慢慢从屋里走出来，叹气道："楚奇，朝廷不会杀你的，我也定会尽力救你！如今朝廷既然疑你谋反，我不配合朝廷官员，只怕全家人的性命都保不住！如今你虽然受点委屈，但老太妃和你母亲、妹妹都会没事，要是我不这么做，你必定会连累你母亲，只怕连你母亲、妹妹也保不住！”

孙楚奇被按在地上，浑身带血，头发散乱，拼命抬起头叫道：“你如果不陷害我，我自然无事，我自然可以保护我母亲！你这样不但害我，也害了我母亲和我妹妹！”

孙泽叹道：“你生在富贵窝里，又年轻没经过事情，你有什么能力领兵打仗？如今只是这点小计就把你擒获，你若真去打仗，要经历多少大大小小的事情？打仗哪有你想的那么容易？唉，如今都指挥使大人只是把你囚禁一段时间，若你并无谋反之心，自然会还你清白。你母亲和你妹妹也是我的亲人，我自然会照顾，你只需配合朝廷，安守本分，不起歹心就是了！我们早晚会救你出来！”

孙楚奇大怒大骂，叫道：“你怎知我不能领兵打仗？你若不是我叔父，我怎会如此信你？又怎会落入圈套？”孙泽叹了口气，不再理会他。

都指挥使谢了孙泽，不顾孙楚奇大喊大骂，带着甲士把他抬走了。

都指挥使又携诏书收回吴王府三卫的兵权。有几个忠于吴王的千户虽心中不服，但如今吴王与世子皆已成了罪人，军队群龙无首，而千户们食朝廷俸禄，又岂能冒天下之大不韪抗旨作乱？于是吴王府亲卫一万五千兵力被朝廷收回。

孙泽和孙渔既表明了立场，配合朝廷捉拿了反叛，吴王孙泓的罪责便没有牵连到他们。郑太妃上书请封孙泽为吴王，朝廷不允，但同意孙泽以郡王身份处理吴王府事宜，等到平定夏王叛乱之后再行封赏。

孙泽于是入主吴王府，在存心殿将长史以下官员、都总管以下宦官召集训话，说道：“虽然吴王与世子谋逆，但朝廷恩泽浩荡，并不株连，又经我多方努力，才保住诸位性命和家族财产。虽然吴王和世子有罪，但我们有手足骨肉之情，我当尽力疏通营救，保其性命。”如此云云。

众人本是王府僚属及家人，见朝廷有旨，而孙泓不在，孙泽便是家长，于是只好见风转舵，都依附在孙泽手下。有一部分武士忠于吴王，不服孙泽，更有恨他骗世子坐牢的，都暗中图谋报复。另一部分武士则说道："二王爷若非这样做，只怕整个王府都要被抄没，别说世子仍要入狱，就连王妃、郡主也难保平安！再说二王爷也是自身难保，不得已才如此，如今既保住自身，又保住了王妃、郡主！"

忠于吴王的武士们也针锋相对道："你们不过是贪图荣华，见风转舵，一群小人所为！"于是分成两派，不是明里群殴，就是暗中争闹。许多门客不愿参与这种内讧，便卷了包裹，叹息离去了，就这样又走了许多人。当年吴王府三教九流会聚一堂的场面一去不返，只剩下不足一百个武士并未离开。

孙泽白天在吴王府查点账簿财产，熟悉事务，晚上仍回郡王府居住。这一晚孙泽回房，郡王妃陈氏发牢骚道："你如今虽无亲王之名，却有亲王之实，再说朝廷之所以不封你亲王，只因如今正有战事，不宜封赏，你这亲王爵位是早晚的事，可我们仍住在郡王府，我这卧室如此窄小，我的东西都快放不下了！大嫂已经不算亲王妃了，却还住在凤翔宫里面，这跟以前一点也没变嘛！我也就算了，可咱们女儿就那三间小厢房，这大夏天的一到下午晒死人，也太委屈她了！你看楚华一个人住在卿云宫，五间大正房，厢庑齐全，雕梁画栋的，同样是姐妹，怎么就这么不同？我看还是搬进王府去住吧！"

孙泽皱眉道："你别总是啰里啰唆的，我长兄和侄儿都还在，我不过是代理一下王府事务，现在又没正式封号，搬进去住岂不是招人闲话？大嫂和我们平时关系又好，怎么好意思赶她到别的屋子？再说了，我这几天没少拿珠宝珍玩回来给你，你却越发不知足了！你呀，就是妇人之见，等我封了亲王再住进去有何不可？这几十年都等了，还差这几个月？瞧你急的！"

陈氏听着也有道理，便笑了起来，又佯装不服，和孙泽撒娇卖痴，发嗔调笑。夫妻守着满室珠宝，又憧憬着未来，越说越高兴，感情便更觉融洽，当真是琴瑟和谐，酣畅喜乐。

到了深夜时分，万籁俱寂，孙泽忽觉有人潜入卧室，惊问是谁，却见孙淳出现在眼前，揪住他质问道："你怎能出卖楚奇？"

孙泽惊道："你什么时候回来的？"原来孙淳在京城活动太频繁，孙泓打入死牢后便有人告发孙淳，幸有孙泓之妹、孙淳之姊孙雯嫁在京城，孙雯丈夫冒险通风报信，孙淳赶紧逃走，潜回了金陵。朝廷正忙着派兵攻打夏王，便没顾上追究他。孙淳回来听妻子冯氏说起楚奇入狱始末，不觉气愤悲恸，连夜潜入隔壁孙泽府中质问孙泽。

陈氏醒来便要惊叫，孙泽忙捂住她嘴喝道："别叫！"赶紧披衣下床，对孙淳说道："你对我多有误会！我只是为救全家人性命，又被都指挥使胁迫，若不让他把楚奇下狱，只怕全家都要抄斩。朝廷只是想先控制世子，好收回兵权，并不想杀掉楚奇，我也定会设法救他出来！你我是手足兄弟，楚奇是我们侄儿。虽说从小大哥不常和我们在一起，我们兄弟俩却是总在一起，一桌吃饭一床睡觉长大的，我对你的手足情你该知道，小时候你总跟着我去打猎，有一次遇到老虎，你那时候小，被吓傻了，是谁冒着生命危险从虎口里把你救下来？我对你如此，又怎会去害楚奇？你怎能这样莽撞，大半夜这样乱跑？当心被人抓住把柄，也扣个罪名给你！"

孙淳一时难辨真伪，而对面是自己兄长，也确实不知如何才好，只好恨恨地叹口气，转身便走。陈氏又要叫，孙泽道："别叫，让他去！不要对人说起他来过，免得被朝廷疑心！"

孙淳回府后，因为是潜逃回来，也不敢在家久留，想了一想，便收拾了细软，带上妻子冯氏，抱了一对小儿女，只带了四五个亲随，悄悄从后门出去，乔装改扮，一路向北，投奔燕王军队去了。

却说吴王府剩下的武士有三四十人歃血起誓，决心效忠吴王，并商议先救出世子，再作打算。这些人里以张雪崖情绪最为激愤，且张雪崖武功又好，便俨然成了这群人的领袖。这天入夜，众人聚在一起，商议已毕，各自回房准备。

张雪崖却并未回房，趁着黑暗又秘密潜入卿云宫，翻窗进入楚华内室。楚华吓了一跳，险些惊叫出声。张雪崖捂住她的嘴低声说道："是我！"

楚华稍稍平静，悄声问道："你怎么到这里来了？"

张雪崖凝目看了她一眼，说道："我明日一早便要出门，而吉凶未定，我怕万一再也见不到你了，所以过来看你一眼。"

楚华惊疑道："你要做什么去？"

张雪崖道："当初王爷为顾全大局，束手就擒，岂料并未保住家人。如今世子被都指挥使和二郡王设计陷害，我们不能一忍再忍，所以商议救出世子，再去京城营救王爷。"

楚华又惊又忧，又喜又悲，望着他说道："你们若去劫狱，必定杀伤守军，动静不小，半夜城门又不开，城中防守又森严，就算救出哥哥，只怕也出不了城！那时又怎么办？"

张雪崖道："我已打听到，明日世子将被押解去京城，我们打算在半路动手！此去京师，会经过一处山涧，名叫百里峡，峡谷极长又极窄，两边都是峭壁陡崖，其中又有一处叫作一线天，我们会在那里动手！押送囚车的护军虽多，但武功不及我们好，百里峡道路狭窄，人多也无用，而且容易埋伏，我早年四处游荡，曾经过那里，对地形十分熟悉。明日一早，我们就会出城，一半人赶在囚车前面，先赶到百里峡埋伏，一半人跟在护军后面，以防途中有变，好保护世子。"

楚华含泪道："老天保佑！希望你们能平安归来！可是，你们还能回来吗？你们这样等于公然造反了，岂能再回金陵？虽然夏王攻陷了一些城池，江北多有骚乱，但江南并无战事，江南百姓也习惯了繁华生活，大都不愿兴兵打仗，城外虽有土匪，却是些乌合之众，难成大事，你们就算招兵买马，也不可能回金陵来招兵了！而且即便你们能救出哥哥，可父王身陷京城大牢，那里有重兵驻防，又不是州县的小牢房，岂是能轻易劫狱的？那时若全军覆没，又该怎么办？”

张雪崖沉吟道：“救出世子之后，我们当去京城设法，实在没有办法，也只好去投夏王或者燕王。如今夏王虽然迅速攻城略地，但朝廷大军兵精粮多，各地官员守将都站在朝廷一面，和夏军激烈交战，并不轻易投降，而藩王们大多按兵观望，因此夏王其实势单力孤，急需支援。我们前去投奔，夏王必定欢喜接纳！我们跟随夏王麾下，若能早一日攻下京城，自然能救出王爷；若在此之前王爷便要斩首，我们当去法场拦截，务必将王爷救下来！”

张雪崖看了楚华一眼，又道：“只是我这一走，实在放心不下你！——真想带你一起走！——可我们这些人又不是天兵天将，能所向披靡的，这一路上有太多风险，又岂能带你？”

楚华见他虽然克制压抑，故作镇定，但仍时时流露出对自己的热情和关怀，暗暗感动，便说道：“你放心，如今外面很乱，无论是陷在乱军里，还是被官军拿获，都是一个死，反而不如留在王府安全。而且芮夫人眼看就要临盆，我母亲又缠绵病榻，都经不起路途颠簸，我须留在王府陪她们！”

张雪崖依依不舍道：“那我去了！”走出两步，忍不住回过身，又看了楚华一眼。楚华望着他的眼睛，眼前又浮出前生之事，八岁那年，被贩卖的船上，那个小男孩忧郁地看着她，对她说：“别哭了！别哭了！”而如今，他的每次出现，也是为了帮助她，安慰她。

楚华心中感激，见张雪崖恋恋不舍地望着自己，而自己心里也因为前途未卜，有种生离死别的感觉，楚华一时激动，忍不住伸出双臂，想要拥抱雪崖。她刚刚抬起胳臂，张雪崖便发觉了，他迅速地踏上一步，迎上来把楚华抱在怀里，紧紧搂在胸前，不愿再放开。但他心知此刻不宜久留，更不能被人察觉而影响明日营救世子，于是他终于轻轻放手，不敢再停留，推开窗户，轻轻悄悄跃了出去。

这一夜，楚华在担忧中度过，她扳着指头等到破晓，想着张雪崖和那帮武士该出发了。等到日上三竿，她走到窗前，心想，哥哥也被送出城了，他过惯了锦衣玉食的生活，如今坐在囚车里颠簸，让街上那些百姓嘲笑辱骂，他必定很难过吧？不知他是不是瘦了很多？他们必会拿他发泄！保佑囚车走得快一点，赶紧出城吧！这一天过得很慢，很揪心，半夜里楚华仍然睡不着，又想，不知道雪崖他们能否成功？第二天算算该到百里峡了，楚华更是坐立不安，就这样又过了一天。

楚华让凤翔宫侍卫长韩晟出去暗暗打听，知道官府损兵折将，而世子已经逃脱了。楚华悄悄告诉了母亲，王妃胡氏心中安定了许多，她只有楚奇这一个儿子，只要他活着，她便觉得还有希望，其他的委屈都可以先受着。

委屈如影随形，郑太妃的态度就不用说了，整天拉着一张脸，以前对王妃胡氏的赞赏全不见了，而是变成了仇恨。郑太妃不愿见胡氏，偶尔允许她拜见，也会责骂她教子无方，说道妻贤夫祸少，如今吴王和世子犯罪，都是没娶个好妻子，没有个好母亲才这样的！如果有贤妻相夫教子，何至于如此家道凋零！又怨恨为救吴王，楚奇花掉了那么多银子，如今楚奇也跑了，孙淳也不回来，必定卷了银子一起跑了！于是逼问胡氏，你们转移这么多银子，都藏到了哪里去了！

如今孙泽入主吴王府，也从库里搬东搬西，见到好东西就拿走，真正是监守自盗，郑太妃更加生气，觉得孙泽在和自己抢东西，骂他说亲生儿子也是白眼狼，也来挖亲娘的墙角！孙泽哼哼哈哈的，郑太妃也舍不得真怨恨他，于是也迁怒于胡氏，动辄把她叫到自己宫里痛骂一顿，有一次越骂越气，抬手便照胡氏面颊批了一记。

胡氏一向尊贵，哪里受过这些委屈？就连郑太妃宫里那些奴婢对她也都暗自嘲笑、爱理不睬的。胡氏气得一路哭一路跑回凤翔宫，倒在床上不愿再起来，于是三天病、两天又病的。

孙泽之妻陈氏来看望她，仍然言语带笑，貌似恭维客气，但话里话外又说道：“还是大嫂命好，如今丈夫儿子都成了叛贼了，大嫂还能住在凤翔宫，俨然还是女主人！”又道，“大嫂宫前这片荷花池可真大，如今正是赏荷花的时节，大嫂不用移步，就可以赏如此美景，如今这风一吹，就有香气送过来，可真沁人心脾！”又道，“幸亏我家王爷宽厚，在官府面前力保大嫂和侄女不反，否则大嫂和侄女早就下狱了！也幸亏楚奇那小子跑了，没再回来，布政使来拜我家王爷，我家王爷再三保证，楚奇一回来，就捉拿他归案，布政使这才答应不株连大嫂和侄女！否则连侄女也保不住了！”

胡氏以前觉得陈氏很精明，极会说话，如今见她总是胡言乱语，不觉又是刺心，又是惊讶，但随即就明白，陈氏以前只是顾忌自己的地位才巴结自己，如今自己在她屋檐下，她便不用顾及自己的感受，说的话越刺痛自己她才越满意似的。胡氏被噎得浑身发抖，看着陈氏那张白白胖胖的脸，那两片喋喋不休的厚嘴唇，只觉十分厌憎，却一句话也反驳不出，唯有流泪而已。

郑太妃又发话道：“如今府里人越来越少，门客们快跑光了，银子也快花完了，好东西也快搬完了，连宦官、侍女也接二连三卷东西私逃，已经好几起了，防不胜防。如今王府越来越冷清，晚上睡觉都觉得害怕，天一黑连花园都不敢去，不如让楚纤搬进来陪我，添派二十个侍女、宦官——反正楚华每天去照顾她母亲，不如干脆搬去和她母亲同住，楚纤就住在卿云宫好了，姐妹们离得近，也好做伴。”

于是孙楚纤搬进吴王府，住进了卿云宫，楚华只好把自己的书籍衣物都搬到母亲的凤翔宫来。楚华这些日子经常失眠，噩梦不断，一夜惊醒好几次。搬到凤翔宫以后，虽然失去了旧住所，但晚上躺在母亲身边，心里觉得很踏实，反而能安心入睡了。

王妃胡氏本是清高娇弱的贵妇，如今既受打击，又蒙羞辱，便屡次想自尽。但深夜里看看女儿还睡在身边，闺中弱质，脸上犹有泪痕，又不知在做什么噩梦。胡氏便想，我要是死了，女儿可怎么办呢？于是总不能下定决心。

这天楚华从凤翔宫和卿云宫之间的花园走过，楚纤也正好从这里走，二人擦肩而过，楚纤仍旧娇娇怯怯地向楚华行礼，楚华心想，都是姐妹，不要因为她父母的事情慢待她。于是楚华回了礼。楚纤忽然笑了一笑，说道："姐姐好像是瘦了！"

楚华黯然道："父亲还在牢里，母亲又病着，自然很担忧，也许是瘦了点吧！"

楚纤不以为然道："我只听说过，为伊消得人憔悴，却没听说过，为父母消得人憔悴的。我看是那张雪崖走了，姐姐才瘦了的吧！"

楚华见她有讥刺之意，便道："妹妹何出此言？这么说是什么意思？"

楚纤笑道："姐姐和张雪崖好，这是全城皆知的事，何必瞒着妹妹呢？今年春天祭神媒之时，我看到姐姐在河边和张雪崖说话，神情十分亲密，那时我还不知道他是谁，还暗自纳闷，姐姐在何处结识了一个穷小子？谁想到他随后就进了王府！也不知道那天姐姐是真被姬公子带走的呢，还是跟那穷小子鬼混去了，却编出个理由把他带回了家？"

楚华见楚纤一脸嘲弄之意，不觉激发了近日对她父母和祖母的仇恨，于是冷笑道："我的事不用你来管！只是你说这些流言，对你有什么好处？"

楚纤也冷笑道："你既然不想嫁到姬府，就该让你爹去跟人家讲明白，姬公子也好再娶他人！你一面不去明确悔婚，一面又和自家门客勾勾搭搭，我真替你害臊！"

楚华恍然道："原来如此！你喜欢姬玉玚，所以希望我和他取消婚约！其实我爹早就准备取消婚约的，如今我爹又遭了难，这婚事自然做不成了！再说我本来也不想嫁他，你想嫁他，你就嫁给他好了！"

楚纤忽然被激怒了，一反平时娇弱模样，几乎跳了起来，指着楚华的鼻子大声叫道："孙楚华，你还在侮辱我！你不想嫁的人，才让给我吗？你要是想嫁，就轮不到我吗？你什么都要抢先！同样是爷爷的孙女，就因为你爹排行老大，我爹排行第二，所以他们天壤之别，我和你也天壤之别！你从小就比我高贵，什么东西都比我好，什么东西都比我多，人们都奉承你、夸你，我永远都是你身边的陪衬！你对我不错吗？你可曾真正在意我的感受？你凭什么不喜欢姬公子？你知道我有多喜欢他吗？你说你不喜欢他，又说你和张雪崖也是流言，那你到底喜欢谁？你根本没有一个喜欢的人！因为你根本就是个胆小鬼！你从来都没有我勇敢！你总觉得我什么都不如你，所以你看不到我其实比你更勇敢！我敢喜欢一个人，也敢去争取得到他！你算什么，你有什么资格老凌驾于我之上！”

楚华从未见过楚纤如此失态，不觉惊讶得说不出话。却见楚纤越说越激动，一边说一边竟哭了起来。楚华忽然想起绿蕊，也是那么纤弱，骨子里却一样地执拗。她不觉叹了口气，不愿再跟她争执，转身默默回到凤翔宫母亲身边，却见有侍女慌慌张张进来说道：“芮夫人要生了！”胡氏和楚华都很惊喜，这么多天了，总算听到一个好消息。

第十八节 逃婚

七月流火，如今正是七月末天气，人们虽仍穿着夏衣，暑热却已悄然减退。凤翔宫前的满池荷花已开到了极致，眼下虽然美丽清贵，不久却将是菡萏香销翠叶残了。而凤翔宫后院的几棵桂树已无声无息地吐露金黄，像繁星一样掩映在绿叶之间。桂树的香气隐隐透进纱窗，屋里的女人们却顾不上留意，而是在喜悦、焦虑、期待中忙乱着。

这天早晨，芮夫人就觉得肚子有些异样，好像有一股凉凉的气息一闪而过，到了中午时分，疼痛变得明显和有规律可循。收生婆断定是要生了，于是芮夫人的母亲和侍女们紧张忙碌起来，并派人报告了吴王妃。

天黑以后，芮夫人的阵痛变得频繁、剧烈和有规律了，时间也开始拉长，每次阵痛来袭，肚子都要被绞碎似的。芮夫人躺在床上，捧着肚子哼哼，身上全是虚汗，一阵疼痛接一阵疼痛。芮夫人觉得快疼死了，她快受不了了，没有这种疼法的，但每当她快要背过气去的时候，疼痛便停了下来，等她刚刚喘息过来，下一次阵痛又开始了。她便死去活来地等待着、盼望着。

这一夜凤翔宫的人都没心思睡觉，都在焦灼中等待这个孩子。王妃胡氏一向和蔼大度，但近年吴王绝大部分时候都由侍妾陪宿，胡氏心中不无失落孤寂，只是每当夫妻儿女共叙天伦时，胡氏又觉得眼前这人仍是自己亲爱的丈夫。胡氏的隐忍，只因为她的善良和修养，但起初她知道芮儿怀孕时，心中仍有压抑不住的酸楚。只是这酸楚，没人看得见罢了！但自从吴王出了事，胡氏和芮儿变得同病相怜，她们的丈夫生死未卜，而同为吴王的家眷，她们一起受到掠夺和欺凌。王妃胡氏和芮夫人的内心在不知不觉中变得亲近，而不仅是表面。胡氏这一夜也守候在芮儿的房间，心中默默祈祷。

子夜过后，黎明来临之前，一天中最黑暗的时候，芮儿忽然在里屋大声惨叫起来，胡氏先是吓了一跳，继而知道孩子要出生了。半刻钟以后，里屋传出一阵微弱的婴儿啼哭声："嗯啊——嗯啊——"

楚华似睡非睡，听到阿秀走进来对她说道："郡主，芮夫人给你生了个弟弟！"楚华一下子就醒了，赶紧穿衣服跑到后面，只见收生婆已包起了孩子，小小的襁褓里，一个婴儿皱着小鼻子，闭着小眼睛，带着鼻音啊啊地哭着。

楚华第一次见到初生的婴儿，感到十分好奇。她凑到母亲怀里看着他，他竟然那么小，那么稚嫩，脸色黄黄的，眼睛还没有睁开。楚华忽然想起前生，自己也有个弟弟，可惜他从小营养不良，自己八岁被卖掉，便和他永远分开了。楚华看着眼前这个幼小的弟弟，心中默默为他祈祷，希望他能健康长大，一辈子平安喜乐！

胡氏抱着孩子，满怀慈爱地看了一会儿，轻轻把他放回芮夫人的身边，叹道："如果王爷在家，一定非常高兴！"

这天天一亮，郑太妃、二王妃陈氏、四王妃姜氏就来探望了，次后胡氏娘家父母兄弟也都送了礼。满月的时候，因在国丧之中，不能筵宴音乐，故王府并未请客办满月酒，只是小小家宴庆贺。姬府却来送了厚礼，姬玉玚的母亲亲自前来看望，又对胡氏说道："楚华已受了我家聘礼，便是我家媳妇，虽然王爷失了爵位，但我家乃周天子之后，什么兴衰没有见过？我家看重的是血统的高贵，而非一时的兴衰！我儿玉玚也说：‘楚华十分美丽，血统也很纯净，我必定要娶她的！’如今赶上国丧，婚事蹉跎至今，已是耽误了儿女。不如我们两家各自准备着，等到明年春天，择个吉日良辰，便可正式迎娶媳妇过门。”

胡氏见姬府并未在眼前窘境下悔婚，心中颇为感激。姬府又正式派人来王府请期，孙泽十分喜悦，便对大嫂胡氏说道：“姬玉玚之父刚刚升了提刑按察使，权力炙手可热，且他家门生故旧遍布江浙，势力盘根错节。我们虽名为王爵，如今权势却大不如前，反而及不上他们了，但姬府并不悔婚，令人十分欣慰。”于是命长史准备楚华出嫁事宜。

胡氏也劝楚华道：“眼下你父亲仍囚在京师，你哥哥已叛逃，未来会有什么祸事真不敢想象！你若出嫁了，这一切便与你无关了，所以你若能平安出嫁，有了安身立命之处，我心里也会感到欣慰！再说你并没见过姬玉玚几次，上次的事故，也许只是一场误会！你现在讨厌姬玉玚，但年轻夫妻婚后自可培养感情，你看现在多少金陵女子羡慕你？女儿不要太执拗了！”

楚华见眼前形势所迫，父亲不在家，母亲做不了二叔的主，何况连母亲也想让自己嫁！楚华十分气闷，只好去求孙泽，说道：“我不愿嫁人，情愿在家陪伴母亲。”孙泽哪里听她的，说不了两句就把她打发回房去了。楚华气恼烦躁，便有了逃婚的念头。

这时孙楚奇已投奔了夏王军中，跟随夏王攻城略地。夏王镇守北方边陲多年，鞑靼人闻风丧胆，如今率领自己精锐部队，又在民间招募，迅速攻下几座城池。周围藩王不敢背弃朝廷响应夏王，都说自古以来诸侯造反很少成功，当初汉朝七国之乱，蓄谋已久，声势浩大，也不到三个月便平定了，如今夏王仅以几万人起兵，朝廷大军一到，只怕便要全军覆没。但各路藩王包括夏王的亲弟弟没有一个不害怕夏王，一见夏军打来，便纷纷丢了藩国，弃了军队，屁滚尿流逃回京城去了。

如今到了九月，夏军已占领宁夏、延安、庆阳等广大区域，并向东渡过黄河。夏军与朝廷兵力悬殊，但夏王多有计谋，且勇猛无畏，身先士卒，所以经过激烈交战，最终又能克敌制胜。夏王常因攻城惨烈，或局势紧迫，入城后便命军队大肆屠杀城中军民，有时便活埋成千上万的降兵。夏王在火光冲天中艰难惨烈地扩大自己的领地，有时也会遭遇失败，于是领兵突围，再重新汇聚力量返身厮杀。江北的难民纷纷逃往江南，江南也日益混乱起来，流氓、乞丐、难民成群结队，经常出现骚乱。

楚华从韩晟等侍卫口中听到外面消息，也不敢贸然离家，心想："只好再陪母亲几个月，出嫁之前，即便外面再乱，也得离开这里。"

这年秋冬，战事陷入胶着，经常是夏军攻陷几座城池，不久又被朝廷收复，双方就像拉锯，伤亡都很惨重。朝廷无暇处置吴王等贵胄官员，便下令等剿灭夏军、燕军，将这些人与夏王、燕王一并处死。于是吴王孙泓得以暂时保命。王妃胡氏等女眷虽然挂念悲伤，仍暗暗感谢菩萨保佑。

年底的时候，接连很多日的风雪，几乎把吴王府淹没。这天黄昏时，楚华从芮夫人房里出来，回母亲房里吃晚饭，走在游廊上，忽然眼前钻出一个雪人。楚华吓了一跳，几乎惊叫出声，那人忙道："别叫！是我！"正是张雪崖的声音。

楚华惊喜道："雪崖？你何时回来的？怎么在这里？"便伸手去拂张雪崖头上的积雪。张雪崖激动地握住她的双手攥在手心。两人四目相望，都是又惊又喜。

张雪崖道："我们护送世子去投了夏王，跟着军队打仗，一打起仗，军队就像是疯了，疯狂地厮杀，你不杀人，人就要杀你，杀人只杀得两手发麻。有时候一仗下来，数一数砍下的首级，能有好几万颗。这倒也罢了，只是攻下城后士兵们烧杀淫掠，看着那些老弱妇孺惨叫，实在无法直视。我就不想在军队了，我又实在想念你，就决定回来看你。可我如今是反贼，怎敢公然进府？便悄悄去卿云宫找你，谁知你堂妹住在那里，我就找到王妃这里来，听到你在芮夫人屋里，原来她已生下孩子了!”

楚华道：“是的，我刚才就是去看我弟弟。我如今和我母亲住!”她不想细说郑太妃怎么把她从卿云宫撵出来的，如今这些小事算得了什么？她今天又见到了雪崖，这是多激动的事！楚华笑道：“快去见我母亲！她必定想听听我哥哥的事情!”张雪崖见楚华笑靥如花，心中也很欢喜，不觉也笑着点头。

二人正要走开，忽然身后有人边喊边跑：“来人哪！有贼呀!”正是孙楚纤的声音，只听一群侍女一起喊道：“有贼呀！抓刺客呀！快来人哪!”原来孙楚纤走到隔壁花园看梅花，无意中听到雪崖和楚华的谈话，便故意大喊大叫。

楚华吓了一跳，张雪崖忙道：“我先走了！世子一切都好，请王妃放心!”说罢闪身向后面奔去了。楚华看着侍卫、宦官从身边跑过，追逐张雪崖，凤翔宫外的侍卫也呼喊警戒起来，楚华心中十分担忧。韩晟跑过来对楚华道：“郡主是否受惊?”

楚华慌忙道：“不是别人，是雪崖回来了！他是从哥哥那里回来的，你快帮他逃走吧!”

韩晟吃了一惊，因为孙泽曾对侍卫训示过，一见到这些叛逃的武士，即便是世子回来，也要即刻捉拿报官！韩晟慌忙带人去追，正遇到张雪崖和王府侍卫混战，张雪崖剑术精湛，众侍卫虽将他围住，却不敢近他身，稍稍靠近，张雪崖一剑刺出，便即毙其性命，顷刻间已杀了五六个侍卫，但侍卫越聚越多，张雪崖想冲出重围却也艰难。

韩晟带凤翔宫侍卫追到，见状飞身加入战团，举起钢刀合身扑向雪崖，雪崖闪身避过，一脚将他踢得飞出去。韩晟就地打了个滚，爬起来又呐喊着扑上去，张雪崖只好挥剑挡住，韩晟与雪崖刀剑相撞、四目相对的一刹那，韩晟轻声喝道：“拿住我!”张雪崖蓦然会意，手腕一抖，长剑已迅速向韩晟双臂各刺一下，韩晟惨叫一声，钢刀堕地，双臂酸软，脖子已被张雪崖长剑架住。

张雪崖挟持了韩晟，闪身向后门撤去。众侍卫围追至广智门，眼看着张雪崖拖着韩晟出门去了。门楼上侍卫叫道："快放箭！"利箭像蝗虫般飞来，张雪崖挥剑击挡，却有一箭误中韩晟肩膀，韩晟大声惨叫，呼喊道："啊呀，射到我啦！你们想杀死我呀！"

门楼上侍卫只好停手。这时已出了王府，再带着韩晟未免拖延，张雪崖暗道："多谢！"于是弃了韩晟，飞身向北奔去。张雪崖脚下敏捷，几个起纵，很快便消失在人群里。

几十个王府武士听到内宅动静，也都携刀带剑，从广智门赶了出来，和侍卫们分头去追张雪崖。追出北城门之后，视野变得开阔，眼前是一片被积雪覆盖的麦田，北风呼啸而过，刮起一片浮雪。有十几个武士盯住张雪崖紧追不舍，在这里将张雪崖截住。

众武士慢慢围拢，为首的一个叫道："张雪崖，你撺掇众人叛逃，已经是死罪！今天你又私闯王府，想对郡主图谋不轨！你真是吃了熊心豹子胆，自己来送死！今天不是我不想饶你，是老天爷不想饶你！"

此人圆目虬髯，正是茅威。当初张雪崖和茅威打过一架，并在三招之内制服茅威，茅威在阿秀的嘲笑之下向张雪崖磕头，当着众人颜面扫地，而张雪崖名声大噪。茅威对此恨之入骨。后来王府遭变，茅威投靠了孙泽，和张雪崖等另一派武士多有冲突，冤仇越积越深。如今见张雪崖落在自己手里，茅威如愿以偿，忍不住哈哈大笑，发豪言道："兄弟们，乱刀剁了他！"

十几个武士呐喊着一拥而上，刀枪剑戟齐向张雪崖要害处刺去。张雪崖在这刹那间定住心神，这种局面虽然危急，但和战场上的危急惨烈比起来又算不了什么了。他在战场上杀了那么多人，连自己都记不清有多少，杀人直杀得手麻臂酸，到最后他已不觉得是在杀人，他就像在砍一腔猪排、一只山鸡，或是一条鱼，敌人变成了低等动物，不必再去怜悯。但在一些宁静的夜里，他又会做噩梦，梦里全是鲜血，全是尸骨，断了的手臂还会自己爬，到处都是幽怨的眼睛。每次惊醒，他都不寒而栗。他一面抗拒，一面又被那些鲜血浸润，他的杀气变得很重。在王府杀死几名侍卫后，闻到他们鲜血的气息，张雪崖内心已像狼一样亢奋，只是理智和危机感让他压抑住这种亢奋，一路逃了出来。而此刻，他不想再压抑，他需要更多的血来祭他这柄剑！他纵声长嚎，拔剑向众人削去。

一阵混战之后，张雪崖跳出圈外，地上躺着七八个武士的尸体，但仍有十个武士紧握刀剑防备着他。张雪崖自己也受了伤，脸上被割了一条长长的刀口，右腿被砍了一刀，有些站立不稳，只好把重心移到左脚，眼光冰冷地盯着周围，耳朵听着风声。

茅威心惊胆寒，叫道："这小子比以前更厉害了，大家小心些！"

双方正在对峙，忽又有十几个武士和一群侍卫赶来，加入了战团，几十个人将张雪崖团团围住。茅威气势大增，叫道："一对一我们打不过！大家伙必须一起上！一、二、三，砍死他！"说着呐喊着向前冲，众人一起向张雪崖冲去。茅威突然站住脚观望起来，他不想冲到前面被张雪崖杀死，他要亲眼看着张雪崖被众人砍死，在他断气之前，自己再去补上最后一刀。

却说孙楚华在王府心急如焚，便差自己的侍卫去打听，片刻侍卫回来说："张雪崖逃出王府去了。韩大哥受了伤，去良医所包扎去了！"过了片刻，又有侍卫回来说道："茅威带着武士们也追出去了！"过了片刻，又有侍卫回来报道："张雪崖还没有抓回来！仪卫司正调遣人手，牵了许多马，正要赶去追捕！"

楚华暗惊："他只有一个人，万一被追上，寡不敌众怎么办?"楚华道："不行，我得去看看！"说着向后院奔去。众侍卫阻拦不住，只好跟着她往后跑。

到了广智门，刚巧见一队侍卫骑了马，要赶去增援。楚华喝道："给我一匹马!”不由分说便牵过一匹马骑上，和众侍卫一起打马出门。楚华虽然文弱，骑马却是基本技能，从小学会的。只不过本朝对女子约束甚多，不许过于张扬，因此不能像唐朝那样骑着马满场撒欢打马球罢了。

楚华随着众侍卫向城外追去，心想：“若雪崖被抓回来，二叔岂能饶他？必定投入死牢！我岂能袖手旁观？他说他想念我，所以回来看我，我总不能让他为此丢了性命！大不了和他一起逃走吧！什么名声，什么理智，难道比雪崖的命还重要吗？”

众人奔到郊外，经过一处麦田，暮色中只见尸陈遍野，不是四肢残缺，便是头脸模糊，鲜血在雪地里显得格外触目惊心。众人跟着血迹打马追去，一直追到河边，只见河水已经结了厚厚的冰，于是众人下了马，从冰面厚处牵马过去，再骑马向山里追去。

暮色逐渐四合，远处的树木变得模糊，楚华随众侍卫在山中搜寻了一阵子。山深林茂，积雪又滑，天色也逐渐黑下来，众人无奈，只好点燃火把，掉头回府去了。几批侍卫也陆续回府，茅威也带着残余的武士回来了，说是张雪崖钻到树林里，不知道逃到了何处，但他在众人合围之下已受了重伤，行动不便，如今冰天雪地，在山里冻一夜，只怕也冻死了。

随后的几日，孙泽又派人在城内城外搜寻张雪崖，都没找到。孙楚华见众人未找到雪崖，一半是解脱，一半是担忧。她想：“他会不会逃走了？可是听说他受伤严重，并不能走远，难道掉入山涧，被野兽吃了？还是掉到河里陷到冰下面去了？那不是被冰水淹死了？”心中惊疑不定。

因为楚华执意跟随侍卫寻找，神色颇为忧戚，众人又传说张雪崖此次入府乃是和她偷期私会，孙泽愤怒地斥责楚华道：“你如今即将出嫁，姬玉玚的家世门第、相貌人品，有目共睹，你还有什么不满足？为什么和一个下贱门客私会？如此辱没门风，若是姬府听到悔婚，我们王府今后还有什么颜面？且不说张雪崖如今是反贼，就算他不是反贼，他也只是个低贱门客，你和他会有什么好结果？你看那姬兰卿当年和门客私奔，如今是什么下场？你名声前程都不要了吗？”

楚华昂首道：“我从没说过我要嫁给张雪崖，也没说过要跟他私奔，可是他为了我，为了我们家，如今落得生死不明，我即便嫁给玉皇大帝，我又岂能安心？二叔虽然与我哥哥为敌，但如今哥哥既已脱身，而你又保全了我和我母亲，所以我虽然怨你，却并不恨你。二叔若看在祖父面上，对侄女还有一点怜惜，请二叔放我出府，让我去找雪崖，他此刻不知是生是死，我在府里只是如坐针毡！就算他死了，我也得见他一面，给他收尸！”

孙泽大怒，命侍卫看住楚华，不许她出凤翔宫，说道：“你出嫁之前，就安安静静待在这里，闭门思过吧！我这都是为你好，你如今少不更事，等你嫁到姬府，你自会感激我！”

吴王妃胡氏也劝楚华：“虽然雪崖追随你哥哥离开，你二叔这样对他，我也深感愤怒！若你哥哥回来，你二叔也这样对他，又令人怎能容忍？但你若想跟雪崖走却万万不可，如今他自身难保，你去找他岂非也是去送死？你二叔在这件事上却和母亲想的一样！”

楚华无法，忍不住放声大哭，哭了几天之后，眼睛也肿了，嗓子也哑了，却毫无用处。很快到了春节，国孝之中，一切从简。但府中仍是鞭炮烟火不断，上下人等都换了新衣，吃酒赌钱玩笑。楚华在焦躁中冷静下来，暗暗把自己手里的小金锭包成一包，又包了随身衣物，准备逃走。

阿秀冷眼旁观，劝道：“从小郡主想做什么，阿秀没有不帮忙的，但郡主是否知道雪崖现在何处？就算出去了，就一定能找到他吗？”

楚华道：“不去试一试，又怎能知道？我总觉得他已经死了，我坐在这里岂能安心？”说着忍不住落泪。

大年二十九中午，郑太妃宫里摆下家宴，楚华随胡氏去赴宴，芮夫人带着儿子也去了。郑太妃和二婶、四婶逗弄楚华幼弟。室外鞭炮焰火，室内言笑晏晏，倒也一团和气。楚华心想，晚上府门关了出不去，此刻宴席刚刚开始，吃完饭大家不会马上回房，必定陪郑太妃说笑，说不定又连上晚饭了，此时不走，更待何时？

于是楚华稍稍吃了点东西，便对母亲说昨晚失眠，此刻有些困乏，想回去躺一会儿，于是离席回到凤翔宫，悄悄披了斗篷，携了包袱，向后门走去。府中各处宦官、侍卫都忙着会亲访友，喝酒赌钱，能偷懒的都偷懒去了，楚华一路也没遇到几个人。到了广智门，只见门洞大开，侍卫们都聚在门房里烤火说笑，楚华加快脚步，低着头急急出门去了。

第十九节 追寻

楚华出了王府，自己也感到诧异，怎么这么轻易就出来了，并没有遇到阻拦。难道二叔发了善心，对广智门的侍卫们嘱咐过，故意放她出来的？可又怎会有这样好事？楚华顾不得想这么多，慌忙奔到集市买了马匹鞍鞯，也顾不上讲价钱，丢下银子就骑马出城去了。

楚华沿着那天的路径，打马到了麦田，冬日的阳光冷冷地照着地面，满地的尸体已被孙泽派人收殓，麦田被新的积雪覆盖，早已不见了当时的厮杀痕迹。楚华向前寻到河边，只见几个人正在河面上凿冰，都穿着草鞋，挽着袖子，手脚通红，满是冻疮。楚华问道："请问大叔，你们在做什么？"

一人回答她："我们是附近的渔人，如今河面结冰了，凿开冰才能捕鱼，前些日子捕的鱼舍不得留下，都卖给了富贵人家，明日除夕，家里没有鱼肉，今日再捕一些，便可带回家给孩子吃了。"

楚华道："你们都住在这附近吗？"

那渔人道："正是！小姐怎么一个人出来？到这里做什么？"

楚华道："我来找一个人。你们既然住在附近，近日可曾见到一个年轻人，受了伤，大约二十岁，个子挺高的?"

众人都摇头道："不曾见到!"

楚华无奈，只好踩着冰面过了河，心里忖度着张雪崖可能逃遁的路线，慢慢向山中寻找。山中雪深，树上挂满冰凌，马蹄不停打滑，楚华把包袱紧紧系在背上，低头抱住马脖子，顶着风雪向山里寻去。行了六七里地，迎面一个樵夫挑着担子走来，担子捆得跟小山似的，把人压在下面几乎看不见了，雪深路滑，那樵夫走得很慢。

楚华弯腰问道："这位老伯，近日可曾见过一个年轻人，大约二十岁的样子，身上有伤的?"

樵夫从柴堆下勉强抬起头，说道："我就住在这山坳里，这连日风雪，并没见眼生的人打这里过。"

楚华只好往前走，遇到村落人烟便上前打听。这一带乃是丘陵地貌，山并不很大，走了一下午，不知不觉已穿过了这几座山林，到了一片开阔平地。楚华坐在马背上向前望去，只见夕阳低垂，天色逐渐暗沉下来，楚华既感到沮丧，又感到茫然，心想："我本以为侍卫们找不到他，我却能找到他，既然前生有缘，今生又能相逢，自然与别人不同，可如今我竟也没有第六感可以感知他在何处！我在这三生之间奔波，感受这么多悲伤，到底是为了什么?"

她呆呆地停了一会儿，却无路可退，只好继续打马前行，一路居然没再遇到人家。夕阳已经沉了下去，天色很快全黑了。楚华暗自心惊，只好借着微弱的星光策马前进。正行间，忽然这匹马扬蹄嘶鸣，就像被人猛地拖住了尾巴一样，楚华差点被颠下来，赶紧抱紧马脖子，叫道："你发什么疯啊？想摔死我呀?"那马嘶鸣着不肯再走，前后踢跳，原地打起转来。

楚华不解何故，心中着急，忽听到身后传来一阵桀桀怪笑，接着一阵狂风卷着什么东西撞了过来。楚华看不清是什么东西，只觉得脚腕一紧，被人拖下了马，摔倒在雪地上。那匹马却踢跳着逃走了。

楚华扑倒在雪地，抬头看去，不看不打紧，一看倒抽一口冷气，只见面前站着四个青面獠牙的鬼怪，各自举着器械，蹦蹦跳跳围着她笑道：“你就是吴王府秣陵郡主吗？你跑得这么快干什么？让我们追这么久！”

楚华头皮发麻，犹如梦寐，惊问道：“你们是什么人？追我做什么？”

几只鬼怪七嘴八舌说道：“谁说我们是人，你才是人呢！”“她居然说我们是什么人，我们长得很像人吗？”“说这么多废话干什么？赶紧杀了她好回去复命！”说着一只鬼怪抡起手中铁棍照她头上就打了一记。

楚华脑袋剧痛，眼前金星乱冒。四鬼怪又都举起刀叉，一起向她身上砍斫。楚华登时倒在了血泊中，浑身剧痛，眼前昏昧，只有脑中尚有一线光明。她浑身不知挨了多少下，从头到脚都是鲜血，没有一块完好肌肤，她痛得在地上蜷作一团，无力抗拒，只是她感到奇怪，自己受了这么多下致命伤，照理说早该死了，然而如今虽痛得死去活来，可这条命似乎还在，她还能感觉到自己蜷缩在雪地里，正被一群恶鬼攻击。

她想：“我真的遇到了鬼？还是在做梦？也许我正躺在凤翔宫的床上，不过是做噩梦了？”

楚华逐渐无力动弹，只觉得神志悠悠荡荡，似乎要脱离身体。浑浑噩噩中，忽然远处闪起一点灯光，慢慢走近，也不知是有人提着灯笼，还是举着烛台。灯光越来越亮，楚华的意识却越来越模糊。她觉得自己处于混沌之中，无边的黑暗，无法动弹，只有凄厉的风声。宇宙中空无一人，只剩下她自己，她觉得很孤单，也很害怕。她感到鬼魅在她周围出没，比刚才的小鬼们更可怕的鬼魅。刚才的鬼怪是有形的，如今黑暗中无数的鬼魅，她看不到，摸不着，却觉得更加恐怖。她不知道他们长得有多狰狞，但她能感受到他们的存在。他们正一波一波地向她拥来，想要把她吞噬。

楚华在这种惊恐中煎熬，不知道过了多久，忽然那点灯光近在眼前，越来越亮，把周围的黑暗驱散。楚华逐渐看清楚了，原来是一个青衣青袍的女人走过来。那女人把头上的披巾推到肩上，火光照着她的脸，那俊俏的眉眼，微笑的神情，不是乌真真，却又是谁？

楚华从睡梦中惊醒，大呼："真真！真真！你别走！"她伸手去抓乌真真，却什么也没抓住。楚华从梦境清醒过来，只见天色大亮，眼前却并非凤翔宫，她躺在一张陌生的床上，青色的帷帐，简陋的桌椅。她坐起身，浑身疼得像要散架，但检查自己的身体，抚摸自己的脸颊，却并没有被刀剑砍斫的伤痕。

楚华正在疑惑，忽然门帘掀处，一个女子捧着一碗汤药走进来，却正是乌真真。楚华喜道："乌真真，真的是你！你没有走！我如今是在做梦吗？"

那女子笑道："姑娘见过我吗？不过我不叫作乌真真，我姓桐，名淮秀。"

楚华自语道："原来你叫作淮秀，你是乌真真的前生吗？还是我梦到了真真，却把她想象成了你？"她惆怅了片刻，问淮秀道，"这是什么地方？"

淮秀笑道："这是我暂居之处。昨天我夜归途中，见你昏倒在雪地里，就把你带回来了。我看周围有马蹄痕迹，你是从马上跌下来的吗？"

楚华茫然点点头，又道："我看到了几个鬼怪，他们攻击我，我以为我被他们杀死了。我是真的遇到鬼了吗？"

淮秀嘻嘻笑道："是与不是，有什么要紧？境由心生，你心里充满恐惧，所以看到什么都会害怕！其实就算真的有鬼，又有什么好怕的？这世上人才是最可怕的，比妖魔鬼怪可怕千倍万倍！"

楚华对这话有些不解，自思道："那到底是真的，还是我晕倒在雪地里的梦境呢？"

忽听淮秀又笑道："看你打扮像个千金小姐，怎么独自冒着雪到这里来？"

楚华叹道："我和姬府的长公子姬玉玚有婚姻之约，可我不想嫁给他，所以跑出来的！"

淮秀笑道："原来是逃婚！听说姬玉玚乃是金陵很有名的美少年，我来金陵不久，一向并未会过，有机会我倒想去会会他！只是你不想嫁他，又想嫁谁呢？可曾有了心上人？”

楚华叹道：“我的确在找一个人，可是要不要嫁给他，我自己也没想清楚！”

淮秀道：“那他如今在何处？”

楚华摇头道：“我也不知道，我都不知道他现在是生是死，我还能不能找到他。”

淮秀道：“这个容易，我帮你算一卦！”说着拿出几枚铜钱，让楚华随便抛一下。

楚华把铜钱往桌上随便一抛，有的正，有的反，有的散落，有的交叠，还有一枚咕噜滚到桌子底下去了。淮秀看了一会儿，又扳着指头想了想，然后对楚华说道：“你心里的那个人，如今尚活在人世，而且身体健康！”

楚华惊喜道：“真的？他的伤好了？”

淮秀又道：“我感觉不到他身上有伤，他的气场很强大，不像有伤的样子，不过落寞倒兴许有一点。他如今在西方，你要找他，需一直向西走。别的我就不知道了！”说着笑嘻嘻收了铜钱。

楚华道：“你说得可准吗？”

淮秀道：“我的卦一向最准的，你拿几根树枝几片树叶我也能给你算出来，我说知道的肯定是知道的，我说不知道的你再找别人算也未必管用！你不信，就不听好了！”

楚华十分欣慰，说道：“我怎会不信你！”于是掏出两锭金子，酬谢淮秀救助和茶饭之恩，说道，“救命之恩，并非金银所能回报，只是眼下除了金银，并无其他方式可报答的，这些金子请您喝茶吧！”

淮秀笑了一笑，把金锭收了起来，说道：“往西三四里地就有集市，你可去那里买马。”

于是楚华告辞起身，出了院子，只见这所小院处于荒郊野地，一个小院，四五间茅屋，四周是一片树林，周围并没有其他邻舍。楚华出了树林，去前方集市买了马，一路向西去了。

这天夜里便是除夕，楚华赶到一个大点的市镇投店，客店里空荡荡的，只有她一个客人，店主一家请她一起吃了碗饺子。楚华谢过他们，回到房间，孤灯之下，想起母亲此时不知在做什么，是否在替我担忧？父亲在囚牢中不知吃的什么年夜饭？哥哥还在战场上，是否和将士们喝些劣酒过年？而我这一路孤零零将走到何处才能找到雪崖？

第二天大年初一，天没亮街上便响起鞭炮的欢笑声。楚华起身洗漱，骑上马继续向西走。一路上遇到很多乞丐、流民，楚华有时候会忍不住丢些铜钱给他们，但随即便有更多的难民和乞丐拥上来，有时是乞讨，有时是纠缠，甚至抓住她不放，伸手抢她包裹。楚华只好奋力逃命，急了也会拿马鞭子打人。渐渐地楚华不再敢轻易施舍，只是晓行夜宿，穿州过府，向西寻找张雪崖的行踪。

气候逐渐回暖，冰雪消融。楚华一路向西，居然行了一千余里。这一日，进了南阳府唐州地界，眼前一座小小城池，因依傍桐柏山而立，便指山为名，称为桐柏县。楚华牵马进城，先寻了一家客店打尖，让店家帮她喂马，然后出门去找当铺，想把身上这件玄狐斗篷卖掉。如今银子虽没花完，但气候转暖，不需要斗篷了，带着只是累赘，扔了又可惜，不如随便换两个钱算了。

她到当铺卖了斗篷，转身出来，只见一个女人抱着个两三岁大的孩子，伸手向她乞讨，两眼哀恳又热切地对她说道："可怜可怜吧，孩子两天没吃东西了！我不要铜钱！发发善心给买个馒头吧！"楚华见那孩子饿得耷拉着脑袋，有气无力地歪在那女人肩上，心中有些不忍，便到隔壁包子铺买了几个包子递给那女人。

那女人千恩万谢接过包子，正要离去，忽然路边蹿出来两个八九岁大的乞儿，一个把她一推，另一个夹手抢过她的包子，两个人一哄跑了。那女人冷不防，差点被推倒，赶忙抱紧怀里孩子，却没顾上手里包子，被抢得只剩下半个。那女人气得又哭又骂。楚华见状，安慰她说："算了，大嫂你别哭了，我再给你买几个吧！"

楚华正买包子，身后不觉又围上来几个半大不小的乞儿，一起举着手围住她叫道："好姑娘，给我也买个包子吧！给我也买个包子吧！"

楚华见这些乞儿又脏又臭地围上来，有的还伸手拉扯自己，便慌忙说道："你们别挤我！我给你们买就是了！"说着买了几个包子递给他们。有的乞儿抢了包子便跑开了，有两三个乞儿见她把剩的钱放回荷包，便伸手抢她的荷包。

楚华大惊，叫道："你们干什么！"谁知乞儿们七手八脚，早把她荷包和包子一起抢去，一哄跑散了。

楚华气急败坏，拔腿去追，眼看要追上一个，忽然旁边蹿出一个乞儿绊了她一脚。楚华没防备，猛地扑倒在地，手掌手腕擦破了皮，把脚也给崴了。自从那天从姬家地宫出来扭伤了脚腕，过了两个月才完全消肿，如今又在原处崴了一下，疼得楚华倒抽一口冷气，慢慢才缓过劲来。

楚华又疼又气，坐在地上揉了揉脚腕，还好慢慢就疼得轻些了，没有上次那么严重。楚华只好安慰自己："还好自己谨慎，只把散碎银子放在荷包里，剩下的几锭金子还贴身放着，否则岂不是身无分文了？何况这一路虽然破了些财，却并无大的灾祸，也算幸运了！"

楚华又揉了两下脚，叹了口气，正要起身，忽见对面一个人牵着马走了过来。楚华无意中看了他一眼，却再也无法挪开眼神，这人，不是秦竹山吗？他三十二三岁的样子，比秦竹山年轻，倒更像是王佑一。只是无论他三十岁，还是二十岁，或是五十岁，即便他化成了灰，楚华还是一眼就能认出他来！

只是这一生他出现得这么晚，楚华有时候以为也许再也见不到他了，有时候又觉得自己已经把他忘记了，可是如今对面见到，这种冲击又是那么强烈，欢喜、怨恨、委屈、感伤，诸多不同的情绪混乱地激荡在楚华心头，楚华忍不住哇的一声哭了出来。她捂住自己的嘴，但是眼泪止不住，瞬间她已经泪流满面。

楚华抬头看着那人，那人也看到了楚华，只见一个风尘仆仆的少女当街坐着哭泣，便走了过来，问道："你怎么了？需要帮忙吗？"

楚华含泪望着他，一时无法倾诉，只好简单答道："我的荷包被几个乞丐抢走了，我去追，又被他们绊了一跤，把脚也崴了！"

那人便蹲下来查看，问道："崴得怎么样？还能站起来吗？"

楚华揉了揉脚腕，说道："不那么疼了，应该可以站起来。以前这只脚崴过一次，后来不小心就会崴到这个地方，也许是崴成习惯了，不过都只疼一阵子就不疼了。"

那人道："嗯，那你站起来试试。"说着伸出手等楚华来扶，楚华便搭住他手掌慢慢站了起来。楚华睇了他一眼，见他显然不认识自己，又见他问："姑娘住在哪里？要不要送你回去？"

楚华道："我不是本地人，刚巧今日路过，我的包裹马匹寄顿在前面客店里。"

那人便道："你若是走路不方便，就骑我的马回去好了，我反正不赶时间。"楚华点点头，那人便扶楚华上马，自己在前面牵着，从人群里穿过。

楚华望着他，心中难掩相见的喜悦，又想道："哼，看到陌生姑娘就献殷勤，还伸手拉拉扯扯的，毫不避讳，哪有秦竹山那厮道貌岸然的姿态？"

那人一回头，看到楚华噘着嘴瞪着自己，不觉愣了一下，说道："怎么了？"

楚华忙收了嗔意，微笑道："真是多谢你了，请问阁下高姓大名？"

那人道："在下姓魏，单名一个观字。"

楚华又道："魏先生是本地人吗?"

魏观道："也是，也不是。我祖上是本地人，所以我也算是本地人吧。不过我祖母是畏兀儿人，我母亲是鞑靼人，所以我又不算是本地人吧。"

楚华笑道："汉人都讲究门当户对，怎么你家里不是这样吗?"

魏观道："我祖父曾在北方做官，娶的畏兀儿同僚的女儿，也算是门当户对吧。我父亲是在中土长大的，后来天下大乱，便随我祖父北上去了鞑靼，娶了我母亲。当时汉人和鞑靼人互相仇恨，我父亲有汉人血统，受到了很多歧视，我母亲的家族确实看不上我父亲的家族，但是我父亲仪表堂堂，又很有才干，当时由于战乱，商路断绝，我父亲却冒着风险走南闯北地贩货，很快就发了财，所以仍然算是门当户对吧。"

楚华道："原来如此，那魏先生现在不在鞑靼了吗？回家乡来居住了吗?"

魏观道："不，我一直在鞑靼生活，只有很小的时候随父亲回过汉地故乡，后来十一二岁时，运送祖父灵柩又回来过一次，再就是这次，是奉我父亲之命修造祠堂，给祖先修坟立碑。我父亲总想叶落归根，还命我为他勘察坟地，因此逗留了一两个月，今日便要返回鞑靼去。在草原时我一直自视为汉人，可回到故乡，见到本家兄弟和街坊邻居，却并不觉得亲切，在他们面前，我又觉得自己是鞑靼人。"

楚华暗笑道："好吧，既然你自视为北狄，那你见了陌生姑娘又是搀又是扶的，我就当你是不懂礼仪、无心之过吧!"

第二十节 水猿大圣

说话间二人已到客店，魏观道："这里不错，我索性也在这里吃午饭吧！"于是叫店家帮他喂马，又要了个雅座，请楚华一起吃饭，问楚华道："姑娘尊姓？为什么一个人赶路？"

楚华长叹道："一言难尽！"于是把自己出身、家庭变故、父兄如何、母亲如何、二叔如何、姬玉玚如何、张雪崖如何，一五一十告诉了魏观。

魏观听她说得详细，像讲故事一样，不觉饶有兴趣地问道："那你接下来要去哪里？继续往西去找张雪崖吗？"

楚华摇头道："不！我不找他了！"

魏观挑了挑眉毛，问道："那你打算去哪儿？"

楚华惘然摇头，心想："你今日启程北上，我今日才到这里，你久居塞外，这么多年仅回中原两三次，我这一生也没离开过金陵，我只因听了淮秀的话，才一路向西找到这里，如果前后差错一时半刻，我这一辈子可能都不会再遇到你！我如今回想她的话，她问我'可曾有了心上人'，又说'你心里的那个人，如今尚活在人世'，她所指的，并不是雪崖，而是你秦竹山啊！我当时的确是在找雪崖，可我内心深处的那个人，却一直是你呀！无论你姓秦也好，姓魏也好，是汉人也好，是鞑靼人也好，反正我已经找到了你，我只想跟你一起，你去哪儿我也去哪儿就是了！"

但这番话又怎能对这个初次见面的人说？于是楚华叹道："我也要北上，我很想我爹，我想去京城看他！"楚华虽是想和魏观同行而说要北上，但思念父亲也是事实，想起父亲，想起自己失去了他的庇佑，才如此孤单飘零，楚华眼圈又红了。

魏观叹道："只怕你到了京城，根本见不到你父亲！"

楚华踌躇道："那我又能去哪儿？要不就去找我哥哥！总不能再回金陵！我只要能打听到夏王的军队，就能找到我哥哥！"

魏观哑然失笑："你去军中找人？如今越往北越乱，到处都是土匪强盗，路上已经不太平，更别说战场上了！你这样年轻的姑娘，到乱军中不是自投罗网？不把你撕碎吃了才怪！还想留下全尸吗？如今夏军与朝廷对战，军队所过之处，掳掠到女子，便充为营妓，像你这样长得漂亮的，运气好也许士兵们不敢自己享用，没准把你献给哪个将军，做人家姬妾！你敢独自去军中找你哥哥？嘿嘿！"

楚华听他说得直白，不觉红了脸，连声呸道："呸呸呸！胡说八道！"

魏观笑道："我胡说八道？我可不是吓唬你！就算你运气好嫁了哪个将军，战场上万一失利，缺了粮草，没准也把你杀了煮成肉汤分给将士们吃！唐朝安史之乱时有个名将叫作张巡，困守睢阳时就亲手杀了爱妾，分给将士们吃，可还是不够吃，又把城里的女人老人都杀了吃！唉，你这样美丽的小姑娘，居然想到战场上去，我看还是离战场越远越好！"

楚华气呼呼说道："去去去！你真是乌鸦嘴！还说没吓人！"又扭头自语道，"童言无忌！童言无忌！呸呸呸！"说着朝地上呸了三下。

魏观哈哈笑道："我童言无忌？"

楚华道："你没见春节时家家户户都贴的有'童言无忌'几个字？要是小孩说了不吉利的话，大人就会说'童言无忌！童言无忌！'，然后吐三口唾沫，小孩的话就不灵了。"

魏观好笑道："你不爱听我就不说呗！不过你要真想去夏王军中，不妨和我一起去，我在回漠北之前，正想先去军中访一位故人。不过你哥哥果真在夏王军中吗？万一不在，你扑了空不说，万一那夏王看上了你，非要把你留下，那我岂不成了拐卖人口？"

楚华先是听他说不妨一起去，便欢喜道："那当然好啊！"听到后半截又生气道，"你就不能说几句好话吗？没说两句又说这些难听的！"魏观笑了笑，也就不说了。

二人吃罢饭，便取了包裹马匹，出城循路北上。出城门之时，只见墙上贴着几张告示，十几个卫兵正拦住过往行人搜身。二人经过时，有两个士兵上来拦住，喝命魏观下马搜查。魏观无奈，便跳下马，让士兵看了看马匹行囊。

一个士兵叫道："哎哟，带了不少金子银子啊！这些金银都是你自己的，还是偷的抢的？快说！"

魏观淡然道："这是我从塞外贩货所得，自然是我自己的，怎会是偷的抢的？"

那士兵吆喝道："哎哟？还敢狡辩？如今北方兵荒马乱的，往塞外贩货岂敢单身行走？必定是商队结伴同行！看你单身一人，必定不是贩货商人！你又带了这么多银子，可你却并无随从，这哪是富贵人家的做派？再不老实交代，就押你回衙门，打得你皮开肉绽！"

另一个士兵挤上来劝道："算了算了，我看这人也不像坏人，这样吧，多少罚他些银子，放他走了算了！"

魏观笑道："原来是索要贿赂！一个区区守城士兵，就如此嚣张，竟敢当街索贿！仗还没打过来，就自乱阵脚了？”

那两个士兵变了脸，说道：“敬酒不吃吃罚酒！我看你必定不是好人！不是拐子就是强盗！要不就是叛贼奸细！这个姑娘是你什么人？必定是你拐出来的！我看了这姑娘半天了，一看就是大家小姐，还穿着狐皮袄！这袄面还是上好的绸子！我看你必是拐了人家姑娘，拿了人家钱财，私奔逃走的！”

另一个士兵也道：“准是如此！我看还是押他回去！这两天知县老爷正缉拿拐带人口的要犯，说不定他们都是一伙的！”两个士兵说着，一人来推搡魏观，一个便去扯楚华袖子，想把她拽下马，楚华吓得大叫，拼命勒马后退，怕被那士兵拉到。

魏观变了脸，喝道：“混账！”抬起马鞭向推搡自己的士兵抽去，又抬脚把他踹倒在地，随即用马鞭套住另一个士兵脖子，把他从楚华马前扯开，一抖鞭子，把他摔在地上。

魏观翻身上马，对楚华道：“走！”十几个士兵呼啦围了上来，大呼小叫道：“这凶徒必是逃犯！必是江洋大盗！杀人越货！拐带人口！通奸私奔！就算乱刀砍死也不能放他走了！”周围行人乱作一团，四散奔逃，却又舍不得走太远，纷纷站在护城河岸边，呆呆地围观看热闹。

只见魏观抬鞭把冲到最前面的士兵卷起扔到一边，伸手亮出一张腰牌，坐在马上喝道：“谁敢上来？！”

众士兵一看，见魏观手中握的乃是一张龙禁尉腰牌，不禁面面相觑。魏观喝道：“我乃奉皇命出京办事，路过此地，你们睁大狗眼看看这腰牌是真是假？”

众士兵的头领上来接过腰牌正面反面看了看，向众人道：“是真的！真是龙禁尉大人！”赶紧恭恭敬敬交还腰牌。众士兵纷纷上前行礼赔罪，那两三个受伤的士兵也只好自认倒霉，口中犹道：“多有冒犯，请大人恕罪！”众士兵让开道路，目送魏观和楚华出城去了。

二人驰出去五六里地，魏观见楚华总不说话，便道："你怎么了?"

楚华道："你骗人！你不是说你从鞑靼来的吗？怎么又变成了禁中的龙禁尉?"

魏观呵呵笑道："朝廷的三百员龙禁尉，都是又年轻又英俊，又都是贵胄子弟，哪有我这么老这么土的？我那腰牌是一个朋友送的，当不得真！我本来不想骗他们，只是你在旁边，我教训他们不要紧，只怕误伤了你，所以撒个谎脱身算了!"

楚华释然笑道："都怪你刚才胡说什么拐卖人口，结果人家就真说你拐带人口了！我就说你是乌鸦嘴吧!"

魏观道："我看我们这样同行还是不方便，以后只怕还有人盘问，不如该如何回答，不如咱们俩认门亲，好有个说法。"

楚华道："认什么亲？怎么认?"

魏观道："莫若你叫我一声叔叔，我认你做侄女，以后有人盘问，也好回答。"

楚华又好气又好笑，提起马鞭向魏观抽去，骂道："你这厮占我便宜!"

魏观躲开鞭子，笑道："我怎么占你便宜了?"

楚华道："平白无故的你就长了我一辈，还说没占我便宜?"

魏观笑道："我可是一片好心！你可真是把好心当作驴肝肺了！不想当侄女也行，那我只好吃点亏，认你做妹妹，你就叫我大哥算了！唉!"

楚华心想，认他做大哥，自然以后更加友爱，可看着他便想起前世和秦竹山在一起的情景，那些旖旎风光，温柔缠绵，难道便一笔抹杀，从此变成了兄妹，两不相犯吗？楚华叹了口气，说道："我不认你！我只有一个哥哥！你不是我哥哥!"说着打马向前奔去了。

二人循路向西北而行，沿途是连绵的群山，山上松柏青青，有些山坡尚有积雪未融，留下一小片一小片的白雪，点缀在满山苍绿之上，山下又有一道清溪，沿着地势向东奔流。二人心旷神怡，不知不觉又行了二十里，到了一处集市。

集市并不大，只有三两条街道，道路狭窄，路旁有一些乡农蹲在地上卖菜卖杂货，沿路房舍店铺都十分简陋。二人穿过集市，正要离开，忽见路旁立着一面大影壁，影壁后有一座古庙，庙前蹲着一对石狮。

二人心中好奇，便下马进入古庙瞻仰，却见这里乃是淮祠，祠中供奉东渎大淮之神。魏观道："我只知道淮河发源于我桐柏县，却不知淮祠建在如此简陋之处!"于是二人进大殿上香，又到院中瞻仰。只见院落虽然狭窄，但正殿、寝殿、香殿、碑楼、钟鼓楼、道房等井然有序，院中古柏参天，林立着许多石碑，驮在巨大的龟背上，乃是历代修庙、祭淮时所立。

楚华默读碑文，却听魏观悄声说道："那边有个人在悄悄看你!"

院中疏疏落落只有五六个人，楚华按魏观所说方向瞧去，只见一个人正背对着他们踱步，楚华瞧了那背影两眼，悄悄笑道："她虽然穿着男人衣服，你看她肩膀腰身，却分明是个女人，她必定不是看我，而是在看你！说不定觉得你长得很英俊!"

魏观哈哈笑道："我长什么样我自己知道，怎么能用英俊二字形容?"说话间只见那人已出庙去了。

二人游览毕，也出了庙门。魏观要去方便，让楚华在路边等他。楚华独自牵了两匹马在路边等候，忽觉有人从背后拍了她一下，回头一看，正是庙中所见之人，那人冷笑道："果然是你！刚才我还疑心认错了人！你不是要嫁给我侄儿的吗？怎么跟这个人到了这里?"

楚华一瞧这人正脸，又听她说话，不觉骇然，原来此人乃是姬兰卿，自从一年多前见过她一面，以后便没再见她，不料在这里碰到!

姬兰卿道："你背着包裹，远行至此，难道是和这人私奔？张雪崖那臭小子在哪里？怎么没和你在一起?"

楚华道："他？我也不知道他在哪里!"

姬兰卿道："哼！上次你们俩坏我的事，害得我天南海北地寻找仇人，却至今未找到那贱人！我途经此地，却不料染上伤寒，在山中休养了一个多月，才恢复了元气！你们真是害惨了我！今天找不到张雪崖，你就先跟我走吧！"说着抓住楚华的腰把她扔上马背，自己也飞身上马，又牵过另一匹马，不顾楚华惊叫，打马向南边山中驰去。

魏观听到楚华呼救，忙追来时，只见姬兰卿已策马过了河，往山中奔去。魏观又急又怒，又失了坐骑，只得徒步疾奔，追逐姬兰卿。山中道路曲折陡峭，人马行走皆不稳便，但人终究快不过马，魏观道路又不熟，追出七八里地，便失去姬兰卿的踪迹。

楚华趴在马背上颠簸，只觉快把骨头颠散架了，忽觉姬兰卿抓住她下了马，原来前方道路过于陡峭，骑马不便，姬兰卿便下马步行。楚华爬不了这种陡坡，即便能走，也不愿跟她走，一看到姬兰卿，便想起姬玉玚带她在茅屋内见到的尸体，姬兰卿把那尸体放在床上，与之同床共枕。楚华心中悚然，举步维艰，姬兰卿便半拉半拎，将她挟上山去。翻了几座山，途经一处山涧，涧中有道路可行，两旁都是茂林大树。姬兰卿放下楚华，拔出长剑指着她，逼她自己行走。

楚华又气愤又无奈，只好向前走去，走得慢了点，姬兰卿只轻轻一剑，便将她胳臂划出一道口子，衣服层层划破，伤口流出血来。楚华痛得大声惨呼，又不愿对这恶女人示弱哭泣，只好忍住眼泪向前走，心想："她为什么不一剑杀了我？难道她觉得杀了我不解恨，要把我带回住处，细细拷问吗？"

楚华正忍气吞声，忽见两旁树林中吱吱声大作，却是几十只猴子，纷纷龇牙咧嘴大叫着，拿石头、松球、树枝向这边乱打乱抛。楚华哪见过这么多猴子，况且一起发狂乱叫，表情都很狰狞，楚华十分惊骇，心想："今天不被姬兰卿杀死，也被这些猴子咬死了！"赶紧护住头脸，向后退去。

姬兰卿大怒道："这帮猴崽子，真是杀不干净！上次钻到老娘屋里乱翻，老娘没把你们杀光，已是便宜了你们，如今接二连三和我厮闹！今日不杀光你们，决不甘休！”说着一面拿剑格挡猴子们的石头，一面冲进树林去杀猴子。

姬兰卿身手敏捷，轻功又好，上纵下跃，手起剑落，已杀死五六只猴子，猴血溅在树上地上。群猴更加愤怒喧闹，一面和姬兰卿作战，一面尖叫呼啸。远处又有许多猴子，或从地上跳跃，或从树上腾挪，都向这边聚集而来。姬兰卿顷刻便陷入群猴包围。

楚华见状，赶紧回身逃跑，群猴虽是畜生，却似乎颇具灵性，只认姬兰卿是敌人，又似乎知道楚华是俘虏，竟不去攻击她，放她从身边跑过，任她逃命去了。楚华慌不择路，不知不觉已跑了三四里路，已听不到姬兰卿和猴群的声音。楚华心里放松了一些，却发现天色已经暗沉下来。楚华虽远离了姬兰卿，却也并未再遇到别人，山中一派寂静，四顾无人，而暮色越来越浓，气候也越来越冷。

楚华有些心慌，只得寻找道路乱走，又走了几里路，也不知离来路越走越近，还是越走越远。天色终于全黑下来，山中荒草乱石阻路，楚华几乎不能行走，远处山上传来几声狼嚎。楚华心慌意乱，泫然欲泣。正在踌躇之际，忽见远处一点灯光走近，一个身材矮小的黄衫童子走到近前，对她说道：“姑娘可是迷路了?”

楚华忙点头道：“正是！如今天全黑了，我已辨不清道路!”

那童子说道：“前面就是我家，姑娘可到我家歇息！这山里全是豺狼虎豹，若在荒野露宿，只怕被野兽吃了!”楚华别无他法，又见那童子天真和气，便点头答允，和他一起回去。

童子在前面拿灯照着路，引着楚华曲折前进，行了半里，便是一座石板桥，河水从桥下流过，淙淙作响。又行不远，前方有无数台阶缘山而上，童子引着楚华拾阶上行，爬到半山腰，忽见一座府邸，傍山而建，府畔水声轰鸣，似乎有激流冲过。童子引楚华进了大门，只见一大片院落房舍，也不知有多少间，天上星月依稀，照着花园里草木山石，影影绰绰。

童子请楚华进屋，说道："请稍坐片刻，我家主人这就出来！"又有人捧上一杯香茗。楚华折腾了这么久，早就渴了，便慢慢呷了一口。

忽听脚步声响，有人走出，楚华忙站起身，却见走出一个高大汉子，形貌怪异，满脸白毛，缩鼻高额，状如猿猴，眼睛似是金色，牙齿雪白尖利。楚华大惊失色，那人哈哈笑道："我天生是这副模样，吓着小郡主了！"

楚华道："你怎知我是郡主？"

那人笑道："我乃上古神人，又差童子去接你，岂能不知你的来历？"

楚华道："请问长者是哪位尊神？"

那人道："我本名巫支祁，人称水猿大圣，乃是淮渎之神。"

楚华奇道："我今天刚到过淮祠，瞻仰过淮神塑像，并非长者的模样！"

水猿大圣巫支祁道："你见到的乃是庚辰，只因他曾将我打败，把我真身锁于龟山之下，因此人们改奉他为淮河水神！其实我神通广大，且淮河两岸所有山妖水灵、木精石怪，无不听我调遣，庚辰有何本领能将我打败？只因当时淮河中多有水怪趁着天灾兴风作浪，搅动淮水泛滥，淹没良田民宅，我忙于剿灭水怪，四处奔波，昼夜作战，损兵折将，大禹却误听谗言，将淮水泛滥的灾情全推到我头上，纠结天兵天将将我围剿，我以疲惫之身回到桐柏山，却中了庚辰的埋伏，这才被他擒住。桐柏山山神土地、诸部落首领都为我请愿，大禹却以阻碍治水为名，将他们全部羁押起来！大禹先将我锁于山下淮井之中，又怕在我家乡，恐有隐患，于是徙我于龟山之下。俗话说成王败寇，逐渐地百姓也不再供奉我，改奉庚辰为淮渎之神，全不念我旧日功劳！"

楚华见水猿大圣神色悲凉，语气慷慨，不觉便信了他，安慰他道："人们也不见得全不念旧情，只因上古至今已有几千年，而人类生命只有几十年，经历了这么多代人，如今的百姓也许根本不知古代之事，比如我就不知。但若百姓了解了古代之事，必定会理解您的冤屈，尊崇您的功绩！只是刚才大圣说被锁于龟山之下，如今怎么又在桐柏山呢?”

水猿大圣道：“那庚辰做了淮渎之神，淮河精怪却不服从他的管束，而是密谋要将我营救，庚辰恐怕再起战乱，便与我达成协议，允许我每月回一次家。我本不欲答应，但又想到，如今水患已平，大禹的确功不可没，虽然他冤枉、囚禁我，但只是我一人之难，与百姓无干，若因我一人再起战乱，又将生灵涂炭，淮水不宁，于是便答应下来。今晚正赶上我回家来，碰巧见你在山中乱走，便命人将你接来。那庚辰虽然做了淮渎之神，却只是糊涂办事，哼哼哈哈，并没什么手段治理属下，只好将香火供品分于手下山妖水怪，众人贪图他的好处，表面上也奉他号令。只是淮水仍然经常泛滥，便可知他的作为如何了！你今日刚去瞻拜过他，他得了你的好处，可你在如此近的地方遇险，他却毫不作为，真是可鄙可笑！”

楚华便向水猿大圣道谢。水猿大圣见楚华臂上有伤，又取出一种草药，捣碎了给她敷上。又谈了片刻，便有两名童子来请大圣去后厅赴宴，大圣向楚华道：“今日与小郡主闲谈，十分投机，只是我的真身仍镇于龟山，明日一早，我便得回龟山去了，如今短短一夜，我有许多事要与儿孙们商量、安排，恕不能再相陪！小郡主吃罢消夜，也早些安歇吧！”

于是先前那个黄衫童子带楚华来到一间客房，又送来点心茶果。楚华吃了点心，只见院子里静悄悄暗沉沉，一个人也没有，想必都到后面和水猿大圣团聚去了。

楚华独自坐在灯下寻思：“不知魏观是不是在找我？可他今天才遇到我，我与他只是萍水相逢，他会不会找了一番找不到，便独自北上了？可我又不敢摸黑出去找他，也不知该去何处找他！真想请那大圣派人带我去找，可他家人此刻必定都想跟他相聚，谁愿意离开呢？再则这么晚了，我怎么好意思再提这非分要求？岂不是人家收留了我，我却要得寸进尺了?”楚华叹了口气，左思右想，辗转反侧，天快亮时才蒙眬睡了一会儿。

第二十一节 舍命陪君子

楚华醒来时，天已大亮，发现自己卧在一堆干草枯叶上，身旁便是石壁。楚华吃了一惊，四顾看去，不但自己住的房间不翼而飞，就连那所府邸也荡然无存。自己置身于半山腰一座天然石洞之中，石洞外便是悬崖，山顶有一道宽阔的瀑布倒挂下来，水声轰鸣，正好将石洞遮住。

楚华往洞外走了走，尚未走到崖边，瀑布飞溅的水花已扑在她脸上身上，冷飕飕的，侵肌透骨，楚华不觉打了个寒噤，心想："难道我被困在了这里？那我是怎么上来的？"沿着山洞四周查看，发现洞壁右端有个小小缺口未被瀑布遮严，缺口处有条小路从瀑布下绕出去。楚华忙沿着小路钻出瀑布，眼前又有无数石阶，蜿蜒伸到山下。楚华沿着石阶下了山，只见山下是一座清潭，那瀑布便落入这潭水里，然后汇成一条河，向东南流去。

楚华蹲在潭边石头上，捧了一把水洗脸，只觉十分冰凉，又从随身小包裹里掏出木梳梳了头发，抬头忽见一个浑身黄毛的猴子一拐一拐走了过来。楚华正要避开，却见那猴子踩着河面上的石头歪歪扭扭走过来，笑嘻嘻扯了扯她的衣角，然后转身向来路走去。

楚华心中一动，便跟着猴子过了河，只见前方有座寺院，院门上写着“水帘寺”三字，有香客进进出出，都是来进香的，周围树上还有一些猴子，都不怕人，有的还往人身上跳，讨东西吃，有的香客则主动投食物给他们。

那黄毛猴子领着楚华转到寺北山上，向一条路上指了指。楚华半信半疑，向猴子说道：“多谢!”便按猴子所指道路走去。楚华走了一二里，竟看到魏观从对面寻来。

楚华喜出望外，挥手大叫，奔了上去。魏观也看到了楚华，奔上来拉住楚华双手笑道：“太好了！我请了五六个山中猎户，拿着火把满山找你，找了一夜也没找到！就连那个把你掳走的强盗也不见了踪迹，没想到你却在这里！我还以为你给人抢去做了压寨夫人！哈哈哈!”

楚华又喜又嗔道：“你又胡说，那人就是淮祠遇到的那个女人！她竟是姬兰卿!”于是对魏观又讲了一些姬兰卿之事，又道：“我还以为你找不到我自己走了!”

魏观哈哈笑道：“我本来是想走的，可是想想自己说过要带你去夏王军中找你哥哥，若半途走了，岂不是失信于你，不算是大丈夫!”

楚华又对魏观讲述昨夜奇遇，魏观半信半疑，以至于楚华也疑心起来，难道昨夜之事，只是一场梦吗？可臂上剑伤已消失，只留下淡淡药香，而衣服破处犹在，岂不是奇事？

魏观又道：“本来我们已到了淮源乡，如今又往南兜回来二十里，只好再走回去，可惜两匹马都丢了，不知你走得动吗?”

楚华心里高兴，便不觉疲累，笑道：“没事的，走不动就歇歇再走。”

于是二人循路向北，走了二三里，忽见一片竹林，林中一个小院，门匾上写着“杜鹃庵”三个字。二人进了门，转过影壁，只见一个中年尼姑正在扫院子，魏观便道：“打扰师太了，请问宝庵可有客饭？我和小妹路过此处，尚未吃早饭，想随便找些饭吃。”

那尼姑睇了魏观一眼，低头念了句佛号，说道：“早饭倒有，只是庵中寒素，只有稀饭馒头，就些咸菜下饭，施主可吃得惯吗?”

魏观笑道：“吃得惯的，多谢师太了!”转头见楚华盯着那尼姑发呆，便拉了拉她，悄声道：“你盯着她做什么?”

楚华张口结舌道：“她，她是红梅……”

魏观道：“红梅？红梅是谁？怎么你认识她吗?”

楚华瞧了瞧魏观，说道：“我上辈子认识她的，她是会真苑的歌女，没想到她这辈子出家修行了……”

魏观忍不住放声大笑。那尼姑惊得回头看他二人，魏观忙敛声道歉，对楚华道：“看看咱们俩谁在胡说？不知道你的小脑瓜里都在想什么?”楚华却没再回嘴，她心里正惊疑不定，又有些迷茫。

二人吃罢早饭，向庵中五六个尼姑道了谢，魏观留下二两银子作为香火之资。二人出了杜鹃庵，那中年尼姑站在门口，一直目送他们去远了，才怅然转身，回到院子里。

二人继续赶路，虽然衣物随马匹遗失了，银两却在随身小包袱里，因此并不犯愁，又是劫后重逢，心情都很喜悦，一路说说笑笑，权作游山玩水。走在一道山梁上时，忽听得崖边有呼救之声，二人循着声音走了过去，只见一道断崖，十几丈长，崖壁陡峭，无处可以攀缓，离崖顶三四丈处有一个人凌空悬在那里，身下便是山涧，深不见底。

楚华定睛一瞧，见那人居然是姬兰卿，便吃惊道：“咦？你怎么挂在这里？挂了多久了?”

姬兰卿见是他二人，失望道：“你们要么拉我上去，要么滚远一点，别在这里说风凉话!”

魏观悠闲笑道：“这死强盗，嘴还挺硬，我正恨得你牙根痒痒，要不是看你是个女人，早就把你拉上来打一顿了，你这会儿还不道歉求饶？看你这憔悴样子，是不是半夜就失足掉下去了？既然老天爷已惩戒了你，我的气也消了，我丢的马也不要你赔了，只是你害我们郡主姑娘受了一夜风霜之苦，她饶不饶你我可不知道！你还是快向她道歉，发誓再也别纠缠她，没准她发善心就同意救你了！”

姬兰卿见魏观奚落她，心中十分恼恨，且不信二人会救自己，便焦躁道：“你们快滚，别在老娘面前碍眼！”

魏观笑了一笑，对楚华道：“咱们走吧！”

楚华跟着魏观往前走，走出去不远，回头看姬兰卿仍吊在崖边，如果没人施救，就算不掉到涧底摔死，也得饿死，不觉动了心中一念之仁，便对魏观说道：“总不能见死不救，要不我们拉她上来吧！”

魏观道：“你确定要救她？”

楚华说道：“我跟她也没有死仇，还是救她吧！”

魏观便扯了一些藤条搓成一根长绳，垂到姬兰卿身畔，说道：“喂，你拉好了，我拽你上来！”

姬兰卿求生本能，一把抓住绳索，在臂上绕了几绕，吸了一口气，踩着悬崖攀缘而上。魏观双手交替往上提绳索，很快就把姬兰卿拉到跟前，那姬兰卿提了一口气，往上一纵，突然伸手抓住魏观的胳膊，把他向崖下拽去。魏观冷不防被她偷袭，忙打了个趔趄，想稳住脚步，姬兰卿却已借着这一拽之力跃到魏观身后，抬腿照他背心踢去，魏观惊怒之下，已掉下崖去。

楚华见状，只惊得汗毛倒竖，来不及思索，飞身向魏观扑去，想把他抓住，却差了一些没抓住，即便抓住，却也忘了自己没有翅膀，不能再飞回崖顶。

魏观和楚华一先一后往下掉落，崖顶传来姬兰卿的笑声。魏观来不及后悔愤怒，忽觉身体被荡了一荡，竟被一棵斜伸出来的松树接住，砸断了一片树枝，接着又往下掉。只是这一来，下落速度却变缓了，而楚华下落时毫无阻碍，迅速赶上魏观，从他身边直坠下去。

魏观伸手一探将楚华抓住，却被她坠得加速坠落，而楚华在下，魏观在上，魏观脑中电光火石般想道：“她这样掉下去不摔死，也得被我砸死！”于是手臂一用力，将楚华抱在怀里，身体在空中一扭，把自己转到了下面，背朝地面摔了下去。

刹那间已摔到涧底，魏观后脑勺触地的一刹那，因多年练武本能，忽腾出右臂向背后一撑，只觉胳膊剧痛，似乎断掉，脑袋却未摔到。楚华砸到魏观身上，只听魏观大叫一声，而自己居然没有摔死，魏观也没有死。这个下落过程虽然惊险多变，却十分短暂，只是瞬间的事情，姬兰卿在崖顶犹笑声未绝。

楚华爬起来坐在一旁，只觉身上疼痛，却并无大碍，疑惑道：“我们死了没有？怎么我没有受伤？”

魏观叫道：“我肋骨被你压断了！我胳膊也断了！啊哟，这个死婆娘，我真是太大意了，为什么要救她？下次让我遇到她，一刀把她砍成两段！”

楚华见魏观果真半天起不了身，忙爬到他身边，伸手摸他肋骨，说道：“你真的肋骨断了？那可怎么办？”

魏观笑了一笑，说道：“逗你的啦！我这皮糙肉厚的，哪那么容易就断了？躺一会儿就能起来了！只是胳膊疼得厉害，也提不起来，估计是断掉了！”

楚华愧悔道：“对不起，都是我害了你！我不该让你救姬兰卿！你疼得厉害吗？”说着眼泪就要流出来。

魏观笑道：“这有什么对不起的，就当你欠我一个人情，你以后想着报答我就行！”

楚华听他这么说，便收了眼泪，点头笑道：“那好办，你说要我为你做什么？”

魏观嘿嘿笑道：“我这会儿还没想好，等我想好了告诉你。”

楚华见他笑得似乎不怀好意，但又不能确定他在打歪主意，便低下头说道："那你去想呗，我不会食言的。"

魏观叹了口气，说道："其实我虽然救了你，不过我似乎听到是你自己跳下来的，并不是那死婆娘推你下来的，我们也算扯平了！只是我不知道你为什么这么信任我？我说带你一起走，你居然跟我走，我掉下来，你也跟着往下跳！我魏观这一生很少去理会别人的心思，对人的心理理解得很愚钝，所以并不明白你为什么会这样！"

楚华见他这么问，不觉想起前生后世之事，心中感慨，却不知从何说起才能说完，且能使他相信。正在惆怅伤感，忽听魏观又笑道："难道只因为你傻里傻气的？"

楚华瞪了他一眼，说道："我怎么傻了？你才傻！总是说不了几句正经话就开始说人不爱听的！"

魏观哈哈一笑，忽然说道："啊哟！你脸上被划伤了！不知道会不会留下疤痕？"

楚华吃了一惊，忙从身上摸出一面小小的菱花镜，对着镜子照了照，只见头发虽然散乱，脸上却并没有伤，气道："你就会胡说！你又骗人！我脸上哪有伤？而且根本不疼！"

魏观叹道："唉！还说自己不傻，你既然不疼，怎么还拿镜子去照？唉！真搞不懂女人是怎么回事，快被摔死了，还顾得上照镜子！"

楚华气得照他肋骨上擂了几拳，说道："我打折了你的骨头！叫你取笑人！你不懂人的心思，不懂女人怎么回事，那又怎知我会照镜子？还故意设计取笑我！"

魏观抓住她拳头，把她拉到怀里，望着她的脸蛋坏笑道："我想好让你怎么报答我了！"楚华盯着他，他的面孔那么近，似乎想要凑上来亲吻她的样子。楚华心里怦怦直跳，却听魏观忍住笑说道："我要你到了下一个集市，找一家最大的酒楼，请我吃一碗南阳府最正宗的烩面！”

楚华忍不住哈哈大笑，说道：“好！一言为定！”

魏观歇得差不多了，便和楚华起身寻找道路。二人从地上爬起来，在枯树荆棘中艰难跋涉，遇到难行之处，魏观便用左手掰断树枝，开出道路，再拉楚华上来，而右臂始终不能抬起。行了不知多远，忽见前方山壁上有个花白胡须的老道背着大竹筐采药，魏观便上前问路，老道微笑道：“施主既然受了伤，不妨随贫道到观中包扎了再走。”

魏观喜道：“如此，多谢道长了！”

于是二人随老道前行，循路来到一个峡谷之中，谷底巨石磊磊，泉水叮咚，两侧峻峰擎天，岩壁森森，山腰石壁上遍布大大小小的洞穴。楚华奇道：“这里怎么这么多山洞啊？有一百多个吧？”

老道答道：“这些都是天然形成的石洞，有七十多个，小的仅能容一人蜷曲着身体躲在里面，大的则是一些石室。”说着顺手向西边一个大石窟指了指，又道，“那个桃花洞是最大的，有七丈多深，从前桃花仙女便住在里面。”

魏观笑道：“桃花仙女？这世上哪来的仙女？只是传说吧！”

老道不以为然，说道：“怎么没有？这里一到春天，满山都是桃花，绵延大约十里，一眼望不到边！这么多的桃花，又这么深幽的地方，怎知没有一个花神呢？”

楚华道：“漫山遍野的桃花，那倒令人心驰神往！”

魏观向楚华笑道：“听上去是挺美的！可惜这里虽是我的故土，这美景我却无缘得见！等我老了，我带你到这里隐居如何？”

楚华嗔道：“去！等你老了，我还没老呢！谁跟你来！”

两人说笑着已走近一所道观，匾额上写着“云台观”三个字。进入观内，小小四进院落，依着山势而建，内有十几个老少道士修行。那老道给魏观接了骨，拿夹板固定，又用布带吊在他脖子上，叮嘱他一月之后便可拆去夹板，但三个月内右臂不能用力。

二人随老道瞻拜了三清四帝，捐献了香火钱，又在观中吃了午饭，便告辞出去，回到淮源乡，重新买了两匹马，继续北上去了。

第二十二节 晚霞

二人越往北走，见到的难民、乞丐越多，又有强盗公然白日抢劫，魏观虽然有说有笑，却也不敢过于大意，不到天黑便投店，投店必要两间干净上房。这一日到了许州襄城县，尚未进城，先经过一条大河，河面有几十丈阔，汤汤东流，河水却极清澈，数丈深的水底，细沙游鱼历历可见。二人叫了艄公摆渡，牵马上船，站在船头，微风徐来，只觉心旷神怡。

魏观叹道："我从小在汪吉河河畔放牧，自以为草原便是天下，天下皆如草原，如今回中原走一遭，才发现天下山川地理，竟有如此多的不同。而中原物产之丰富，令人慨叹，只是中原人并不知珍惜，真是暴殄天物了！"

楚华笑道："听你这口气，分明是鞑靼人垂涎我中原领土！当年柳耆卿作了一首《望海潮》，完颜亮便起了投鞭渡江、立马吴山之志，你如今亲自领略了中原胜景，难道也起了这般野心吗？"

魏观哈哈笑道："我倒是有这野心，只是缺一点时机！我若有一日能入主中原，我必定把你抢到宫里做贵妃！"

楚华笑道："啊哟！我要是能扫平鞑靼，我就把你抓来做我的奴隶，让你在我帐下喂马放羊！"

说笑间已过了河，二人牵马进城，寻找客栈。刚走了两个路口，只见对面走来一个红衣女子，痴痴怔怔望着魏观，等走到近前，忽然扑到魏观怀里哭道："你怎么现在才回来？我们的孩子丢了，找不到了！找不到了！"

魏观吃了一惊，伸手把她推开。那女子却像鲇鱼一样一纵身又扑了上来，扯着魏观骂道："你这个胆小鬼，你敢生孩子，为什么不敢养！你为什么要跑，为什么丢下我不管！"

魏观闪身躲避，又将她推开。那女子更加恼怒疯狂，冲上来又抓又打，叫道："打死你这胆小鬼！负心汉！"魏观急了，手臂一震，把那女子甩开。那女子摔在地上，坐起身看了看魏观，忽然放声大哭起来。周围行人都围上来指指点点，见那女子疯疯癫癫，也没有人去扶她。

却见楚华走了过去，在那女子面前蹲下来，怔怔地看着她的脸。魏观道："别离她那么近，那是个疯婆娘！"

楚华却像做梦一样，痴痴地望着那女子，只见她头发蓬乱，衣裙也很脏了，楚华轻轻呼唤道："红药？你是红药？你看看我，你可还记得我？我是绿腰啊！"

那红衣女子看了看楚华，逐渐安静了下来，说道："我不叫红药，我没有疯，我知道自己的名字，我叫晚霞。"

楚华点头道："嗯，原来你叫晚霞！没想到会在这里遇到你！你这是怎么了？你怎么变成了这副样子？"

晚霞呆呆说道："他们都说我疯了，你说我疯了没有？"

楚华摇头道："不，你没有疯，他们说的不对！"

晚霞欢喜起来，牵起楚华的手笑道："你相信我！你真是个大好人！"

楚华伸手帮她理了理头发，赔笑道："你也很好啊！你本来就是个很好的姑娘!”

围观之人有的忍不住对楚华道：“这位姑娘，你跟那疯女人讲话是没有用的，她是这街上有名的疯子，疯了有两三年了！先前她还认得人，如今她连人都不认得了!”

楚华心中不快，便不理睬那人，把晚霞扶了起来，说道：“你家在哪里?我送你回家!”

岂料晚霞惊恐道：“不不不！我不回家！我没有家！你走开！我没有家!”

正说着，忽见几个村庄打扮的男人闯了过来，叫道：“在这里了！在这里了!”为首那个衣帽还算周正，个头很矮，脑袋极大，模样看上去很奇怪，让人只是觉得他很丑，却丑得难以形容。那丑汉走上来，冲晚霞吼道：“你这贱人又跑出来丢人现眼，真是欠打，快跟我回家!”

楚华忍不住说道：“你是她什么人？为什么这么骂她?”

丑汉道：“我是她丈夫！我当然想骂就骂！关你什么事！快走开！都走都走！别在这看热闹!”那丑汉似乎觉得众人围观很丢脸，便和同伙哄撵众人。晚霞却往人群中乱躲，不肯和那丑汉回去。

楚华道：“你看她根本不愿和你回去！你要是她丈夫，她怎么不认得你?还这么怕你？你到底是什么人？难道你是人贩子吗?”

那丑汉十分气恼，见楚华打扮得像个富家小姐，不清楚她的底细，也不便对她怎样，只好拿晚霞撒气，冲上去一把将她揪住，左右开弓抽了她几个耳光，边抽边骂道：“叫你出来丢人！叫你出来丢人！再往外跑看我不打断你的腿!”晚霞惨叫了几声，两边脸颊红肿起来。

楚华眼睛里看的是晚霞，心里想的却是红药，见此情景只觉一股怒火从心底直蹿到头顶，她转身抓住魏观腰刀刀柄，一把抽了出来，指着那丑汉说道：“你再打她，我一刀砍死你!”

那丑汉见楚华不过是个女子，同她一起的男人个头虽然高，右臂却上了夹板吊着布带，实在不足为惧，便发作道：“你这娘们别多管闲事！刚才我不过给你留点颜面，你再多事我连你一块打！”说着伸手去夺楚华手中的刀，他身后的庄稼汉们也吆喝着围上来助阵。

行人们见要打架，有的劝楚华道：“小姑娘，他真是那疯女人的丈夫，人家丈夫打老婆，谁又能管得着？你就别惹祸上身了！”有的则呼朋唤友来看热闹，嚷嚷道：“快来看快来看！打起来喽！打起来喽！”

楚华拿刀不稳，又不敢真砍，被那丑汉两下就把刀夺了过去。魏观喝了一声，踏步上前，伸手把楚华拉到身后，左手一探，已把腰刀抢回，右脚抬起，把那丑汉踢得飞了出去。

魏观横刀立在路当中，众庄稼汉便冲上来揪打魏观。冲在前面的一个持着木棒，照魏观当头打下，魏观横刀便削，一刀削掉那人四根手指。那人惨叫哀号，流血不止。众庄稼汉一拥而上，魏观一刀砍倒一个，又一脚踹飞一个，众人一迭声惨叫，车轱辘般轮番冲上来，却谁也不能靠近魏观。

众庄稼汉都很暴躁愤怒，摸了摸身上的血，越发不要命似的往前冲。魏观也焦躁起来，如果是在战场，早就大开杀戒，何必这样耗着？对面只是几个庄户人，只因几句口角是非，就这样杀了他们，似乎大可不必。

正在这时，忽见一个庄稼汉被人从背后抓住，远远抛了出去，落在街边屋顶上，又咕噜噜沿着屋瓦掉下来，砰一声砸在地上，半天爬不起来。紧接着又一个庄稼汉也被人抓住后背远远抛开。转瞬间连那丑汉在内，众人皆被抛了开去。魏观微微一笑，把腰刀插回鞘内。却见两个身材魁梧的大汉走上来拜见魏观，魏观抬手让二人站起。

众庄稼汉见魏观一人已无法对付，又来了两个帮凶，更加无可奈何。那丑汉从地上爬起来，指着魏观道：“有种你别走！你等着！我回头再找你算账！”说着扯起晚霞就走，众庄稼汉互相搀扶着也跟着走了。

楚华冲着晚霞背影叫道：“红药！”

魏观拉住她道："看情形那真是她家人，那丑八怪已经挨了打，你已经给那疯姑娘出了气，难道你还要把她带走吗？"

楚华叹了口气，说道："我如今也是泥菩萨过河，我把她带到哪里去呢？要是我爹能回来就好了，我可以把她带回王府！"

魏观诧异道："你为什么这么关心那疯女人？"

楚华叹道："上辈子我认识她的，而且我们情同姐妹！只是她已经不记得了！"

魏观笑道："你还真记得上辈子的事啊？那你上辈子认识我不认识？"

楚华瞟了他一眼，含笑点了点头。魏观笑道："那你怎么认识我的？我上辈子是你什么人？"

楚华又瞧了他一眼，却看不出他是真的信了自己，还是随口问着玩的。难道要对他说，上辈子我不过是个妓女，而他是个嫖客？此话既轻薄又荒诞，听上去近乎调笑，岂能轻易出口？即便能说出口，又有几人能体谅其中的曲折凄凉？楚华叹了口气，一时无法回答。

过了一会儿，楚华见那两个汉子一直陪着他们，便悄悄问道："他们是什么人？"

魏观笑道："是我的随从，我前阵子让他们分头办点事，如今办完了，来跟我会合。"

楚华点点头。一行人来到城内最大的酒楼吃午饭，到二楼找了个雅间坐下，那两个汉子见到魏观显然都很高兴，对魏观叽里咕噜说了一些北地言语，魏观也叽里咕噜说了一番。

楚华道："他们不会说汉语吗？"

魏观道："会的，他们汉语说得都很好，所以我才让他们跟我来中原，否则很不方便的。"

其中一个随从见问，也说道："小姐，我母亲也是汉人，当初天下大乱，流落到鞑靼。我还有个汉名，就随我母亲的姓，叫作马伯远。”又指着另一个随从道，“这位兄弟是土默特人，他父亲和汉人常年贸易往来，因此他也从小就会讲汉语。”

楚华和他们谈了几句，心里惦记着晚霞，仍旧闷闷不乐。魏观见状，便叫小二过来，问道：“刚才我们在街上遇到一个穿红衣服的姑娘，是个疯子，似乎街上不少人都认识她，你知道她的事吗？”

小二笑道：“哦，你是说晚霞吧？”

楚华道：“正是晚霞！你也认识她？”

小二道：“这襄城县就这巴掌大一块地方，有芝麻大一点事就传得满城皆知，何况那晚霞疯疯癫癫整天乱跑，襄城县的人只怕都见过她，怎能不知道她的事呢？只因她十七岁时，和邻家一个穷小子好上了，那小子家太穷，拿不出聘礼，那晚霞竟私下和他订了终身，还怀了孕，生下一个男孩。她爹见她未婚先孕，被人指点，只觉在邻里抬不起头，大骂女儿伤风败俗，丢尽家人脸面，就把那小子打了一顿，还要跟他打官司，那小子很害怕，就逃走了，至今都没再回来。唉，那晚霞说起来也挺可怜，从小就没娘，后来大着肚子又每天被她爹骂，看她爹的脸色，等生了孩子，还在月子里，就自己挣扎着下地做饭，下河洗衣服，一心想把这孩子拉扯大。后来孩子三四个月大时，晚霞的爹趁她去河里洗衣裳，把孩子抱出去卖了。她爹又托媒人给她找婆家，刚巧城南门外东河沿村有个丑男人，都三十多了还娶不上媳妇，都嫌他丑，不肯把女儿嫁他，他家里却颇有些田产，愿以重金聘晚霞为妻。她爹贪图人家彩礼，就对女儿说，你嫁到这户人家，不愁吃不愁穿，比你嫁给那穷小子强十倍，而且家里得了彩礼，还可以给你哥哥娶房媳妇。那晚霞死活不肯，她爹不管她哭闹，硬把她嫁了出去，她哭骂了一路，半路上还从花轿里跳出来逃跑，她爹亲自带着人去追，把她抓了回来，硬送到东河沿村去了！”

楚华愤愤道：“她这爹才是个疯子！不但把亲外孙卖了，还把亲女儿卖了！太气人了！”

小二道：“嗨！只是把那婴儿卖了而已！像这种私生子，好多一生下来就倒拎着放在便桶里溺死了！看着可真是惨哪！”

楚华听得毛骨悚然，说那小二道：“你可别胡说！怎么会有这样的事？”

那小二道：“姑娘你是没见过，可不是我胡说，不信你去北城门外看看，只怕那山上现在就有不少死婴呢！”

魏观也说道：“他这倒不是吓唬你！别说是溺婴弃婴，若是到了灾荒战争年月，小孩更惨呢！”

楚华瞪了魏观一眼，放下筷子说道：“你又添油加醋！说得我吃不下饭了！”又对小二道，“别扯这么远了，你还是说晚霞的事吧，她怎么疯了呢？是那丑八怪老打她吗？”

小二叹道：“自从她爹把她孩子卖了以后，那晚霞就有点精神恍惚，经常跑到后山去找孩子，总疑心她的孩子不是被卖了，而是扔在山上被狼吃了，不过她那时候疯得还不厉害。后来嫁到东河沿村，她又不肯和丈夫同房，她婆婆是个寡妇，就这一个独养儿子，一心要抱孙子，所以她婆婆和她丈夫就一起打她，打得厉害了她也只好认命。一年之后她又生了个男孩，刚生下来她婆婆就把孩子抱走了，找了乳母喂养，不让她抱，也不让她看，说是她精神不正常，想必那时候她已经疯了。后来人们再看见她，她越发连人都不认得了。现在她婆家已经不想要她了，商议着再娶一个呢。”

楚华听得难以忍受，恨不得把那丑八怪一家碎尸万段，一把火烧个干净，她喃喃道：“红药，红药，为何你如此命苦！前生如此！今世仍是如此！”

正在愤恨感叹，只听楼下街上传来一阵吵闹声，推开窗子看下去，原来正是晚霞那丑丈夫纠集了几十个庄稼汉，都拿着棍棒、铁锹之类，密密麻麻站在楼下，堵住了道路，冲楼上叫道：“喂，那几个外乡人，快滚下来受死！”

两个随从霍地站起来，土默特人性急，就要从窗户跳下去厮杀。魏观抬手止住，从身上摸出那张龙禁尉腰牌，交给店小二，说道："我乃朝廷官员，这是我的腰牌，你拿去给本城捕快，就说这些乡下人总找我麻烦，我若与他们争闹，不但泄露行踪，而且跌了身份，因此请他们来把这些人赶散了，却也不必伤了乡下人！"

那小二本来以为魏观不过是普通客商，如今见他这样说，官衔自然比捕快大，小二平时见了捕快都奉承巴结，此刻慌忙接了腰牌，下楼从后门出去搬兵去了。

第二十三节 冒牌龙禁尉

那些庄稼汉虽打听了魏观一行就在店内，但这酒楼乃是知县的亲戚开的，在襄城一向有名，这些乡农却也不敢轻易硬闯。吵闹了一会儿，那丑汉对众人说道：“我们只是找那几个外乡人算账，并不是来砸店的，我们进去先把他们揪出来再说！再者法不责众，就算我们闹事，也是那些外乡人伤人在先，闹到知县大人那里，只怕他也要安抚我们！”于是众人便往店里冲，掌柜、伙计阻拦不住，只见一群人气势汹汹上楼去了。

却听冲在前面的“哎哟哎哟”一片乱叫，原来马伯远等两个随从站在二楼楼梯口挡着道路，拔刀拦阻众人，冲到前面的几个被踹了下来，前面的砸在后面的身上，在楼梯上叠成一团滚落下来，把栏杆都挤塌了。

正乱成一团，只见本城县尉邹大人亲自骑马赶来，后面闫捕头、庄捕头带着二十几个捕快，一路浩浩荡荡而来，到了店中，众捕快一起拔刀吆喝。众庄稼汉见这阵势威严齐整，都有些傻眼。闫捕头喝道：“是谁聚众闹事？给我押回去审问！”

那丑汉吓得忙上前辩解，说道楼上几个外乡人行凶伤人，打伤了好几个村民，把一个村民指头砍掉了，一个腿瘸了，一个骨头断了，等等。闫捕头道："你这个刁民！你明明聚众行凶，以人多欺人少，眼前就是事实！你还敢如此强辩！如今你又聚众砸店！这酒楼是谁家的本钱你知道吗？你就敢往里闯？砸坏的这些家具杯碟，还有这楼梯扶手，你赔得起吗？"

那丑汉被闫捕头训斥得越发矮了下去，只好换了副面孔求告，闫捕头道："把这带头的押回去，其他人回家听唤！"众庄稼汉纷纷上前求情告饶，表示不再闹了，请闫捕头把那丑汉放了。众捕快上前拦阻，和庄稼汉们拉拉扯扯，争吵分辩，乱作一团。

邹县尉早带着两个捕快上楼去了，和魏观相见，谈了几句，魏观大模大样，讲的都是官场言语，旁边的小姑娘虽默默无语，但通体气派宛如金枝玉叶，两个随从侍立身后，都仪容整肃。邹县尉暗暗观察之下，见魏观神情气派，不似作假，又有腰牌为证，而龙禁尉为皇帝心腹亲军，常作为朝廷钦差到各地巡察，将吏治民生汇报朝廷，若有赋税拖欠、贪赃受贿、吏治不清、冤狱难平者，被龙禁尉钦差查实，不但官做不成了，更有流放下狱者，因此各地官场对龙禁尉都深为忌惮。

邹县尉当下恭恭敬敬交还了魏观腰牌，又道："这酒楼处于闹市之中，酒菜也很粗劣，请大人移驾县衙，下官们当略备酒水，为大人洗尘。"

魏观笑道："我们午饭都吃得差不多了，就不去叨扰了。下午我们还要赶路，只是楼下吵吵闹闹，那些乡下人还未散去，你去看看怎么回事。"

邹县尉道："这些刁民最难缠，我叫人把他们都押回去，慢慢审问！"

魏观笑道："那倒不必，村民们无知，让他们散了就是了，我还有事情，也不想跟他们计较！"

邹县尉满口答应，慌忙下楼去呵斥逐撵众人，说道："都给我回去老老实实待在家里，若有事还要传唤你们，再给我出来闹事，都给你下到牢里关上几年！”于是也不捉拿带头闹事之人了，将那丑汉和众庄稼汉一起轰散。

邹县尉上楼汇报情况，魏观笑道：“如今夏王造反，各地流匪趁火打劫，抢劫杀人，作奸犯科，甚至裹挟了百姓一起作乱，朝廷以安民为宗旨，不是什么大不了的事，就以安抚为主，尽量不要起什么乱子！”邹县尉赔笑称是。于是魏观起身下楼。

邹县尉再三请魏观赴县衙视察，魏观一笑而已。正在这时，街上传来鸣锣开道声，原来邹县尉在确认魏观身份之后，便派庄捕头飞马回县衙禀告朱知县，朱知县慌忙带着县丞、主簿等官员亲自来迎接朝廷钦差。即使钦差并非来本地办案，只是路过，也要好好招待，巴结一番。

当下一行几乘大轿落地，朱知县率众迎到店门口，连称：“不知钦差大人路过，恕罪恕罪！”知县身后县丞主簿等人也满脸堆笑，伺机插上一句话，画龙点睛一下，就好像那知县是相声演员里的逗哏，县丞主簿是捧哏。

楚华见魏观的一个假腰牌把这些官员调遣得团团转，场面如此隆重、气氛如此恭肃，忍不住笑了起来。魏观伺机向楚华悄悄笑道：“烽火戏诸侯，场面虽然小了点，不过也挺有趣！”

朱知县盛情相邀，魏观笑道：“既然如此，恭敬不如从命！只是朱大人，我是六品，你是七品，咱俩也没差多少，何况你虽只是七品，却是一方父母官，我这六品穷京官，放在京城就像沧海一粟，哪里能显出我来？大人何必如此客气？”

朱知县道：“魏大人在天子脚下，常能上睹天颜，这等福分，岂是我们乡野小官能及的？”于是互相谦逊，同赴县衙。

众人到了县衙，喝茶闲话，魏观对襄城地理、赋税、诉讼、甲兵、商贸等各个方面都很感兴趣，一一询问，朱知县等见他盘问，慌忙详细解答，又令文书拿出各种公文卷宗以至于账簿给他过目。魏观点头细看，又询问临近州县情况，朱知县知无不言，言无不尽。楚华见魏观不像玩闹，而是真在研究琢磨，忍不住疑心道：“难道他真是朝廷官员？他为什么要瞒着我？”

忽听魏观又道："还有一事要劳烦朱兄，如今天气渐暖，我小妹这皮袄子眼看就穿不着了，需要两件薄点的夹衣替换，可外面典衣铺的衣服都半新不旧的，小妹怎能穿呢？所以劳烦大人找几个裁缝，连夜给小妹赶制几件衣服。我们今晚稍作停留，等明天衣服做成，便要赶着北上的。"

朱知县满口应承，忙命主簿亲自带人，把城里的裁缝绣匠全都找来，挑出十六个手艺好的来，准备分头赶制衣物。又让夫人把家里收藏的绫锦绸缎尽都取出来，请楚华挑选。于是十六个裁缝一起开工，彻夜赶制衣裙，内衣外衣袄裙鞋袜一应俱全。

当夜宿于县衙，热水洗去风霜，室内锦绣床帐，久违的舒适感席卷而来。楚华心中愉悦，身体又乏，倒头睡去，很快便沉入梦乡。蒙眬中似乎和魏观在郊外漫步，楚华问他："你今天留在襄城，是为了问那些公务？还是为了等我的衣服？"魏观笑道："你猜猜看！"楚华便也笑了，心中十分欢喜。忽而走到一处华堂高厦之前，里面灯烛辉煌，笑语盈耳，魏观却不见了。

楚华见这地方很熟悉，便信步走了进去，进去了想起来，原来这是会真苑！她八岁的时侯被卖到了这里，取名绿腰！楚华转进院里，看到几个小女孩站成一排，都是被新买进来的，和她当年的情景一模一样！只是细看看，这几个女孩里并没有自己，也没有红药、绿蕊、白苹她们。

忽然一个华丽妖娆的妇人从屋里走了出来，哈哈大笑着，笑得异常放纵，仔细一看，却并不是金妈妈。她笑完了，向楚华看来，楚华吃了一惊，原来这妇人竟是红药！

只见红药检视了小女孩们一番，走过来对楚华说道："绿腰，我说过我也要开一家院子，把那些欺凌过我的人全都整死，现在我的愿望实现了！我二十年前被转押的那个下等院子，已经被我拆掉了，那些打过我、侮辱过我的人，我把他们整得家破人亡，有的坐了牢，有的成了乞丐！如今金妈妈也病死了，我的仇人们全完蛋了！绿腰，如果你还活着，你可以到我这里来，我们姐妹还可以做伴！”

楚华尚未回答，却听到有个新买来的女孩没压抑住，放声哭了起来，红药走上去甩了她一耳光，骂道：“小贱人！既然到了这里，就得听老娘的话！谁不听话，就得挨打！”说罢转向楚华，又变得笑盈盈的，拉她进屋里去。

楚华道：“红药，你变得如此狠心！”

红药笑道：“在这世间，你不吃人，人就要吃你，你隐居十二年，洗心革面，不是仍旧孤单单死去？在你临死之时，仍然遭人诟骂！那些道貌岸然的君子，和那些号称清白的贵妇人，有谁会原谅你我？”

楚华叹道：“我虽然凄凉，但我不曾害人，终究可以期待来世！今生等不到他，来世我还是遇到了他！”

红药笑道：“来世？我才不信那些鬼话！那都是懦弱者的自我安慰！我连今生都不能把握，还谈什么来世？我不信因果报应，也不信前生来世，我只要在今生达成所愿！如今我如愿以偿，而你只能孤单死去！我们姐妹一场，我一直供着你的牌位，天天给你上香！”

楚华抬头看去，见堂上果然供着自己的灵位，“绿腰”二字之前，燃着一对素烛，摆着几碟果品。楚华冷汗涔涔，惊道：“我果真已经死了吗？”不觉惊叫一声，从梦中醒了过来。

楚华回想梦中情景，不禁疑心自己回了趟五百年前。三生三世，轮回往复，诸般事情纷至沓来，谁又能把握多少？刚才于梦中并未觉得是在做梦，现在醒了，却知道那只是一场梦。可如今又岂知不是一场梦？也许我正睡在乌真真家的客厅，如今经历的一切，都只是我的浮想……可无论如今是梦还是现实，最清晰的念头便是魏观，无论是梦非梦，只要找到了他，在他身边，便觉得心安。

楚华无心再睡，悄悄披衣下床，走到窗前，只见月亮的光辉透过窗棂，泻在屋内，忽听外面有人轻轻问道：“楚华，刚才是你呼喊吗？”

楚华听见是魏观，便隔着窗户说道：“我做了噩梦，所以惊醒了，怎么你没有睡吗？”

魏观道：“我失眠有大半年了，今晚仍是睡不着，所以在院子里走走。”

楚华打开房门，也走了出去，只见天上繁星如缀，院中树影斑驳，景色比白天更好，只是空气寒冷无比，楚华忍不住缩了缩肩膀。魏观伸左臂搂住她，问道：“暖和点了没有？”

楚华点点头，依偎在魏观身边，问道：“你为什么总睡不着觉？”

魏观道：“也没有什么，只是一些事情不太顺遂。”

楚华道：“你到底是不是龙禁尉？”

魏观道：“笑话！龙禁尉算什么？我怎么可能去做龙禁尉？”

楚华道：“那你为什么要了解那些州县情况？”

魏观道：“只是顺便了解一下中原普通州县之事，以一斑窥全豹而已。如今看来，中原虽然物产丰富，但机构繁冗，贪污浮夸，周转也不灵便，很多政令都只是纸上谈兵，做起来又是另一回事。上下官员只讲究表面的体面道德，根本办不了什么事，也解决不了什么问题，而朝中大将几乎全未上过战场，怪不得夏王以几万兵力，仓促起事，却能和朝廷势均力敌。虽然天下皆以夏王为贼寇，道义上立于下风，而且兵寡，军力上立于下风，但夏王屯边多年，幕府机构和行事作风都与中原不同，而他又极善用兵，所以最终胜负，也许不是人们所能想象的。”

楚华道：“你琢磨这些做什么？难道你是夏军的奸细？”

魏观笑道：“我不是夏军的奸细，我是鞑靼的奸细，难道你要告发我吗？”

楚华道：“正是！我看你正是鞑靼的奸细！你到底有什么图谋？”

魏观道：“我能有什么图谋？我现在无非一介闲人罢了，要不我怎么这么有空，来中原这么久也不着急回去？”叹了口气，向她解释道，“如今鞑靼国分为大大小小几十个部落，都向哈丹可汗称臣，但各部落之间并不能相安无事，时常互相劫掠仇杀，而西北的瓦剌人经常攻袭我们，东方的女真人也虎视眈眈，因此内忧外患，连年战争。我从十八岁时有了自己的部落，便去哈丹可汗帐下朝见，听从他的调遣，南征北战，官至左将军。”

楚华并不知道左将军有多大权限，而本朝从一品到六品有各种将军名目，她父亲更是亲王爵位，因此她对魏观口中将军一职倒也不以为意，只是觉得他一介平民，累至左将军，已十分不易，便笑道：“那很好啊！那怎么是闲人呢？”

魏观道：“只因近两年哈丹可汗逐渐不爱理事，将很多权力转移给他的长子旭日干，而旭日干性情偏激，心胸狭隘，对我十分排挤，不但在公事上处处羁绊，而且公然侵扰我的部落，掠夺财宝、女人、牲畜，我气不过，和他打了几仗，因此得罪了哈丹可汗。如今我已辞去左将军职务，闲居在家。”

魏观说着，忍不住长叹，岂料楚华毫不同情，对于做不做官也并不关心，反而白了他一眼，说道：“你为什么把女人和牲畜连起来说？在你眼里，女人和牲畜就是一样的吗？”

魏观失笑道：“我这样说的吗？我怎么会觉得女人和牲畜是一样的？不过他们确实是那么做的，我不过如实描述啊！”

楚华抬眼望着他，忽然又道：“你说女人可以抢来抢去，难道你抢来的就任你处置吗？那你不是有很多女人？”

魏观道：“没有很多。”顿了一顿又道，“我家里有三个妻子，那算不算很多女人？”楚华乍听此言，虽然是情理之中，却仍然在意料之外，不觉有些惊呆了，茫茫然问道：“你这么老了，早该娶妻了，只是你娶妻就娶妻了，为什么娶了三个？”

魏观道：“汉人奉行一妻多妾，鞑靼人却不爱分妻妾，可以娶很多个妻子。”楚华默然无语。

第二十四节 人生若只如初见

次日魏观一行起身，朱知县除了奉上楚华新衣，又捧了一盘金锭给魏观，笑道："些许金子，请钦差大人莫嫌微薄，胡乱给小姐打几件首饰吧！"

魏观佯作推辞，笑道："朱兄何必如此客气！"

朱知县瞟了楚华一眼，向魏观笑道："不知魏大人从何处访得如此佳人，下官没别的贺礼，这些金子权作敬贺，为新夫人添妆而已，魏大人切莫推辞！若改日大人为新夫人摆酒请客，下官还想去讨杯喜酒吃呢！"

魏观听朱知县这么说，显然看出楚华并非自己亲属，而她又是未嫁少女打扮，揣摩情形，便以为是自己新觅之侍妾，尚未来得及成亲而已。魏观十分得意，哈哈大笑道："既然如此，弟收下就是！"

朱知县又要摆仪仗恭送魏观出城，魏观制止道："不要如此张扬！恐怕百姓议论！我们悄悄走了就好！"于是辞别襄城众官吏，一行四人出城去了。

楚华心里又酸涩又气愤，昨晚魏观说他已有妻子，楚华佯作平静，后来魏观去睡了，楚华回屋却失眠了。如今他又对人承认自己不过是他新觅之妾，真是岂有此理！楚华闷闷不乐，自顾打马前进，把魏观等人甩在后面。

魏观策马追上来，笑道："你生什么气啊？"

楚华愤愤道："我乃天朝郡主，虽然家门蒙难，一时落魄，但我就算削发为尼，也不会下嫁凡夫俗子！你这死鞑子！你怎么知道我愿意嫁给你？就算下嫁给你，又岂能容你那三个妻子与我分庭抗礼？如今你居然对人说我不过是你的小妾，这才是你的真实想法吧？你不过是旅途寂寞，带上我给你消遣解闷，其实根本不曾看重我！我若被你蒙蔽，嫁给你，我还得去看你妻子的脸色，还得去伺候她们吗？"

魏观笑道："我不过和那县官敷衍，你又何必当真？"

楚华道："我又岂知你不是在和我敷衍？你说的话做的事，我怎知哪些是真，哪些是假？"

魏观道："我又何须骗你？我和你虽然相处时日不多，但我看到你就觉得亲切喜爱，这不过是人之常情！难道要我假仁假义，装作毫无邪念，才算合乎礼法？说句实话，我若想把你掳回漠北，也是易如反掌！可如此你必定心中不快，我魏观也不会做这样的事！而且你身份特殊，父兄犹在，而汉人非常注重礼节身份，我岂能不为你考虑？我之所以愿带你同行，也是怕你一个人路上危险之故！我说会把你送到你哥哥那里，并不是随口说笑，我必定会送你去，只是如果你哥哥并不在夏军之中，那又该如何呢？"

楚华听他解释，倒也沉默不语，只是听到最后一句，楚华又生气道："你瞧你瞧，这可是你自己说的，你其实觉得我根本找不到我哥哥，不过仍是一个孤单女子，无依无靠，所以你不过是捡个便宜，不管把我如何处置，哪怕是当个丫头使唤，我也毫无办法，只能任由你欺负我！"楚华说着，眼泪便滚了下来。

魏观见越说她越哭闹，索性不说了，一行人不言不语，默默前进。中午到了一个集市打尖，随从牵马去喂，安排酒饭，魏观和楚华坐在桌前，楚华犹赌气不语，魏观忽然笑道："我知道你为什么生气!"

楚华瞅了他一眼，看他有何话说，只听魏观笑道："那朱知县察言观色，献一下殷勤而已，你若对我无意，大可一笑了之。可你其实也想嫁给我，又怕我对你不好，又怕我妻子多，你被冷落欺负，所以你才这么敏感生气!"

楚华道："你胡说！你做梦！你想得美！我才没想嫁给你!"

魏观悄悄笑道："我并未跟你提起婚嫁之事，是你听了那知县言语，自己先跟我谈婚论嫁！如今你否认也没有用，自从我遇到你，你对我那般信任，而且你看我时的眼神，早就把你出卖了!"

楚华涨红了脸，反击道："你别自作多情，我可没有喜欢你！我才不会嫁给你!"还要再贬损他几句，却见那土默特人已经回来了，便不再说了。一时酒菜上来，楚华怕两随从看到她脸红，只垂着头默默吃饭。

经过这番争闹，魏观与楚华心照不宣，而一时又难有定论。吃罢饭继续上路，二人缓辔而行，心中各自惆怅。楚华见两随从跟在后面，且魏观中午戳破她的心思，因此她故作矜持，不再多说话，只偶尔和魏观相看一眼，魏观冲她一笑，她便冷着脸白他一眼，低下头却忍不住暗自浅笑。

往北走了一天，离黄河越来越近。因不久前河南府调兵渡河援助朝廷，在黄河以北与夏军作战，被夏军击溃，退回黄河南岸，逃兵争相渡河，淹死、冻死几万人，尸横遍野。逃回南岸的散兵沿路劫掠百姓财物，奸淫妇女，又杀戮平民，割下人头虚冒战功。因此黄河南岸虽非主战场，也是一片狼藉，许多城郭房屋被烧毁，断墙颓垣之间倒着许多死尸。

天色渐晚，众人没找到地方投宿，只好宿于荒村之中。这个村子似乎也曾遭到败军洗劫，只剩下不到十户人家尚有人烟，许多房屋被焚烧倒塌，空无一人。魏观等找到一座尚未倒塌的草房，打扫出一片干净地方，到村民家中买了米，买了些秋季晾晒的干菜，那个土默特人去村后打了两只野鸡，马伯远便去灶间生火做饭。

夜幕逐渐降临，荒村显得更加破败冷清，村外又有野狼嚎叫，楚华未免害怕，魏观却大有兴致，邀她到村子周围查看。楚华跟他走去，冷不防草丛里跳出一只兔子，把楚华吓得跳了起来，脸色都变了，魏观只觉好笑。又往前走，出了村子，楚华脚下一绊，摔倒在地，爬起来一看，却是一具死尸。楚华魂飞魄散，惊叫着扑到魏观怀里，抱住他不敢抬头。又往前走了不远，天色很快全黑下来，四顾不见人迹。

楚华不愿再走，执意要回去，魏观站住脚笑道："你嫁不嫁给我？你要承认愿意嫁给我，我就回去！"

楚华嘴硬，说道："不嫁！不嫁！要我嫁你，除非你那三个老婆都死了！"嘴上说着，却紧紧抓着魏观的手不敢放开。魏观无奈，只好陪她往回走，于是携手而归。

众人点灯吃饭，那土默特人问魏观："孙小姐是否和我们回鞑靼？"

魏观笑道："我刚才威逼了她半天，她也不肯嫁给我，我有什么办法？"

楚华见他当众说笑，不觉瞪了他一眼，却也不好分辩。那土默特人性情粗鲁，却信以为真，白天见楚华和魏观吵翻了，又亲耳听她说"我才不会嫁给你"，如今又听魏观如此说，必定婚事不谐，于是用鞑靼语向魏观说了几句，魏观哈哈大笑，也用鞑靼语说了几句。土默特人无奈，闷闷地收拾了空碗去厨房洗涮。

楚华便问魏观："你们俩叽里咕噜说什么？"

魏观微微笑道："他说，我们此次南行十分隐秘，也各自探得许多中土虚实，本以为你会和我们回漠北，所以对你毫无防备，让你听到许多机密之事。如今你既然不愿去，而前方两军交战，盘查严密，留下你只怕是祸患。所以他建议我杀了你！"

楚华道："那有什么好笑的？那你为什么哈哈大笑？"

魏观道："我笑他过于胆小，我说你一个小女子，能奈我何？其实我也是觉得他可笑，真是不解风情，你明明喜欢我，他却看不出来！哈哈哈！”

楚华嗔道：“你又胡说！不要老把这瞎猜的话挂在嘴上！”

当夜，众人宿于草房之中，在外屋拢了一堆火取暖，也防野兽。里屋有张旧木床，魏观打扫干净了，让楚华睡在床上，自己和两个随从在外屋地上随便铺些干草休息。楚华关上里屋门睡去了，魏观仍旧睡不着，起身走到屋外，在星光下闲步。

楚华从未在这种地方过过夜，一时也难入睡，忽觉有人推门进来，楚华惊叫坐起，问道：“是谁？”

却见那人扑上来拿短刀对着她，喝道：“阿古达木首领下不了手，我来替他下手！”楚华借着微弱的星光，看到此人正是那土默特人，楚华吓得大叫，刚叫了一声，尚未叫出第二声，那人已伸手捂住她的嘴，把她按倒在床上，手起刀落，向她脖颈刺来。

却听有人叫道：“住手！”冲进来抱住土默特人拿刀的手臂，反手一扭，把他摔了个趔趄。此人却是马伯远。土默特人急了，叽里咕噜和马伯远争执起来，两人说的都是鞑靼话，楚华听不懂，只看出土默特人要杀自己，马伯远不让杀。

魏观并未走远，听到动静早闯进来，见状大怒，把土默特随从骂了出去。楚华见他进来，惊魂稍定，忍不住哭道：“都是你这死鞑子对人乱讲，那个野人又听不懂人话，就真来杀我！要是马伯远晚进来一霎的工夫，我就莫名其妙地成了刀下鬼了！”

魏观也惊出了一身冷汗，安慰她道：“你别怕，我不出去了，我就坐在这儿看着你，你放心睡吧！”

楚华哭道：“那个野人在外面，我怎么放心睡？我不要跟他在一个屋子里！我也不再跟他一起赶路！他根本不听你的话，他要是再杀我怎么办？”

魏观想了想，走出去对二随从道：“这村子里空屋子还很多，你们再找个屋子休息吧！明天一早再过来！”马伯远答应了，拿松枝点了两支火把，带着土默特人走了。

楚华逐渐平静下来，停止了抽泣。魏观笑道：“你总不能让我坐一夜，也得让我歇一歇。不如你往里面去一点，让我也躺一躺。”

楚华道：“那你睡吧，我就坐着就行。”魏观果真躺了下来。

此时已是正月下旬，但夜间仍极寒冷，因此二人是和衣休息，楚华仍穿着狐皮袄子，在床里面倚墙而坐。魏观笑道：“你就在我旁边躺一会儿又何妨？我知道你不愿嫁给我，此处如此简陋寒冷，就算你愿意嫁我，我也不能在这里和你成亲，我只想搂着你躺一会儿，你又怕什么？”

楚华一颗心早已系在他身上，今又听他这样说，稍稍犹疑了片刻，便在他旁边躺下来，只是有些不好意思，便背对着他，和他隔着一点距离。魏观笑叹道：“你看你把后背对着别人，也太没礼貌了！”楚华心里觉得他强词夺理，措辞不当，却反驳不出口，便默默翻转身来。魏观伸出左臂搂着她，楚华便依偎在他怀里。

二人在这荒村破屋中相拥而卧，寒风从残破的窗户灌进来，窗框上残留的一点破纸在夜风里瑟瑟发抖，楚华心里却觉得温暖而甜蜜。过了一会儿，忽听魏观叹气，楚华道：“怎么了？”

魏观笑叹道：“啊——欲、火、焚、身哪！”

楚华吓了一跳，忙坐起身来。魏观笑道：“不行，得让我亲一下！”说着轻轻一扑，将楚华扑倒，在她唇上轻轻吻了一下。

唇舌轻触，楚华却也觉得甜美，只是心有顾忌，便伸手推拒，坐起身来。魏观又闹时，只听嘎啦啦一片响，两人从床上往下掉。原来这张床本就陈旧朽坏，魏观一扑之下，竟把床给压塌了。两人都吓了一跳，又觉得好笑，赶紧从破木板中爬起来，看看此床已无法修复。楚华道：“不如到外屋去，那里有火堆，还暖和些。”

二人来到外屋，在墙角草堆上半坐半卧，轻言蜜语，耳鬓厮磨。魏观忍不住心猿意马，搂住楚华轻轻亲吻，他见楚华闭着眼睛并不反抗，又忍不住用手向她腰里摸索。他把手从楚华袄子下面伸进去，楚华忍不住扭了一下，似乎想闪开，魏观手臂一紧，把她紧紧搂在怀里。楚华无处可去，倒也不再躲闪，任由他抚摸自己。

楚华不知不觉中，发现自己已平躺在地上，魏观翻身俯在她身上。在楚华心里，魏观本是前世相候、今世相寻之人，因此被他亲吻抚摸，倒也心中喜慰，并不十分抵抗，但魏观越来越忘情，又动手去拽楚华腰带。楚华蓦然惊觉，慌忙抓住魏观手臂，说道："不行！别这样！"

魏观停顿了一下，说道："为什么？"

楚华婉言道："你刚才不是说，这里寒冷简陋，就算你要娶我，也不会在这里和我成亲？"

魏观笑道："此一时，彼一时也。"

楚华慌了神，使劲推他，想让他起来，却一点也推不动，楚华一着急，眼泪忽然就流了下来。魏观见她哭了，便有些迟疑，停住手笑道："怎么了？你当真不想嫁给我？我以为你是说反话。"

楚华哭道："你并不明白我对你的感情，我觉得你一点也不在意我！这里如此简陋破败，你这样对我，我觉得自己就像那墙角的蜘蛛网，还有那门外的野草，你不过是路过这里，一时歇一下脚，转眼就要把我丢弃。也许……也许我明天早上就会死在这里，就像那些土块、瓦片一样！"楚华说着，眼泪便流个不住。

魏观叹了口气，说道："你想得太多了！我怎么会这样轻贱丢弃你！你既然不高兴，我放开你好了！"说着果真把她放开。

楚华坐起身整理了一下衣服，瞧了魏观一眼，见他若有所思地看着自己，楚华心里有些歉疚，不忍心离他太远，便坐过去靠在他身边，想跟他好好说一会儿话。魏观看着她小心翼翼的样子，心里觉得好笑，想跳起来对她说："坐远一点！别离我这么近！小心我又冒犯你！"但又舍不得让她走开，便叹了口气，说道："你安心休息吧！我给你守夜好了！"

魏观一向晚睡，也不觉乏，楚华却渐觉困倦，哈欠连天，又见魏观说到做到，不再有过分亲密的动作，心里一放松，便熬不住了，不由得歪在魏观身边睡着了。

第二十五节 荒村之夜

不知睡了多久，朦胧中听到有人敲门，楚华揉了揉眼睛，去推魏观，却见他已睡熟。楚华便自己起身，走到门口，隔着门问道："是谁敲门?"

门外一女子答道："我是晚霞。"

楚华忙把门打开，果见晚霞站在门外，仍是一身红衣，满脸风尘，似十分疲惫。楚华吃惊道："你怎么来了?"

晚霞道："我想和你辞别，所以一路赶来，只是你们脚程太快，几次把我甩掉，我走到现在才赶上你，脚下磨出好多水泡。"

楚华忙拉晚霞进屋，晚霞见魏观睡在院内，便有些踌躇，不敢进去。楚华道："我们坐在这边好了!"拉晚霞在一进门另一侧墙边坐下，离魏观远远的。

晚霞瞧了魏观一眼，说道："你很喜欢他吗?"楚华点点头。

晚霞道："你私自委身于他?"

楚华忙道："不！没有!"

晚霞叹了口气，娓娓说道："我以前也很喜欢一个男人，和他私订终身。

那时候他对我也很好，又细心又耐心，可是后来，他丢下我走了。我带着他的孩子，吃了那么多苦，受了那么多气，最终也没能保住孩子。后来我就想，我把一切托付给他，可在他心里，我到底有多重要？如果我真的重要，他为什么只顾自己逃走，并不带上我？即便一时无奈而走，为什么三四年了也不回来看我？他这么久不回来，只因为他已经放弃了，早已把我丢下，不愿再回头。这些我都不怪他，他也只是想自保，如果他现在过得好，我也会替他开心。可我气不过的是，我父亲打骂他时，他竟也觉得自己错了，发誓要悔过！我一腔真诚，又怀了身孕，他却说这是个错误，要改过，过去的诸般恩情，一笔抹掉！可我有什么错？男女情爱，本是人之常情，发自天然，人类繁衍，也是自然之事，是老天爷安排的，为什么说我错了？后来我渐渐想通了，因为我们没有婚姻。而世人是不看感情的，他们看礼法，没有婚姻，便不合礼法，所以我们的确错了！这也罢了，只怪我愚钝吧！想以感情和礼法作对，不是拿鸡蛋碰石头吗？不过，如果仅仅如此，也就罢了，可我父亲把我嫁给那丑八怪，我和他是有婚姻的，可正因为披了婚姻外衣，即使有再多不平，也只能自己承受！我受了那么多打骂侮辱，竟再也无处申诉，父兄亲戚不管，邻居街坊也说不便干涉别人的家务，就连官府衙门也不管。东邻有个女子，被她丈夫朝打暮骂，同样默默忍受，毫无办法，她反倒来劝我，劝我信佛向善，隐忍度日，期待来生。我却不甘心，可我四处求告无门，只觉天地不容！我恨不能杀了那丑八怪，然后一死了之，但我是女人，他是男人，我哪有气力杀得了他？我苟延残喘，实属无能！可我又想：我不过是一个小女子，岂能和世人定下的规矩习俗作对？所以也不算是无能了！我们的力量终究是很小的，你若合乎世间规则，你就可以得生；你若不合规则，只能去死！所以，我今天以我自身之事告诫你，你再喜欢这个人，也不能私自相许，你得正式嫁给他，他才会看重你，否则一时恩爱甜蜜，过后都算不了数，遇到一点阻碍便要一笔勾销！可他家里已有三个老婆，你性格又软弱良善，岂是那些鞑靼蛮女的对手？他现在喜爱你，可男人的情爱岂能一世不变？到头来还是让你自生自灭！所以我竟要劝你不要嫁他！”

楚华道：“你说得不无道理，只是我心里有了他，再也容不下别人，我不嫁他，又能如何呢？”

晚霞叹道：“我们五百年前姐妹一场，如今能再次相逢，缘分实在不浅，所以特来相告，你若执迷不悟，我也无法。唉，女人若陷于情爱泥沼，脱身实在太难，所以《诗经》有云：‘士之耽兮，犹可说也。女之耽兮，不可说也。’”

楚华回头望了魏观一眼，叹道：“无论是苦是难，我都难以舍弃他，如果这是命运，我也认命了。”

晚霞道：“你还有所期待，也是好事，前途如何，也只能随你去了。可我前生今世，已过得太苦太累，我已厌倦了人世，如果还有来生，我不愿再做人，我只想化作一缕清风，在天空自由自在地飘荡。如果有缘，我会在天空看着你，也看着这世间一切悲欢，而这一切，已与我无关了。”

楚华听了，也不由得叹息。忽然魏观醒来，看到晚霞和楚华坐在一起，便起身踏步上来，对晚霞怒目相向，大声呵斥：“你是何处妖邪，胆敢上我门来！”

晚霞见他冲过来，吓得大叫一声，竟化作一缕烟雾，向门外飘去，声音犹袅袅传来：“绿腰，我去了，你好自为之！”

楚华犹对着门外呼唤，忽觉有人推自己，楚华蒙眬醒来，发现竟是一场梦，魏观在旁边问道：“怎么了？又做噩梦了？”

楚华恍然道：“我梦到晚霞来了，她很清醒，一点也没有疯，还说些前生今世的话，你骂她是妖邪，把她冲散了。”

魏观纳闷道：“我刚才于梦中也见到一红衣女鬼，我喝了她一声，她就不见了！”

二人又见屋门大开，被夜风吹得一晃一晃，门外漆黑一片，门口的火堆也快烧尽，剩下一点微弱火苗，在风中摇曳不定。楚华被一种不祥之感笼罩，说道："那晚霞一定是死了！"楚华刚才梦中并不害怕，此刻回想，却觉得心惊，又感念红药姐妹之情，忍不住伤感落泪。

魏观起身关上门，重新拢起火堆，二人一时睡不着，楚华回忆梦中情景，说道："晚霞还对我说，让我不要嫁给你！"

魏观笑道："这是你日有所思，夜有所梦而已！那疯姑娘管你这些事做什么？我家中虽有三个妻子，但她们对你并无威胁。我第一个妻子珊珞，本是另一个部落首领之妻，因为两个部落作战，他们输了战争，归附了我们，我把她丈夫杀了，看到她很美丽，舍不得杀她，就把她带回了家，娶她为妻。起初她闷闷不乐，怨我杀了她丈夫，吞并了她的人民、财宝、牛羊，但后来我对她很好，她渐渐回心转意，死心塌地服侍我。她非常善良，绝不会害你。我第二个妻子乃是一个部落首领的女儿，叫作娜仁托娅，和晚霞的名字倒是很像，但她可没那么软弱，她非常能干，我外出时，部落的大小事务都是她来操办，有时候军粮短缺，她还能为我筹备粮草。我本来不是很喜欢她，但我母亲认为她的部落十分富庶，嫁妆也丰厚，而她兄弟们都很强悍，如果联盟，可为我的强援。我有时候和她意见不合，多有争执，她虽然性格刚强，但有时候也很会服软，所以我们最终并未撕破脸。我给她起过一个汉名，叫作红菱。"

楚华听到此处，忽然心中一动，想起前生秦竹山说，曾答应一个青楼女子，来生会娶她为妻，所以不能娶自己，又似乎说过她写得一手好字，还会骑马射箭。楚华便问道："她很会骑马吗？"

魏观道："她从小在马背上长大，骑术自然很好。因为我是汉人，她还曾向我学习汉语，还写得一手很好的柳体字，比我写的好多了！"

楚华听他如此说，不觉心往下沉，不快道："你还说不是很喜欢她，真是心口不一！你句句都在赞扬她！还教她汉语，给她取了汉名！"

魏观道："那都是以前的事！现在我有时候不太愿意见她！"

楚华道："再喜欢的女人，时间长了也厌倦了！你对她这样，谁知以后会对我怎样。”

魏观道：“并非我喜新厌旧，其实我很念旧，对每个妻子也都不会厌弃。我第三个妻子莎兰纳，就是我幼时一起放牧的姑娘，她家里很穷，父亲身体也不好，年纪很大了也没出嫁，后来我又遇到她，就把她娶了回来。我的确怨恨娜仁托娅，是因为我去年出征时，她趁我不在家，因为一些小事和我另两个妻子争吵，不但辱骂她们，而且把她们赶到了几十里外的偏僻之处，在那里另设帐房给她们居住。那里地势低洼，简陋寒湿，衣食短少，等我回来时，她二人已十分憔悴。”

楚华道：“那后来怎样？”

魏观道：“我有两个月不愿和娜仁托娅说话，但她和我母亲关系很好，又要处理部落事务，而且，我们还有两个孩子，我也不能永远不理她，所以我母亲来劝解，我们也就和好如初，只是心里颇有芥蒂。”

楚华道：“那两个妻子，接她们回来了吗？”

魏观迟疑了一下，说道：“我常年不在家，若把她们接回来，势必有更多争执，而我母亲总是支持娜仁托娅，也许竟对她二人不利，不如索性分开住。所以我又找了一个山南向阳之处，给她们建造帐房，又增派了奴仆，迁移了一些牧民过去，使她们不至于寂寞冷清，供给也很丰厚。”

楚华想了一想，说道：“那你平时和娜仁托娅在一起多，还是和另两个妻子在一起多？”

魏观道：“我不在家的时候居多，在家的时候，自然回部落处理事情、见父母孩子，所以总和娜仁托娅在一起，如果有时间，我就会去看她们两个。”

楚华淡然一笑，说道：“原来如此！”便不再说话，背对着他，靠在墙角出神。魏观拉她，她也不肯转身，也不说话。魏观道：“我对你和盘托出，并不文过饰非，无非是坦白真心而已。你若是我，又能怎样做？”

楚华叹道：“你连三个女人都应付不了，何必再娶一个？其实你现在只有一个妻子，就是娜仁托娅，她处理家务，侍奉公婆，还能在军事上辅佐你。那两个妻子，在汉人说来，无非是外室，没有权力，不能做主，只能算侍妾。我若嫁给你，也无非像那知县所言，成了你新觅之妾而已。我以前看历史书，有许多不明白之处，现在看到你的例子，却豁然开朗。以前我想，汉高祖既然爱戚夫人，为何不立她为后？武媚娘比唐高宗大了三岁，为什么能专宠几十年？唐高宗分明对皇后淑妃并未绝情，十分怜悯，为什么武媚娘最终能杀死她们？现在我才知道，女人自己不强，靠男人保护是不行的，他是你的男人，也是另一个女人的男人，最终还是女人之间的战争。而女人之间，谁胜谁败，要看谁更有权谋，更懂政治，能在事业上辅助男人！汉高祖虽然爱戚夫人，但戚夫人不懂政治；吕后虽然失宠，太子几乎被废，但她有权谋，在朝中也有党羽，汉高祖在政事上始终倚重于她，临终仍以国事托付！武昭仪比高宗大了三岁，再美貌也有色衰的一天，出身也很普通，但因为她有才干，从她做昭仪时，她便在朝政上辅佐高宗，处理朝政几十年，所以她才有牢固的地位！娜仁托娅十分能干，这一点我并不及她，她又嫁你在先，我又何必不自量力，去和她争执？到头来只怕是自取其辱罢了！”

魏观笑道：“你何必为此伤神？你是天朝郡主，如果下嫁给我，乃是我部落的荣耀，就算我无能，保护不好你，又有谁敢欺负你呢？而且我真心对你，怎会看着你被人欺侮？再说那汉高祖年纪大了，死得早，不能保护戚夫人，你看我像是快死的样子吗？我好像没那么老吧？”

楚华道：“只怕身份地位是靠不住的，情爱也是靠不住的。就说武媚娘，论美貌和出身比不上王皇后，论情爱比不上萧淑妃。王皇后出身于太原王氏高门，出身尊贵，而且极其美丽，正因为美丽出众，被嫁到王家的一位公主推荐给太宗，嫁与晋王为妃。褚遂良曾道：‘皇后出自名家，先朝所娶，伏事先帝，无愆妇德。先帝不豫，执陛下手以语臣曰：我好儿、好妇今将付卿！’按说王皇后既美丽又尊贵，地位应该很牢固。而萧淑妃出身兰陵萧氏，家族中于隋炀帝时出了个萧皇后，大唐开国出了个宰相萧瑀，在高宗做太子时她就是仅次于太子妃的三品良娣。高宗当年那么爱她，超过了爱妻子王氏，自从她进门，别的女人就再没有机会怀孕，只有她连续生了一男两女。但是后来高宗立武昭仪为皇后时，王皇后、萧淑妃仍被废为庶人，母亲兄弟皆流配岭南！”

魏观叹道：“你看你真会胡思乱想，我一个普通人，竟令你联想到汉高祖、唐高宗，拿他们的事来胡乱比方，可真是杞人忧天！历史上有名的事，都是一些特殊的事件，怎么会每个人都赶上？都那么悲惨？我魏观一介草民，岂敢拿这些帝王乱比？如果你真的被人欺凌，像你说的那么惨，我就自杀谢罪，如何？”

楚华道：“别胡说！我大不了不嫁你就是了，岂能让你去死？”

魏观笑道：“好好好，我知道你不肯嫁我！我对随从们都承认了的！你别胡思乱想了，夜已深了，你再睡一会儿吧！”

楚华说了一会儿话，也有点困倦了，于是叹了口气，逐渐便睡着了。岂料刚一睡着，便看到黑影幢幢，一个红衣女鬼飘摇而来，似乎在哭泣，又似乎在笑，令人毛骨悚然。楚华在第一次梦到晚霞时，即便她真的是鬼，也未必会怕她，因为她们毕竟曾很熟悉。但如今再做梦时，却觉得汗毛倒竖，脊背发凉，不觉就惊醒了。

魏观伸臂搂住她，抚摸她后背令她平静。楚华合眼再睡，刚蒙眬睡着，又看到一个红衣服的人，在屋子里拿着大扫帚扫地，仔细看时，却又不是晚霞。楚华只觉十分诡异，便又惊呼一声，从梦中吓醒了。过一会儿再睡时，仍是一合上眼，就梦到恐怖诡异之事，便又惊醒。

魏观道：“怎么总做噩梦？”

楚华一颗心犹怦怦乱跳，说道：“我不知道为什么害怕。如果是白天，看到一些事情，会觉得很普通，可在梦中，只觉气氛恐怖，莫名其妙就会害怕。”

魏观安慰她道：“也许这地方太荒僻，所以有些妖邪作怪，这也没什么大不了的，我在战场上杀人无数，这一两个小小的鬼魅妖邪，又算得了什么？有我在这里守着你，你不必害怕，安心睡吧！”

楚华稍稍平静了一会儿，却又坐了起来。魏观道：“怎么了？”

楚华嗫嚅道：“我……我想去小解，可是不敢出去！”

魏观笑道：“那就别出去，在那墙角解决就好了！”

楚华非常羞愧，低头说道：“太脏了，明天他们两个来，又会看到痕迹！真丢死人了！”

魏观笑道：“这有什么？吃喝拉撒，人人皆有之事！”

楚华仍然摇头，魏观笑道：“好吧，那我陪你出去一趟！”

于是魏观起身开门，点了一支火把，领楚华到门外草丛里方便。楚华非常羞愧，对魏观说道：“你稍微走开一些！”魏观便走开了。楚华忙道：“不不！别走那么远！”往身后一看，树林里黑压压的，十分怕人，更加惊恐，忙向魏观跑了几步。魏观只好再回来。楚华又道：“那你背过身去吧！”

魏观笑了一笑，背过身去闭上眼睛，说道：“我不会看你的，我闭上眼睛好了！”

楚华便蹲下小解，又怕弄出响声被他听到，因此十分小心，然后迅速系好衣服，走到魏观面前。魏观犹闭着眼睛，侧头问道：“你好了没有？”

楚华嘻嘻笑道：“我在这里了！”

魏观睁眼笑道：“胆子小成这样，都是爱胡思乱想之故！”

于是再进屋去，闭门休息。此时已是五更时分，楚华折腾了一夜，也十分困乏了，倒在魏观怀里便沉沉睡去。魏观又有些心动，转念道：“小姑娘有些担忧也是常情，我何必对她的话如此当真？我如今便要了她身体，她就算一时委屈，可她无非担心我轻视抛弃她，以后我只要对她真心实意，不要亏待她就是了！再说我携她走了这一路，尚且未能得到她，我魏观何曾如此无能？”

可是低头见楚华睡意正酣，脸庞虽然娇美，却又有些风尘困倦之色，魏观又想道：“她以前在吴王府哪里受过这种风霜奔波？如今她对我毫无防备，才跟了我来，她做了一夜噩梦，好容易睡着了，我何必再去折腾她？再说我明早继续赶路，无非要去军中会见夏王，她说她哥哥也在军中，若果真如此，将她带去，也算一个小小人情，若找不到她哥哥，那时再做道理。我如今前事未定，当以家国为重，何必纠结于儿女情长？”

楚华一觉睡到天亮，犹未醒来。天亮之后，那两个随从归来，进厨房做好早饭，见屋门仍紧紧闭着，土默特人道：“不会是出事了吧？首领不知是否还在屋内，怎么这么晚还不起身？”

马伯远道：“不在屋内，又在何处？我们等一会儿就是了！”

土默特人道：“首领从不晚起，别是有什么事！”趴在屋门上听听，里面一点动静也没有。

土默特人有些慌了，便用肩膀撞门，那门闩本不结实，一撞就撞开了，只见魏观卧在草堆上，楚华枕着他左臂，趴在他怀里犹沉睡未醒，左手还搭在他腰上。土默特人有些诧异，不明白他们为何和好了。魏观见他撞门，十分生气，对他怒目相向，抬起几根手指摆了摆，示意他出去。马伯远见状，赶紧把门拉上。

楚华蒙眬中听到门响，逐渐醒了过来，睡眼惺忪地问道：“什么声音？”

魏观道：“没有什么，可能是他们两个回来了，在厨房做饭的声音。”于是二人起身，魏观抬起左臂，叫道：“啊哟！我的左臂也动不了了！被你枕了半夜，血流不畅，已经不能动了，只怕已经废了！”

楚华有些不好意思，说道：“去！别乱讲话！你那随从那么笨，别又听岔了来找我麻烦！”

二人回想这一夜经历，不免相视而笑。楚华想到他亲吻了自己，又搂着自己睡了一夜，心里却觉得很甜蜜，虽然想拉下脸瞪他一眼，等看他时，眼睛里又忍不住含了笑意。

第二十六节 蒿里行

又行了几日，一行四人已向北渡过黄河，进入卫辉府地界。听说一个月前夏王攻克了卫辉府，但大军离开后不久，卫辉府又被朝廷掌管，而如今夏王率军驻扎在彰德府，因此魏观等人需经过卫辉府继续北上。

这天路过一个小小集市，说是集市，只有一条街道，房屋破旧，人烟凋零。楚华觉得胃隐隐作痛，随身水囊中却只有冷水，于是便和魏观下了马，进了一户人家讨热水喝。屋子里出来一个年轻妇人，衣服上满是补丁，面黄肌瘦，容色憔悴，一双深湛的大眼睛却十分漂亮，听了楚华所说，便带她到厨房，取了一只粗陶碗，把壶里热水倒了半碗给她。楚华见那水水质浑浊，呈淡黄色，勉强喝了两口，只觉又苦又涩。

那妇人见楚华面露难色，不好意思地说道："这里临近黄河，水质很差，我家又很贫苦，没有好茶招待，只能请姑娘喝几口这苦水了。"

楚华忙笑道："出门在外，哪能那么讲究？已经很感谢大嫂了！"忽听卧房里传来婴儿啼哭之声，那妇人忙道："孩子醒了！"转身进屋去哄孩子。楚华便告辞出来。

二人重新上马，四人继续前行，刚走了不远，遇到八九个神色凶横之人，挨家催交赋税，转眼擦肩而过，进了刚才那妇人家。楚华回头看了一眼，说道："那个大嫂家那么穷，哪还有余钱交税？要不我回去给她一串钱让她应付公差吧！"

魏观笑道："你很少出门，见到这些就觉得罕见，岂不知天下百姓皆是如此生活，你要是发善心，只怕发不过来啊！"

楚华道："不是我发善心，的确是我喝了人家的水，却并未付茶资。"正说着，忽听那院子里传来女人的哭叫声，楚华道，"啊呀！是那大嫂的声音！"忙勒马回去，下马冲进院子，尚未进院门，便听到那妇人边哭边叫："我男人就是没钱交税，才去衙门做苦役顶赋税，如今家里面缸都见底了，哪还有钱再交？"

及至楚华冲进院子，正看到一个穿褐色衣服的男人揪住那妇人头发，把她拖倒在地，口里骂道："一个女流还敢顶嘴！态度如此蛮横！如今军队打仗，需要大批军饷，不从你们头上出，还能从哪儿出？没把你拉去军中做饭，已经便宜了你！不过是看在你有个吃奶的孩子的分上！如今不知感恩，反而出言不逊，轻慢里长，看我不打死你！"一面骂着，一面对那妇人拳打脚踢，另外几个男人也上来一起殴打。

楚华见状，只觉义愤填膺，大声喝道："住手！你们怎能合伙打一个女人！"

那褐衣男人见楚华发话，便回头骂道："你是哪里来的小贱人？敢在这里多管闲事！你一介女流，里长办事，哪有你说话的份！"说着又照那妇人身上踢了一脚。

魏观见那妇人浑身是血，再打只怕就打死了，便提起马鞭向那褐衣男人抽去。他的鞭子极准，虽然那妇人就倒在那男人身边，鞭子却像长了眼睛，只在那男人身上抽出一条血印，衣服破裂，却并未伤及妇人毫发。

那人痛得跳起来，骂道："你们是什么人？胆敢在太岁头上动土？"又一人说道："刚才见他们骑着四匹高头大马，我心里就怀疑，只怕这马来路不明！哪有主人和随从都骑马的？不是强盗就是奸细！"又一人说道："就算不是强盗，如今正缺战马，也得把他们的马匹充公，一切以战事为先！"说着几个人都弃了那妇人，向魏观、楚华包抄过来，又有两个人向院门外跑去，想去牵他们的马。

魏观挥鞭子卷住一个人的脖子甩在一边，一面拉楚华退出院子，马伯远等二随从见状，便要上来厮杀。魏观笑道："别在人家门口打斗，先把他们引开！"于是扶楚华上马，四人慢慢骑行，向小街尽头奔去。

那八九个人见他们逃走，哪里肯放？仗着人多，一起奔跑追赶，口中恐吓道："前面的强盗快站住！你们跑不了的，前面便有哨卡，抓住你们都要砍头！"

这条街本不长，魏观打马到小街尽头，便勒转马头笑道："你们这几条野狗到底想怎样？"

几个人听见魏观骂他们，不觉发怒道："听你们口音必不是本地人，这小贱人又说吴语，和你们又不同，你们到底是哪里的强盗，竟敢戏弄我们！真是活得不耐烦了！"

魏观在马上笑道："我们本来就不是本地人，我乃鞑靼国部落首领，这位小姐乃是吴国郡主，你们这几条走狗，怎敢骂我们郡主是小贱人？还敢轻视我的随从？我们鞑靼人从小就在马背上长大，就连小孩也能骑马，我这两位亲随都是身经百战，为何骑不得马？我看你们才是活得不耐烦了！"说着向马伯远等二人打了个手势。二随从擎刀在手，纵马向众人冲去，手起刀落，顷刻已将八九个人全砍死在马下。

楚华大惊失色，刚惊呼了一声，只见几个人都已倒毙在地，马伯远等二人已还刀入鞘。楚华惊问道："为什么杀死他们?"

魏观道："这几条野狗要来抢马，难道跟他们纠缠吗?"

楚华道："我们走了就是了，他们又不能真的抢走，何必杀死他们?"

魏观道："这些人样貌凶横，却不去上战场，只敢在老弱妇孺面前逞威风，实在可鄙可厌！而且我刚才看你对那妇人发善心，又不许这些人打她，所以我才把他们杀了。你不杀了他，他还要打人，我们一走了之，这几个人回去迁怒于那妇人，她又该如何应付?"

楚华无话可说，看了一眼地上横七竖八的尸体，不敢再看，轻轻叹了口气，说道："那大嫂受伤了，我们去看一眼吧!"

此时街上居民见到催税的，又听到马蹄声、呼喊声，早就家家闭门，一个人影也不见。那妇人见里正等出去了，便挣扎着爬到街对面，敲开对门街坊的门。对门街坊见她浑身是血地爬过来，忙把她扶了进去。正要关门，忽见魏观等人跑马过来，三个男人腰里都挂着佩刀，那街坊夫妻俩吓得扑倒在地，叫道："大王饶命！大王饶命!"

魏观笑道："你们起来，我不杀你们！只因刚才里长等人言语冲撞了我们，才把他们杀了！若有人问起来，你们便说，杀人者乃是鞑靼人，自称阿古达木首领!"楚华下了马，拿了一锭银子放在那受伤妇人怀里，说道："大嫂，多谢你给我水喝，这锭银子给你治伤吧!"

于是重新上马赶路，一路上不少地方曾是战场，很多士卒尸体来不及掩埋，都暴露在野外，多被野狗、秃鹫撕扯了分食。众人一路嗟叹不已。楚华也无心再赏风景，心中积郁甚多。魏观道："汉末曹孟德《蒿里行》说道：'白骨露于野，千里无鸡鸣。'眼前这景象倒也类似了。我们鞑靼国也是常年战乱，烽火不息，今日你抢了我的领地，明日我抢了你的领地，虽然有时候某一方似乎占了便宜，但杀敌一千，自损八百，毕竟是两败俱伤。"

楚华道："你既然知道，为什么还要参与战争？你们都不打仗，不就可以了吗？”

魏观笑道：“整个草原都在攻伐，你却想做隐士，那怎么可能？积极出征，还有可能使部落壮大，故步自封，只能坐以待毙！哈丹可汗虽然是各部落公认的可汗，但草原实在太大了，他的力量不足以控制整个草原，在他控制不到的地方，部落间仍在互相兼并。何况还有其他首领想做可汗，不但不拥戴他，反而想杀掉他，而他又与瓦剌常年作战，哪有那么多精力禁止部落间的战争和械斗？何况，如今他年纪渐长，厌倦了战争和政务，把很多事情交给了他的儿子，部落首领的心也不像以前那么齐了。我要想保住部落，只能主动出击，凡事有备而无患，这正如孟子所说，生于忧患，死于安乐！”楚华不知他说得对不对，因此不置可否，唯有叹息而已。

这一日到了彰德府，听说夏王在城内出榜安民，修葺城池，四人便投城内而来。因夏军人数太多，城内拥挤，夏王便分出七万军马，在城外三十里安营扎寨，与城内为犄角之势。魏观跑马到一高岗之上，遥望夏军营寨，只见旗帜鲜明，刀枪林立，甚是整齐威武。魏观暗自称赞，跑马下岗，和楚华等继续前进。

到了西城门外五六里处，经过一处土山，忽听到土山背后有人呐喊，间杂着男女的惨叫声。众人心中疑惑，打马过去看时，已被土山上哨探之人发现，于是便有冷箭乱射过来。魏观等忙拔刀拨落乱箭，楚华却不知防御，被人一箭射中坐骑，那马嘶鸣跪地，把楚华掀了下去。

楚华滚落地上，大惊呼叫。魏观忙策马过来，俯身将她拎起来放到自己马上。早见一队士卒提着刀枪冲杀下来，二话不说，便用长矛去戳魏观等人，又有士卒提刀来砍座下马匹。魏观又惊又怒，和马伯远等挥刀防御，策马践踏，几个纵横之间，已把八九个士卒砍死在马下。

魏观等打马上土山看时，山背后又冲上来几个士卒，为首的小校既惊又怒，提刀向魏观叫道：“你是什么人？怎敢杀我手下士兵？难道你不是过路客商?”

魏观道:“你们既是夏军士卒，为何不由分说，便来砍杀过路客人?”话没问完，向山后扫了一眼，心里已明白了七八分。原来土山背后有三男二女被杀死在地上，身上尚在流血。楚华又怕又怒，闭上了眼睛不敢再看。

魏观喝道:“夏王既然张榜安民，你们怎敢奸淫屠杀治下百姓?”

那小校道:“你到底是什么人？怎敢管我?”但他见魏观等人转眼杀了他大半士卒，却也不敢再与魏观厮杀，眼见自己坐骑尚在背后，便想翻身上马逃走。原来这队士兵都是步行，只有这小校有一匹坐骑，如今便在身后不远。

马伯远见他要逃走，便打马去追。那小校还没跑到坐骑跟前，马伯远已纵马追上去，一探手把他擒了回来，扔在魏观马前地下。又有一个士兵已跑出去十几丈远，土默特随从纵马追上去，把他连脑袋带肩膀一刀砍作两段。剩下三四个士兵见状，都不敢再跑，一齐跪地求饶。

魏观问那小校:“听说夏王治军甚严，你怎敢违背军令，杀死这些百姓?”

那小校虽被擒住，脸上神色仍很傲慢，不愿回答魏观的问话，只是马伯远拿刀架在他脖子上，小校被逼无奈，只好答道:“我本来没想杀他们，可是不杀了他们，又怕他们去军中告发我们奸淫之罪，我们又不想被军法处置，所以不得已杀了他们。”

魏观喝道:“你既然知道军令禁止奸淫，怎敢明知故犯？不是自己找死吗?”

那小校道:“军令、军令，不过是二王爷一句话！二王爷今天打下一座城池，说犒赏军士，许我们大抢三日，兄弟们杀人放火抢财宝抢女人，倒觉得这般卖命却也值得！明天又打下一座城池，夏王却又说要安民，必须约法三章，兄弟们便只好都喝西北风！昨日按军令可以做的事，今日按军令就不能做，谁能没有怨言？何况兄弟们每天冒着刀枪矢石，随时都有性命危险，偶尔放纵一下，有什么大不了？我只是体谅手下兄弟，顺从他们的意愿，好令他们更用心打仗而已！”

魏观道：“胡说八道！俗话说军令如山，士兵必须服从指挥！如果都像你这样心怀疑惑，自作主张，千军万马岂不是一盘散沙？只是你又不是我的士兵，我也不好处置你。我正要去谒见夏王，就将你带去交给他发落吧！”

那小校听到这话，忙道：“不！不！不！这位大哥你大人大量，今日你放过我，别去军中告发，我愿以重金酬谢！”

魏观笑道：“我们杀死这些士卒，如果没个交代，岂不成了滥杀无辜，与夏军为敌？怎么去见夏王？自然要将你带去对质，好叫夏王知道是你们为了灭口，先来攻击我们，我们不得已才杀了几个士兵！”

于是将那小校和其余四个士兵捆绑了，令马伯远和土默特人看守，魏观独自带楚华进城，各骑了一匹马，径投夏王中军而来。门上军士拦住，魏观下马道：“我乃鞑靼国使者阿古达木，有要事面见夏王。”

楚华悄悄问道：“你不是要访故人吗？怎么又来见夏王？”

魏观笑道：“夏王便是故人，十几年来在边疆遥遥相望，一听到对方的名字，就要互相戒备，还不算是故人吗？”

夏王听到军士通报，惊问道：“你说使者叫什么名字？”

军士道：“他自称阿古达木！”

夏王座下众将惊疑道：“哪个阿古达木？难道是鞑靼国左将军阿古达木？”有人道：“鞑靼国还有第二个阿古达木吗？倒没有听说过！”

夏王又问军士：“他带了多少骑兵？多少步兵？从哪个方向来的？怎么未见哨卡通报？”

军士道：“只有他一个人，布衣而来，还带着一个年轻姑娘。”众将面面相觑，不解何故。

夏王传令请使者。于是魏观带楚华入见夏王。楚华见夏王四五十岁，似乎比父亲年长，一身戎装，相貌十分威武。夏王问魏观道：“贵使便是鞑靼国左将军吗?”

魏观道:“如今我已辞去左将军职务,只是一部落首领而已!”

夏王哈哈笑道:“原来果然是你!十年前,你带着三千骑兵,纵穿草原,奔袭宁夏,把我天朝几万大军搅得乱了阵脚,后又全身撤退,并无损伤。那时我就想,这位小将,如此年轻英勇,将来必为我天朝之患!我帐下这些将领,也都久闻阿古达木将军之名,恨不能一见,不料今日于彰德府相会!”

众将面色悚然,都拿眼睛窥觑魏观。楚华见众位将领威风凛凛,神色间却都很忌惮魏观,不觉大为惊讶,转头看了看他。

魏观朗声笑道:“诸位想见我,是想取我这颗首级吧?”说着用手在自己颈畔一比。众将见他说笑,也都嘿嘿笑。魏观又道:“我那时是初生牛犊,年轻气盛,一心想瞻仰天朝盛景,才贸然窥边,蒙王爷不予计较,十分感念大德!当初见到王爷治军严整,边防犹如铜墙铁壁,我深感敬畏,从此不敢再冒犯天朝。”

夏王嘿了一声,说道:“十年来听说将军从杭爱山一直向西征伐,深入雪山,打到了浑麻出海,如今汪吉河以西两千里,尽为将军领地。难道将军见西路已平,而中原多事,便又萌生南下之心了吗?”

魏观道:“若有此心,今日便不会只身前来!我此次前来,乃是见王爷奉上天之命,清君侧,讨国贼,有意助王爷一臂之力!王爷只知我鞑靼名叫作阿古达木,却不知我本是汉人血统,我还有个汉名叫作魏观。我对天朝故国一向情深,若蒙王爷允可,魏观愿率军随王爷征战,待功成之后,只求王爷两件事!”

夏王见魏观语意坦诚,便问道:“哪两件事?”

魏观道:“如今边疆虽无大战,但北军和南军不时劫掠对方,既互相消耗,又伤及百姓,实在是劳损大于收获,所以第一件事是求边疆和平,且开放互市,使两国互通有无,以草原之良马,交换中原之茶叶布帛。第二件事,如今天朝威震寰宇，四方各国都以天朝皇帝的册封为贵，魏观如今只是草原上众多部落首领之一，领地虽广阔，却都是一刀一枪得来，未免杀戮太多，因此想求天朝赐以爵位，名正则言顺，百姓望风归附，亦可减免草原上征战杀伐之苦！”

夏王沉吟道：“将军一番赤诚，令本王十分欣喜！只是听将军言下之意，并非奉鞑靼国王之命而来，不知哈丹可汗之意如何?”

魏观道：“可汗与魏观之意甚同，只是可汗长子旭日干十分骄横，常出言无状，藐视汉人，不愿与中原通好，如今又见王爷与朝廷相持，难分胜负，所以劝可汗暂且观望，因此可汗有些迟疑。魏观此次回去，当竭力促成此事，若可汗不愿发兵，魏观当率本部军马前来相助，还望王爷莫嫌兵少！”

夏王大笑道：“十年前将军以三千铁骑便纵横草原，如今将军精锐亲军，便在数万骑，无不以一当十，况且军力强弱，又岂是以数量计？不过，将军若为了互市和封号，为何不直接去朝廷面圣，反而来助我？将军怎知我能必胜?”

魏观笑道：“魏某从少年时便闻王爷威名，岂能不知王爷盖世之才？如今我观中原战局，朝廷虽然兵多，却缺乏良将，王爷虽兵少，却熟知战事，又能知人善任，身先士卒；且朝廷重文轻武，机构冗杂，做事拘泥，文武之间互相猜忌牵制，虽然势众，却在内部消耗了许多力量，王爷势虽寡，却能凝聚一心，形成合力，犹如一柄利剑，锋利自如；再则王爷本是高帝嫡子，与朝廷之争也算是王爷家事，很多藩王也并未站在朝廷一边，只是在观望而已，若王爷能取胜，宗室与将领必会拥戴王爷登基。因此朝廷虽一时声势浩大，难以扳倒，王爷目前虽艰苦卓绝，却有七分胜算！”

夏王大喜，于是和魏观坦诚相见，约会细节，相谈甚欢。众将领本来心怀戒备，都暗暗握着刀柄，但见魏观单身前来，王爷又许以结盟，便逐渐把手从刀柄上挪开，魏观始终视若不见。

魏观又向夏王道：“还有件私事动问王爷，请问军中可有一人，乃是吴王世子，叫作孙楚奇的？”

夏王道：“吴王世子正在军中，如今巡哨去了，将军为何问他？”

魏观指着楚华道：“这位小姐乃是吴王府郡主，因为家中变故，前来寻找兄长，魏某半路遇到，便带她同来。”

夏王恍然笑道：“怪不得，这姑娘似乎不知阿古达木将军威名，见到众人对你的态度，脸上颇有诧异之色，我刚才还纳闷呢！原来她并非鞑靼女子，竟是吴王之女！”便传令请孙楚奇前来。

刚好楚奇领了一支军队去巡哨，刚刚回来，听到夏王传唤，慌忙赶来，看到楚华在座，不觉大吃一惊。楚华见到哥哥，不觉扑上去抱住胳膊，心中一欢喜，眼泪扑簌簌就落下来了。二人重新拜谢夏王，楚奇又谢了魏观，然后兄妹俩诉说各自别后情形，既有欢喜又有悲愤。

魏观又请罪，说起进城前遇到一队士兵杀戮百姓之事。夏王令人去城外查看，只见现场依旧，魏观随从和那小校等人犹在。夏王大怒，令人将那小校和其余四名士兵立刻斩首。有将士求情道：“此人乃是副将蓝岱之侄，前番攻克彰德府，蓝将军立下了头功，请王爷看在蓝将军面上，饶了他侄子性命！”

夏王道：“把他绑上来，我来问他！”于是军士把那小校绑来，跪在地下。夏王道：“你既是蓝将军之侄，更该熟知军令，为何知法犯法？”

那小校平日仗着叔父之名，十分骄横，刚才听到要斩首，登时吓得浑身发抖，此刻见问，便磕头哭求道：“王爷饶命！这次只是意外！并非有意违抗军令！我们在城外路过，偶然遇到那几个人，也没想为难他们，只是拦住他们随便盘问盘问，他们都跪在地上哀求，说要到江南投奔亲戚，我见他们穿着比较体面，像是中等人家的良民，便打算放走他们，可是那两个女人也伏在地上磕头，兄弟们看到她们趴在地上的身段实在很诱人，忍不住拎起头发看她们正脸，谁知看了之后又都很美貌，而且已经动手拎住了，就都不愿放手，就来问我。我本来无意行凶，可又实在不忍拂了兄弟们的意思，这才点头答应！这真的只是一场意外，如果我们一开始就看到她们的正脸，虽然美貌，但还没有动手，也许就忍耐住放她们走了！求王爷饶过这一次，下次再也不敢了！”

夏王道：“那你为何又将他们杀死?”

那小校道：“我本来没想杀他们，兄弟们说，如果不杀他们，他们若去军中告状，我们这一二十个人都要被处死，我并不想死，所以才同意杀死他们！其实我看到他们惨死，心里也很后悔，我已知道错了！求王爷饶了这一次!”

夏王又道：“那你为何射杀阿古达木将军和他的随从?”

小校哭丧道：“我以为他们只是过路客商，怕他们看到告发，便想一不做二不休，一起杀了灭口。我若知道他是阿古达木将军，再给我个胆也不敢射杀他了!”

夏王望了蓝岱一眼，叹道：“这都是你侄儿亲口招供，并非被人诬陷！虽然将军功大，但前日有私取百姓财物者，便被处死，如今你侄子率众行凶，事体恶劣，若不将他正法，我今后如何号令军士？不过看在将军面上，给他留个全尸吧!”

蓝岱垂泪恨恨道：“此子自作孽，不可活，卑职不敢求王爷饶恕，请王爷按律处斩，以正军法!”于是夏王命将其余四名士兵斩首，而将这小校绞死。这小校听到夏王喝令：“拉出去!”登时吓得浑身瘫软，小便失禁，裤腿便全湿了，被两个军士拖了出去。须臾，已将五人正法，夏王命蓝岱将他侄子收尸厚葬，赏赐重金抚恤。

第二十七节 春风知别苦

当晚，夏王便设宴款待魏观，然后令军士将魏观及随从送入城外驿馆安歇，楚华则在城内依傍哥哥住下。蓝岱乃夏王帐前得力战将，不料侄子今日被处死，他深恨魏观多事，便想杀了魏观为侄儿报仇。

于是蓝岱私下约会其他将领，请他们对夏王进言道：“阿古达木分明是被旭日干排挤，在鞑靼国难以立足，这才投靠王爷，想借王爷之力立足而已，他自身难保，哪有余力相助我们？也许他竟是想借机侵扰中原，壮大自己，王爷若允许他带兵入境，只怕是引狼入室！而且我们与他相持多年，今日他自投罗网，王爷何不趁机杀了他，以绝后患？”

夏王道：“鞑靼首领前来通好，难道我竟不敢容纳？若连这点胸襟都没有，怎能成就天下大事！”众人唯唯而退。

蓝岱无奈，又使人对孙楚奇说道：“听说令妹和阿古达木同行了一千里，昼夜吃住在一起，那阿古达木又是征战劫掠惯了的，怎会对美貌少女无动于衷？何况他此次只带了两名随从，深入中原，行踪如此隐秘，怎会平白无故送一个陌生女子寻亲？他向来以杀戮为业，哪来的这慈悲心肠？俗话说无利不起早，只怕这一路上他已占了令妹身体，世子却还蒙在鼓里，还在这里感激他！”

孙楚奇听了大怒，抓起一个酒杯摔在地上，骂道：“是什么人造谣生事，败坏我妹妹名声？让我查出来，非杀了他不可！”但冷静下来寻思，却又忍不住心中嘀咕，觉得人家说得有道理，再回想楚华看那鞑靼首领时，神色似乎颇为忧愁，而那鞑靼人看楚华时，眼中则含着笑意。孙楚奇暗暗心惊，心想：“难道楚华已失身于他？这鞑靼人和汉人的杂种，我今天就去杀了他！”

吴王府当日拥护世子投奔夏军的武士中，有一人武功不是很高，却颇通经史，与那些胸无点墨的武士不同，如今夏王用他为行军书记，人称周先生，如今刚好在楚奇处说话，见楚奇调遣甲士欲杀魏观，周先生便制止楚奇道：“这分明是有的将领多年与鞑靼为敌，不愿结盟，想用言语挑拨世子，好借刀杀人，世子怎能被人利用？郡主独自飘零在外，若非阿古达木把她送来，今日还不知流落在何处呢，纵然有瓜田李下之嫌，但阿古达木也算是草原上有名的英雄，如今又与二王爷结盟，世子索性把郡主嫁给他又有何妨？何况王爷既然如此决定，世子又去杀他，岂不是违抗王爷旨意？再则众口铄金，何况郡主一介女子？世子这样愤怒冲动，岂不是火上浇油？对郡主名誉有何好处？”

孙楚奇冷静下来，说道：“鞑靼人风俗是多妻的，北方又荒蛮寒冷，路途又那么遥远，我怎么舍得把我妹妹嫁到那里去？”楚奇虽放弃了杀死魏观的念头，但一想到妹妹和那鞑子的神情，虽二人当着众人不便多言，却似乎心领神会，彼此流连，楚奇心里不知怎的倒觉得很嫉妒，忍不住把魏观痛骂了一番。

蓝岱见孙楚奇并不行动，只好自己动手，虽然不敢公然违背夏王之意，但仇恨在心中燃烧，让他难以克制自己。于是蓝岱调遣一百名甲士，换上平民服装，身上暗藏武器，次日城门一开，便都陆续出城，到城北二十里路口埋伏。魏观回鞑靼国，必须经过此地，到时候将他刺杀，剁烂了扔在乱坟岗里，谁又认得出来？他此去鞑靼路途遥远，谁又知道他是何时失踪的？

次日一早，夏王在北门外设帐为魏观饯行，重申盟好。魏观未向楚华辞行，心中挂念，想向楚奇询问楚华在何处，却见楚奇神情冷漠，一副拒人千里的模样。魏观当着众人也不便深究，只好辞别众人，翻身上马，闷闷离去。

魏观和随从一行三人，策马向北驰骋。魏观道："从这里到靺鞨国境，还有一千多里，前方既有夏军关卡，又有朝廷关卡，而我们身份已暴露，只怕有细作报到朝中去，一路上需小心行事。即使在夏军地面上，也需小心。我看夏王手下将领，多有不愿和靺鞨结盟的，他们当面虽然不骂我，背后不知怎样说我们是北狄化外之人呢，那神气和旭日干鄙视中原汉人时真是如出一辙！"

马伯远道："却也无妨，我们昼夜兼程，三五天就可过边境。"

说着已驰出去四五里地，前方路边有几间茅屋，挂着酒幌子，旁边疏疏落落有一片树林。三人奔驰而过，速度极快，转眼奔到地平线上。忽然从树林中冲出一骑人马，向三人追去。魏观听到背后马蹄声，回头看时，只见一人挥鞭抽打坐骑，拼命向他们追来。定睛一瞧，此人不是楚华，却又是谁？

魏观十分惊喜，忙回马相迎，却见楚华飞马过来，举起鞭子就向他抽了过来。魏观忙轻轻挡开，跳下马来到楚华跟前。楚华翻身下马，魏观伸臂把她接住，搂在怀里。楚华非常气愤，举起拳头又来打他，一面哭道："你不声不响就要走！你不是想带我回靺鞨吗？你不是想娶我吗？可是你如今回去，竟然不向我告别！你这个大骗子！我打死你！"

魏观笑道："我还奇怪你为什么不和你哥哥一起来送送我，原来你想单独见我，所以躲到了这里！"

楚华道："我才不稀罕见你！我只是想质问你罢了！我不来送你，你就不能去找我吗？"

魏观道："那么多人看着，我怎么去找你呢？"

楚华道："你既然知道今天人多，昨天夜里没有人，你为什么不去提前向我辞行？"

魏观叹道："我当然想去找你了！可你住在你哥哥军中，我偷偷摸摸去找你，人家还以为我偷香窃玉，还不把我乱刀砍死？我还想留个全尸呢！就算不砍死我，那些大小将士还不笑话死我？"

楚华见他说得有理，又可怜巴巴，怒气便丢到了爪哇国，抿嘴一笑，又道："那你昨天向夏王说，功成之后，只求两件事，为什么……为什么没有第三件事？"

魏观道："第三件事？"

楚华有些脸红，但仍然说道："你为什么不对他说，你还想求我为妻？我以为你会说这件事，可你对夏王不说，对我哥哥也没有说，其实你根本无心娶我，所以这么没有诚意！你只是私下里对我说，我差一点就被你蛊惑了，可是就算我和你私订终身，你其实也没有娶我的打算，只是拿这些话跟我寻开心，让我变得糊里糊涂！现在我舍不得让你走了，你却一声不响一走了之！"楚华说着，眼泪又下来了。

魏观把她搂在怀里，轻轻叹道："你真的误会我了！我对你说的每一句都是真话，自从我见到你，就觉得十分亲切，就连我的宗族乡里，我也对他们说的是我父亲贩马发了财，而我如今在鞑靼养了两万匹马为生，可我一直对你开诚布公，有什么都告诉你，从未想过要欺骗你。我此次去夏王军中，其实是冒了一定风险的，就像一场赌博，人家也许会答应我，也许会傲慢地把我赶出来，也许会一刀杀了我！我这个决定算不上深思熟虑，我只因回避旭日干的锋芒，失意在家，又趁着冬日无事，才返回故乡办些家事。而寻求外援，是我来到中原以后才逐渐做出的决定，其实一直很犹豫，毕竟如今局势未明，如果今后夏王取胜，就算没好处，至少不会有太多坏处，但若朝廷取胜，我这半生心血，只怕就付诸东流了！如今盟约一定，虽然觉得柳暗花明，但我的处境仍然很危险。我身份暴露，又只有两个随从相伴，此去鞑靼路途仍很遥远，只怕一路上危机重重，其实我心里并不轻松！如今就算你愿意和我回鞑靼，我也不敢带你同行！而昨天和夏王谈判时，如果我说想求你为妻，夏军中从上到下，只怕都要笑话我儿女情长，难成大事，夏王又怎会答应结盟？只怕还以为我是个疯子，直接把我推出去砍了！”

楚华撇嘴道：“就算说出来，又有什么好笑的！男人们只为了自己的野心和贪婪，就打仗、打仗、打仗，害得那么多百姓家破人亡，还一个个自封为英雄！要是多了些慈悲心，多了些感情，反而被人嘲笑，真是太无理了！”嘴上发着牢骚，心里却也觉得魏观自有他的道理，只是觉得不舍，抬头看看他，见他含笑望着自己，这笑意是压抑不住的，即使当着众人，尽量克制，可她还是能从他眼中看出笑意，就连他眼角淡淡的鱼尾纹，也似乎是笑出来的。他虽然自嘲并不英俊，可如今在楚华眼里，就连他眼角的浅纹也十分英俊！

楚华叹了口气，知道他非走不可，只好问道：“那你什么时候回来？”

魏观道：“我如今昼夜兼程赶回去，提了军队便会回来！那时就能再见面了！”

楚华道：“你下次是带兵前来，用不着顾忌他们，而且盟约已成事实，你要是真心对我，就应该对我哥哥说我们的事，如果你不及时告诉他，他要是把我嫁给了别人，就算你不来怪我，我也会怨恨你的！”

魏观道：“这一次太仓促，只求来日方长吧！”

马伯远和土默特人在一旁牵马等候，见魏观和楚华恋恋不舍，说个没完，不觉有些着急，马伯远便过来说道：“首领，我们该赶路了！刚才我向当地人问路，说前面有一片山岗树林，非常僻静，还须小心提防。”

楚华道：“这条路人很多的，应该没关系。我天一亮就出来了，看见不下一百人从这里走过去，这一路应该没那么僻静。”

魏观大吃一惊，问道：“你看到什么人走过去？是老人还是壮年人？还是拖家带口的？”

楚华回思了一下，说道：“好像没什么老人，差不多都是青壮之人，有的是搭伴，有的是单人。”

魏观和马伯远对视一眼，对楚华道：“我知道了，我要走了，你也该回去了。要不我先送你回去吧！”

楚华摇摇头，说道：“我回去很快，上马就到了。你走吧，回来时记着来找我！”

魏观向楚华点了点头，翻身上了马。楚华就在原地站着，看着他们三人打马离去。魏观只在上马之后看了她一眼，然后策马便走，再不回头。楚华看着三骑人马绝尘而去，眼泪扑簌簌就落了下来。她知道魏观不久就会回来，可是眼看着他离去，心里仍像被摘去了一块，令她感到切肤之痛，变得失魂落魄。

她看着魏观等人消失在地平线上，怅然地转过身，攀住马鞍想骑上去，可是她觉得浑身无力，根本上不了马。她心想，我应该高兴才是，前生我送他走，从此阴阳两隔，如今他少则一个月，多则两个月，便会回来，我又何必做出如此姿态？理性上虽然这样安慰自己，可感情上仍然被离别的悲伤笼罩，她爬不上马背，便趴在马鞍上哭了起来。

楚华哭了一会儿，擦了擦眼泪，牵着马慢慢往城里走。她反正不赶时间，在他回来之前，无论做什么都是一样的，都是在等待罢了，所以赶回去，和在路上，也没有什么区别。楚华一边走一边流泪，有时候想起和他一路上的点滴，也会觉得幸福，可是今日一别，又感到伤心和担忧。她感到愁肠百转，慢慢走一会儿就停下来站住，靠在马背上，或者扶住路边的一棵树，哭上一会儿，然后擦擦眼泪接着走。

这一路上多是柳树，遥望已呈现新绿，近看却看不清嫩芽，只见满树枯枝飘摇，而楚华哪顾上赏这初春之景？只看到手扶之处的树干，树干上满是裂纹。只是快进城时，她回头向北望去，早已看不到魏观身影，只有道旁柳树，似青非青。楚华不觉想起一首古诗：“天下伤心处，劳劳送客亭。春风知别苦，不遣柳条青。”楚华叹了口气，不觉又潸然泪下。前世之别固然遗恨，今世之别却可期待重逢，但不知为什么，她这一路走得如此伤心！

她是那么伤心，以至于自己对这一路的哭泣记忆深刻，在后来的岁月里，无论世事如何变幻，一想起这一路上自己多么伤心，她心里就软了下来，变成了一池春水，唯有爱意而已，无论魏观怎样，她都觉得是可以谅解的。

第二十八节 白马寺

自从楚华来到军中，旧日吴王府武士陆续来见郡主，彼此都很欢喜，只是征战中已阵亡了数人，只剩下二十多人，其中有几个武士因军功被擢升为校尉。楚华本侥幸地猜测张雪崖逃出重围又回到了军中，如今见他并未回来，仍然生死不明，不免有些悬心。

楚华在军中和哥哥相聚了数日，忽然京城传来消息，说吴王在狱中忧闷成疾，医治调理不当，已经病死在狱中了。吴王孙泓之妹——郡主孙雯因嫁在京师，便求情取回了孙泓尸体，如今停尸于京郊古刹白马寺。

楚奇、楚华听到消息，都十分悲恸，兄妹俩抱头痛哭，楚奇帐前军士几千人尽皆挂孝。而此时朝廷又增派援军，兵力增至四十万人，与夏军决战。楚奇在军中不能分身，又被朝廷通缉，无法去京城奔丧，楚华便请求让自己前去。楚奇也不愿她久留军中，便派了六名旧日武士跟随，打扮成平民的样子，离开军队往京城去了。

楚华来到京郊白马寺，见父亲灵柩停在一个偏殿，冷冷清清无人守护，楚华乍见此状，悲从中来，两腿一软，跪在棺椁前痛哭起来。她觉得自己十分不孝，心想："父王为了保护我们自投罗网，宁愿被人带走，一定是心中气闷，又不能及时治病，才死在狱中。近一年来不知他吃了多少苦，受了多少气，我却并不怎么挂念他！我只知道自己的苦，只知道失去父王我是多么可怜，却很少想起父王自己多么可怜！如今我想念父王还没有想念魏观更多！我真是太不孝了！我以后再也见不到他了，想对他道歉也不能了，想好好孝敬他也不能了！我再也无法弥补了！"楚华心中悔恨自责，一连哭了好几天，仍然不能抑制眼泪。

楚华虽赶到了白马寺，但因为战事紧张，烽火连天，此去金陵又路途太远，要把灵柩运回去却很麻烦。楚华姑母孙雯说道："如今朝廷不许大哥着亲王冠服，只许以庶人之礼殓葬，令人十分不甘心，而楚奇又不在金陵，即便楚华扶柩回去，也是草草下葬。不如暂时停在这里，等战事有了眉目，楚奇可以亲自前来，那时再运回去不迟。"

好在孙雯郡主乃是白马寺的大施主，寺中便打扫了一个僻静院落给楚华居住，孙雯又派遣两名老妇照料她的衣食。于是楚华陪伴父亲灵柩，滞留在京师。

以往异姓亲王丧葬，朝廷必会赐下谥号，礼部必会派官员协助办丧事，翰林院会撰写祭文，工部会制造铭旌，钦天监官吏也会卜丧，国子监会代送讣告。如今吴王去世，却冷清清一无所有，而京中亲朋除了孙雯夫妇，其余连人影也不见。楚华孤单单住在寺中，每天让武士去外面打听消息。

两个月之后，听说夏王兵败，被围追堵截，厮杀惨烈。又听说楚奇随着夏王突围，飞箭如雨倾泻，夏王和楚奇都数次换马，箭全射光了，便用剑砍，最后剑也砍断了，只好带着亲随逃上山岗。正在陷入重围之际，忽见朝廷军队自己乱了阵脚，却是朝廷后军被鞑靼兵袭击。

原来当日蓝岱派遣甲士扮成土匪截杀魏观，却并未成功，反而折损不少，魏观等人也不敢恋战，冲出包围便昼夜兼程赶回鞑靼去了。魏观用自己和随从亲历亲见的情况说服哈丹可汗，哈丹可汗也想借机和中原停止对抗，便答应出兵。哈丹长子旭日干认为朝廷会取胜，帮助夏王会血本无归，但哈丹可汗说道："我活到今年五十八岁，只知中原有夏王，不知中原有天子。"

于是哈丹可汗命魏观率二万骑兵为前部，命次子满都勒率三万骑兵在后，一同来助夏王。魏观命部将率铁骑冲击朝廷军队，救夏王军队突围，自己则率五千军马袭击朝廷营寨，放火烧了朝廷中军大营。随后又有哈丹次子满都勒领兵赶到，于是几面夹击，朝廷军队大败。

夏王和魏观、满都勒会师，连夜杀死三千名战俘，整理军队，继续进兵，直逼京师。京城中人心惶惶，谣言四起。朝廷中主战派和求和派激烈争辩，许多宗室贵族做好了变节拥戴夏王的准备，有能力的达官贵人纷纷携家眷外逃，躲避战火。

楚华每天在寺中，见到从城里逃出的人们来烧香祈祷平安，心里十分惶惑矛盾，一面盼魏观能早日前来和自己相见，一面又担忧两军混战不知会乱成什么样，就算自己能够逃生，这满城百姓不知会不会家亡人散？

转眼已是五月，这天清晨，楚华给吴王供了茶饭，烧了纸钱，暗自垂泪道："父王，今天是我的生辰，我已经十八岁了！"说着对着父亲棺木磕了三个头，然后起身擦了擦眼泪，走回自己住的小院。

楚华走到半路，猛然见到有人拦住道路，楚华抬头一瞧，却是马伯远！楚华又惊喜又失望，往周围看了看说道："只有你自己来吗？魏观呢？"

马伯远道："首领本想来探望孙小姐，但前几日忽然听到消息，说部落里出了大事，因此又赶回鞑靼国去了，这一趟不能来看你了，所以命我来告诉孙小姐一声。"

楚华非常失望，又很难过，说道："他这一去，至少又得好几个月！他没有写一封书信让你捎来吗？"

马伯远道："这一路上盘查严密，所以没敢带书信。今日我是假装来烧香的，如今见过孙小姐之后，我也要走了!"

楚华道："到底发生了什么事？他仗也不打了，就急着赶回去了?"

马伯远道："这次首领和二王子带了五万军马来中原，瓦剌趁着我们内部空虚，突然袭击我们。二夫人娜仁托娅去向可汗求救，可汗让旭日干带兵支援。旭日干一向和首领不和，不愿发兵，眼睁睁看着我们部落打了败仗，被瓦剌国掳掠了许多百姓和牲畜。瓦剌国打败了我们，又去攻打旭日干的部落了。二夫人带着部众逃亡，一面派飞骑来报告首领，首领一听到消息，就连夜赶回鞑靼去了。"

楚华听了，不免担心起魏观的安危，不知他家里会乱成怎样？他此去是否有危险？但听马伯远满口的"二夫人、二夫人"，心中又十分不快。

却说魏观听到被瓦剌突袭的消息，便留下一万七千骑兵由部将带领，仍跟随夏王作战，自己只带了三千精骑，辞别夏王和满都勒，连夜赶回鞑靼去了。魏观回到鞑靼国，见部落将士伤亡惨重，娜仁托娅率领部众向东南迁徙三百里，回到汪吉河畔故地驻扎，百姓、牲畜、辎重损失大半，营地内尽是哭声。

魏观十分痛心，询问娜仁托娅部落被袭之事。原来此次和夏王结盟，魏观部三万精锐带走了两万，哈丹可汗五万精锐带走了三万，其余各部落不足为道，因此鞑靼国内部空虚，瓦剌国趁机出兵袭击鞑靼，先攻击魏观所属右翼诸部落，娜仁托娅向哈丹可汗求救，可汗命旭日干率军支援。

旭日干私下里说道："鞑靼国当初被中原军队追袭，几乎赶尽杀绝，四十万户鞑靼人仅剩下六万户，鞑靼与中原势不两立！如今过了几十年，鞑靼国人口刚刚有所增长，阿古达木却又要和仇敌联盟！此人本是狡诈卑鄙的汉人，居心叵测，一向不能和我鞑靼人同心，如今正好借瓦刺之手削弱他，我又岂能去帮他?"

因此旭日干驻扎在自己的领地观望，眼看着魏观部与瓦剌军作战。瓦剌军劫掠了魏观部，又一鼓作气侵入旭日干领地，旭日干这才迎战，但瓦剌军队来势凶猛，气焰嚣张，旭日干眼看兵败。哈丹可汗紧急召集各部落联军三万人马，亲自率领赶来，与瓦剌军激战，各自死伤惨重。此时恰好魏观率兵赶回，加入了战斗。瓦剌军终于不能支持，这才仓皇撤退。

却说楚华住在白马寺，每天猜测着魏观的情况，心里始终停留在他离开时的状态。她仍然记得自己送他走后那一路的哭泣，仍然记得那些柳树。那时柳条刚要发青，如今柳树已经浓荫密布了。

她在白马寺居处的屋外就有一株大柳树，上面伏着一些蝉，一大早就开始聒噪，知了知了地叫个没完。他们宿在荒村时，冬天尚没有过去，她还穿着狐皮袄，如今已经是夏天了，可他始终没再回来见她。

夏王的军队并没有攻进京城，而是在京城附近的州县受到了顽强抵抗，效忠于朝廷的军官死守住城池，僵持了两三个月，夏军攻不下城池，只好解围撤退，京城暂得保全。

秋天来了，空气里寒意越来越重，树叶渐渐变黄，随风飘落。楚华居住寺中，无人问津，只有姑母孙雯有时差人送来衣食物品。一天傍晚，忽然下起雨来，天色很快便黑了，楚华在卧室里点起一盏灯，听着窗外雨声越下越大，萧萧索索，更增秋意。忽然院中有两三个武士撑着伞提着灯笼走到廊上叩门，楚华隔着门问道："什么事?"

外面人答道："郡主，是张雪崖来了!"

楚华非常惊喜，忙开门看时，只见张雪崖站在门外，浑身被雨水打得湿透，头发也很凌乱，只是一双眼睛亮亮地望着她，眼中又是欢喜，又是挂念，若不是有人在旁，只怕要冲上来把她举起来。楚华也非常欢喜，这真是魏观走后的第一件喜事!

楚华忙让雪崖进屋，连声问道："这么久了，你跑到哪里去了？伤得怎么样？我还担心你没命了，又侥幸地希望你没事！你都好了吗？怎么淋成这样?"

张雪崖叹道："一言难尽！我那天有幸逃出性命，在山中被人所救，躺了好几个月，才养好了伤。我又偷偷潜回王府，想找个机会杀了茅威那厮，他分明是公报私仇，十分可恨！我躲在王府里，却听人们传说你离家出走了，我想你从未独自出过门，这大半年了不知道你怎样了，就顾不上找茅威算账，赶紧出来找你。我先找到世子军中，得知王爷已经殁了，你独自住在这里，我就赶紧找来了。世子也很担心挂念你，所以也命我前来保护郡主，不用再回去了。"

雪崖在门外时，楚华只看到他头发湿淋淋地盖住半张脸，没看清他面目，等他进屋到了灯下，却看到他左侧脸颊上长长一道刀疤。雪崖本十分英俊，脸上多了这一条长疤，看上去触目惊心。楚华吓了一跳，只觉十分不忍。雪崖抬手遮住自己脸颊，说道："是不是我现在太丑，吓着郡主了？"

楚华有些为他心酸，忙道："怎么会呢？我只是觉得内疚罢了！你快去换身干衣服，别着凉伤风了，然后再过来！"又问雪崖吃饭没有，让那两个仆妇去给他准备饭菜。雪崖既见到了楚华，心中一块石头落了地，便去其他武士屋里借了身干衣服换上，又擦了擦头发，便来到楚华房中，只觉得有千言万语想对她说。

楚华坐在桌旁看着张雪崖吃饭，听他一边吃一边眉飞色舞地讲自己怎么突围，那些生死一线的惨烈场面竟被他讲得轻松搞笑。楚华忍不住露出微笑，可望着雪崖脸上的刀疤，又不禁叹了口气，歉疚地说道："你上次回去说是为了看我，而我堂妹之所以大呼小叫让人抓你，也是因为和我不和，故意叫喊的，结果害你受这么重的伤，差点连命都没了！如今虽然有惊无险，但留下的这条疤痕这么醒目，你心里一点也不埋怨我吗？"

张雪崖笑道："我又不是小姑娘，还怕破了相吗？你要内疚只怕内疚不过来，我背上还有一条疤，那是边紫云要砍你，我去救你，被姬兰卿拿剑刺的。我本是王府武士，就算挨几刀几枪也是分内的事，郡主何必在意呢？"

楚华叹道："你虽然总说我父兄对你有知遇之恩，但你带着武士们从囚车上救了我哥哥，已经足以报答了。你并不欠我们家什么。何况我家好多武士养了那么多年，大难临头还不是各奔东西？别说他们了，就连我祖母、叔婶，一家子骨肉亲人也来欺凌我们。这两年我感受的人情冷暖太多，可是你始终对我们赤胆忠心。我心里既觉得感激，又觉得惭愧！”

张雪崖正满腔幸福快乐，恨不得手舞足蹈对她讲话，却见楚华又是内疚又是感谢的样子，虽然她说得没有什么错，雪崖却觉得不是滋味起来，慢慢放下筷子说道：“郡主怎么对我这么客气起来？以前我那样贫贱落魄，又身无寸功，郡主尚且把我当作朋友。我为了救你受了姬兰卿那一剑，差点丧命，你也没说过半个谢字。自从王爷被带走以后，郡主对我更是信赖亲近，这两年我们几次同生共死，郡主怎么反倒变得客气了？”

楚华见他不快，不知自己说错了什么，慌忙解释道：“我一直把你当好朋友！我不是对你客套！我是真这么想的罢了！其实我这次离家出走，也是担心你生死不明，所以想出来找到你！”

张雪崖眼睛一亮，伸手握住楚华放在桌子上的手，激动地说道：“你说你是出来找我的？”

楚华见他激动，慌忙把手抽了回来，又解释道：“我当你是好朋友，自然不希望你因为回去看我而丧命！”

雪崖见她把手缩了回去，不觉讪讪地说道：“我知道郡主把我当朋友。记得我们前去营救世子时，我去向你告别，你走上来和我拥抱，当时你也许是觉得有可能生死离别，并没有多想，可是我心里有多激动！我一直都忘不了那一天！上次我忍不住回去看你，你那么欢喜，我握着你的手你也没有觉得不妥，只是一味那么欢喜地和我说话，并无半分芥蒂！所以我刚才有些忘情，并不是故意冒犯你！”

楚华回想他说的事情，当时自己只觉得情势使然，和他的亲近也只觉得是朋友之谊。至于有没有男女之情在内，当时也无暇分辨，即便是有，可如果他揪住不放，自己也要对那一点点情分矢口否认的。

于是楚华又解释道："你别想这么多，我见到你仍然活着，你不知道我有多高兴！我总算放心了！我刚才只不过是觉得，我家已衰落如此，未来如何尚难预料，你武功这么好，本应该有锦绣前程，却仍然屈身在我家，你这次回来，并非你分内之事，而是我们欠你的了。可我父亲已经没了，又只落得庶人身份，我哥哥不过是叛军贼党，而我身无分文，只靠姑母接济！你以前救过我，也救过我哥哥，已经有恩于我家，今后仍要继续有恩于我，我只是不知道以后该怎么回报你！"

雪崖细细品味她的话，忽然嘿嘿冷笑，说道："我今天刚到这里，郡主就想赶我走吗？"

楚华吃了一惊，说道："我怎么会有这个意思？"见自己越描越黑，不知道为何会误会至此，急得直跺脚。雪崖也本以为久别重逢，彼此都会无限欢喜，没想到两人竟越说越僵了。

雪崖也莫名其妙，无心再吃饭，叹了口气，说道："郡主别想太多了，也许是这段时间经受了太多苦楚，心绪不宁之故吧！我先告退了，明天再来看你！"

第二十九节 到底意难平

张雪崖回到武士们房里，心绪烦乱，躺在那里睡不着觉。忽听同屋的几个武士神神秘秘对他说道：“你刚从世子那里过来，可曾听到郡主的事情？”

张雪崖惊疑道：“郡主的事情？郡主什么事情？”

一个武士说道：“难道你没见过周先生和其他武士？”

雪崖道：“见虽见到了，只是走得匆匆忙忙，来不及细说话。到底郡主有什么事情？你们别吞吞吐吐的！”

又一个武士道：“原来你并不知道！嘿嘿，告诉你吧，周先生撺掇着世子，要把郡主许配给一个鞑靼首领，世子不想让郡主嫁那么远，没有同意。人们都说，郡主私下里已经失身给那鞑靼人，前几个月那鞑靼首领还派了随从来给郡主捎信……”

张雪崖还没听完，脑袋就轰地炸了开来，楚华不是说离家出走是为了找他吗？怎么又横空冒出来一个鞑靼首领？而且事情到了这个地步！张雪崖腾地从床上跳起来，揪住那个说话的武士，喝道：“到底怎么回事？快告诉我！”于是那些武士把前事和传言对张雪崖讲了一遍。

张雪崖肺都快气炸了，但仍不敢相信，说道："你们怎知郡主失身给那鞑子？只怕是你们的猜测！"

别的武士笑道："狄人乃是野蛮人，向来不讲礼仪，郡主如花似玉一般，落到他手里，怎能保全清白？"

张雪崖仍存了侥幸心理，压抑住怒气说道："当初宋太祖千里送京娘，待京娘如同兄妹，毫不相犯。你们既然说那鞑靼首领乃是草原上有名的人物，如今又与夏王结盟，也许他对郡主也是敬而远之呢？我们又何必以小人之心度君子之腹？"

一个武士笑道："张大哥你是君子，那鞑子可未必是君子。半年前他从军中回鞑靼那天，郡主自己跑到城外和他告别，回来以后眼睛都哭肿了，这是我亲眼看到的，还会有假？"

张雪崖见众口一词，言之凿凿，又听说楚华和那鞑子告别竟哭成这样，只觉得心里凉了半截，忍不住一脚踹在床板上，把一张床板给踹折了。张雪崖怒道："以后谁也不许再提这件事！我们做属下的，不要议论主人的是非！"

众人知道他心里难过，都不跟他计较，而且自从王府出事，武士们分作两派，张雪崖便成了这群人的头领。众人见他发怒，也不便再说笑，纷纷摇了摇头，各自叹息着去休息了。

第二天早上，楚华给吴王烧了晨纸，供了茶饭，转眼见雪崖也来拜祭。楚华见雪崖见了自己也不说话，心想："他竟还在生气吗？雪崖从不曾对我生气，我昨晚上到底说了什么，他竟这么大的火气？"便走出来在前面慢慢等他。等张雪崖出来走到附近时，楚华便道："雪崖，你过来。"张雪崖一向对楚华敬若神明，见她好言好语招呼，便身不由己走了过去。

楚华婉言说道："昨晚上仓促之间，很多话没来得及说。这八个月，你是怎么度过的？你被什么人救了？怎么养的伤？你回王府，看到我母亲没有？好多事你还没有告诉我。”

张雪崖见她柔声细语，心里早就软了，便叹了口气，说道：“我看到了王妃，她和芮夫人在一起，周围有宦官侍女，我没敢上前说话。我还看到你弟弟，长大了很多，咿咿呀呀的，像个雪团一样。我还看到府中似乎要办喜事，到处忙忙碌碌的，购置了很多物品，好像是你堂妹要出嫁了。”

楚华想象着家中亲人，忍不住微笑落泪，又道：“楚纤要出嫁了吗？不知要嫁到哪一家去，不过不管她啦，还是说说你吧，你之前又是在哪里养的伤？是谁救了你？”

张雪崖说道：“我那天受伤太重，以为自己必死无疑，谁知道遇到了一个东越巫女，把我救了，我在她那里养了半年，才能行动自如。”

楚华惊呼道：“啊！是不是桐淮秀？我出城时也遇到了她，也是她救了我！”于是把跌下马看到被鬼怪攻击的幻象等事告诉了雪崖。

张雪崖诧异道：“那你去的时候我正在那里呀！你没有看到我吗？”

楚华道：“我那天夜里遇到的她，早上醒来吃了早饭就走了。也许你在别的屋子，所以我没有看到吧？难道我们那天竟擦肩而过，却一点也不知道？我那天本是去找你，一路上向很多人打听，我告诉每个人你的年龄相貌，却独独没有告诉她！我只说我在找人，她就给我卜了一卦，让我往西找，谁知道她指的并不是你！”

张雪崖非常震惊，愣了半天才说道：“你在那里吃早饭时，我就在隔壁躺着，只不过那段日子我昏昏沉沉，并不知道有人去过！只是桐淮秀的卦是极准的，她卜的不是我，那又是怎么回事？难道我真的和你没有缘分吗？怎么会呢？难道她是故意卜错的？”

楚华笑道：“她怎么会故意卜错呢？我和她还是很有缘分的，她不至于骗我！”

张雪崖不语。他两次被桐淮秀救了性命，第一次淮秀让他陪自己一宿，他逃走了，后来带着诊金去感谢她，她又搬家了。这次淮秀却并未说起前事，她性情豁达，也许并不曾把这些小事放在心上，张雪崖却觉得欠她太多，而且每次遇到她时都身无分文，落魄狼狈，实在无以为报。可是若真像个女人那样以身相许，张雪崖会觉得自己十分无耻。于是能行动之后，他就辞别了她，匆匆忙忙离开了。

张雪崖忽然想到一件事："我不愿继续受淮秀恩惠，只因我觉得无以为报，因为我心里只有楚华一人。那么楚华不愿再受我恩惠，害怕对我无以为报，也因为她心里有了别人吗？"张雪崖想到这里，心里像是雪山崩塌一样，异常寒冷。却听楚华又笑道："我们终究还是见面了！结果还是一样的！对不对？"

张雪崖看着楚华对自己笑，却觉得有些恍惚，自语道："结果还是一样的？"

楚华又在说道："对了，我又遇到姬兰卿了，她没有找到孟五娘，但她还是那样凶，我想起了边紫云，虽然边紫云一样不讨人喜欢，可是她被姬玉玚害得半死不活，我又觉得她很可怜。所以姬兰卿虽然劫持了我，我还是忍不住发善心，让魏观救了她，谁知道我们却差点为此丧命！"于是把遇到姬兰卿之事对雪崖讲了。

张雪崖却对姬兰卿失去了兴趣，只是问道："魏观是谁？他们说你和一个鞑靼首领同行，怎么又冒出来一个魏观？"

楚华笑道："魏观就是鞑靼首领啊，他父亲是汉人，所以他的汉名叫作魏观，只不过他是在鞑靼国长大的罢了！"楚华提起魏观，脸上不由得浮出娇羞甜蜜之状。

张雪崖对楚华的神色十分敏感，忍不住冲口说道："他们说你和那鞑靼人有了夫妻之事，难道是真的？"

孙楚华冷不防受了这一问，不觉吃了一惊，拉下脸说道："你这话是什么意思？我知道有人在背后议论我，可是没想到你也在其中嚼舌头！我当你是好朋友，我路上遇到很多人，见到很多事，都愿意对你讲，包括魏观，我也愿意告诉你，可是你这样的口气，是在质问我，还是在奚落我？”

张雪崖不理会她的辩解，反而踏上一步，两个拳头握得紧紧的，面对面逼问道：“你只告诉我，这是不是真的？”

楚华从未见他如此冲撞，忍不住又急又气，愤愤道：“这跟你有什么关系？你凭什么来质问我？我跟他的事，用不着你来管！就算我和他有了夫妻之事，那又怎样？你就觉得我低人一等了吗？你就可以瞧不起我？就可以对我这样无礼？”

张雪崖见她十分气愤，不由得软了一些，解释道：“我没有想冒犯你，我怎么会瞧不起你？无论郡主怎样，在我心里永远都是一样的！我只想知道是否有此事，因为郡主一向矜持自爱，怎会愿意未婚而事人？自然是那鞑子乘人之危，起了歹意。若果真如此，我要一剑杀了他！”

楚华又吃了一惊，若是魏观在军马之中，自然不怕张雪崖，但是就武功而论，他只怕不如雪崖，若雪崖存了这个心，那可太危险了！楚华又气又急，说道：“你凭什么要杀他？他从来也没有冒犯我，相反，是我自己想嫁给他，所以约他再来找我！我的事不劳你们操心！你要真想杀他，就先来杀我好了！你要是真的杀了他，就算你不来杀我，我也会死给你看！”

张雪崖见楚华如此着急，可见十分关心魏观，心里备受打击，只觉得被她踩在了地上使劲践踏。张雪崖怔了半天没说出话来，楚华一跺脚，转身回自己住的院子去了。张雪崖见她气愤地走了，忍不住想跟上来解释，便跟着楚华来到小院里。楚华却不理他，一进屋就转身关门，把张雪崖关在了门外。

张雪崖低着头站在门外，楚华气愤地坐在屋内，心想：“我怎么又跟他吵起来了？以前他很敬重我，我也很关心他，我们相处得十分友好，也彼此信赖。可如今怎么刚见面两天，便吵成这样？他这种态度，根本不是在尽武士的职责，也不止朋友的关心，他对我分明就是男女之情！如果我离家后并未遇到魏观，而是找到了雪崖，也许情形使然，从此与他在一起，也不是不可能，但如今我既然遇到了魏观，我心里岂能再容下别人？他这种态度，对魏观是危险，对他自己是失望，对我是烦恼，可又怎样才能使他断了念头？”

过了大约半个时辰，楚华开开门看他走了没有，却见张雪崖仍站在门外发呆。楚华开了门，张雪崖便想进来，楚华砰一声又把门关上，在门内说道：“我这会儿不想见你，你先回去吧！”

张雪崖叹了口气，却并不离开，而是在走廊上席地坐了下来。过了一会儿，忽然又下起雨来。这几天秋霖脉脉，阴晴不定，楚华听到雨越下越大，推开窗户张望，却见雪崖席地坐在走廊上，望着院子里的雨丝发呆。雨丝被秋风吹着飘到廊上，很快就把他的衣服沾湿了一些。楚华倒有点担心他着凉，但又想道：“如果我给他开门，也许他又不死心起来。我只有对他冷漠一些，好让他断了念头。”于是楚华狠着心不开门，也不理他。

这场雨一直下了两个时辰，到午饭时才慢慢停了。仆妇来送饭，楚华打开门，见雪崖仍坐在走廊上发呆，衣服已经湿了一半。楚华叹了口气，说道：“你为什么不走？”

张雪崖似乎也不再想争吵，只是怅然说道：“我此生的职责便是保护郡主，我在这里坐上片刻，又算得了什么？我在这里坐着，只是在想一个问题，淮秀为什么会算错了卦？是她故意的？还是命运本该如此？郡主说我们终究还是见面了，结果还是一样的，可全然不一样了！原先郡主离家出走，本是为了找我，如今郡主却说想嫁给一个鞑靼人！原先郡主对我那么信赖亲近，如今却如此隔膜，拒我于千里之外！一切都不一样了，简直全错了！”

楚华叹了口气，说道：“你不要胡思乱想了，你先回去吃饭吧！”

张雪崖好似没听见，伸出长剑去接屋檐上滴下的雨水，听那啪啪的滴答声，然后用手指弹一弹剑身，对着剑锋吹了一口气，又说道：“郡主自己想嫁给那鞑子，别人又怎能干涉？只是漠北极其苦寒，郡主自幼生长在南方，怎能受得了那里的天气？而且远离家乡亲人，不会想家吗？别说世子不会同意，就连王妃也不会同意！那鞑靼人有什么好，可以让郡主下这么大的决心，竟要抛弃家人？”

楚华叹了口气，不知从何说起，想起今后若真的离开母亲哥哥，岂能不伤心痛苦？可既然找到了魏观，又岂能放弃他？楚华叹道：“也许这是命运吧！”

张雪崖见楚华神色忧戚，十分矛盾，又似乎十分无奈，心想：“那鞑靼人和她相处不到一个月，哪来的这么深的情分，让她如此难以割舍？想来她必是失身于人，才会如此矛盾！只是她既然不愿承认，我又何必逼问她，令她难过？若是这样，我必定要杀了那鞑子才解恨！退一步讲，就算他果真不曾冒犯郡主，我也仍然要杀他！既然他们并无瓜葛，只是朋友之分，我杀了他，郡主也不至于太过伤心，过一阵子只怕就淡忘了，而杀了他，郡主便不必远嫁！”

张雪崖如此一想，忽然觉得豁然开朗，无论如何，都要先杀死那鞑子再说！

第三十节 重逢犹恐是梦中

魏观在鞑靼重整部落，经过一个夏秋，恢复了元气，趁着深秋马匹肥壮，再次南下。九月末，魏观率五千铁骑越过阴山，直逼大同。大同府乃北方重镇，朝廷只好分兵救援。夏王怕魏观寡不敌众，便要分兵拦截。魏观派使者对夏王说道："大同府极端严寒，南军却脆弱畏寒，即便十万大军，又何足道哉？我是故意诱其北上，夏王不必拦截，交给我好了。"

于是魏观将朝廷军队引至北方，满都勒与魏观部将率四万多鞑靼兵前去会合，与朝廷大军会战于大同。初冬十月，大同府已降大雪，昼夜温差极大，到了十一月，更是滴水成冰，正如古诗所说，"将军角弓不得控，都护铁衣冷难着"。南方军队不习惯严寒天气，大多手脚生疮，冻饿而死，尚未交战，已经疲惫不堪，于是朝廷损兵折将，惨败溃退。

夏王则率本部军马再次逼近京师，异姓王燕王也率军前来会师。

楚华听到这些消息，十分欢欣鼓舞，只是想着："他回来了！他回来了！"但她在张雪崖面前掩饰着自己的情绪，不想刺激他又令他发怒。张雪崖全看在眼里，却又似乎视而不见，并不理会她，楚华倒暗暗纳闷。

转眼到了十二月，天气严寒，这天楚华在白马寺给父亲上过供品，忽闻有一队军马奔寺中而来。寺僧大惊失色，众武士不知来者是谁，也各持刀枪，以防不备。张雪崖拔剑而出，脸上满是杀气，倒把楚华吓了一跳。军兵到了寺外，却并不进门，只有一个青年将领下了马，只率领几名亲随军士闯进门来。此人一身重孝，进门便放声大哭，众武士看时，却见是世子孙楚奇来了。

楚奇奔入殿中哭祭父亲，与楚华和众武士相见，兄妹俩诉说了一番。原来朝廷由于接连用兵，财政亏空，军民疲惫，各地又盗贼蜂起，官府清剿不及，内外不能相顾，如今又分兵支援大同，以致京城十分空虚，夏军趁机攻州克县，包围了京师。

楚奇停留了片刻，便辞别众人，上马回军中去了。楚奇走后，楚华找到张雪崖，问道："你见到我哥哥之前，还以为来的是谁?"张雪崖冷着脸不说话。

楚华又道："你是不是以为来的是魏观?"

张雪崖仍然沉默不语。楚华道："你不说话，是因为我说对了。你不想说假话，所以在默认，是不是？你……你一直都没放弃杀他的念头!"

张雪崖开口说道："是的！我一直都想杀他!"

楚华非常难过，叹道："我和他分别快一年了，我有时候都以为他不会再回来了，我以为我再也见不到他了！我经常做梦梦到他，我想看得仔细一些，可是睁大眼睛并没有看仔细，而是一睁眼就醒了过来！就连现在，我也不太确定他会不会来找我！雪崖，我知道你的好意，也知道你关心我，可是真的是我自己思念他，并不是他逼我，也不是他骗我，的的确确，是我自己喜欢他！你何必这样对待他？你若杀了他，他便是因我而死，我又岂能独活?"楚华说着，便忍不住泪下。

张雪崖听她这样表白，只觉得浑身都冷起来。他见她说着说着便哭了，就问道："你为什么哭了？你这么担心他吗?"

楚华道："不是，我不知道为什么，我没想哭，可我心里很难过。也许我没想到你会这样和他对立，我因此而难过，我虽然担心他，但其实我并不想因为他而对你怎样，你是我最好的朋友，其实我也并不想失去你，如果他想杀你，我也一样会很难过。何况，他会不会来，我都不知道，我觉得自己很可怜，总是在等待，却不知道能不能等到他，有时候我又怀疑，这一切是真的都曾存在过吗？这世上真的有他这么一个人吗？"

张雪崖心里一点一点往下沉，忍不住问道："这么说来，他们说的传言都是真的了？"

楚华见他又提这话，心想："既然你耿耿于此事，索性让你死心好了！"便收了眼泪，赌气骗他说道："是的！我的确失身给他！只不过，并非像人们说的那样！他并没有逼迫我，是我自己心甘情愿的！"楚华说完，便冷眼看着张雪崖。

张雪崖冷着脸怔了一会儿，叹道："既然如此，我又何必多此一举，令郡主失望？"

楚华惊喜道："你这么说，难道你想通了，不再以他为敌了？"

张雪崖见楚华笑了，心想："她这样开心有多好，我又何必这么自私，惹她不快？"便冲她笑了一笑，说道："我以前一直以为，我此生不会离开郡主，即便只能为你做一辈子的武士，只要每天能看到你，能保护你的平安，我便心满意足了。可是如今你的鞑靼情郎，又有权势，又有谋略，你又何须我这一介武夫的保护？眼下你哥哥也近在咫尺，你若需要帮助，上马便到了他那里。我留在这里，只是自讨没趣，自寻烦恼而已！我今日就告辞了！郡主自己保重！"

楚华吃了一惊，说道："雪崖，我并没有赶你走！"

张雪崖道："虽然我很不甘心，也很不舍得，但是我也知道，天下没有不散的筵席，我已经知足了！我若等到郡主自己赶我走，那得厌恶我到什么程度，只怕这辈子都不想见我了！如今是我自己走的，如果以后有机会，我会回来看你的！”张雪崖说着，又看了楚华一眼，果然转身就走。

楚华叫道：“雪崖！雪崖！”张雪崖并不回头，大步向寺外走去了。楚华心里很难过，她很想追上去拉住他，可她又怕这样做，雪崖又充满希望起来，来日见到魏观，他会不会又起了对他不利的念头？楚华心里很矛盾，脚步就慢了，张雪崖步子又大，走得很快，她就没追上，她追着雪崖走到寺门口，雪崖已经走远了。楚华扶着门框，看着张雪崖的背影消失在了树林深处。

却说夏军遥望京城，炫耀武力，城内孤立危殆，乱作一团，大臣纷纷主张求和，皇帝不得已，派宗室亲王到夏军中求和，答应割让土地，将天下领土一分为二，让一半给夏王。夏王不允，继续向前，兵临城下，京城危在旦夕。皇帝再次派使者请和，将京中宗室诸王都派去劝解，想用亲情懈怠夏王之心。

夏王道：“天子此时才讲亲情，以往逼迫藩王之时，亲情又到哪里去了？这一两年来，我身经百战，亲冒矢石，身上受十几处创伤，多次险些丧命，从鬼门关不知道走了有几遭，而百姓军民也死伤无数，那时天子为何不罢兵求和？如今只因兵临城下，才来讲和，哪里有诚意可言？”于是将诸王送回，发兵攻打京城。有内应在城内四处放火，百姓奔逃，大臣惶恐。有宗室亲王情愿投降，便打开城门放夏军进去，于是京城陷落。

偏将蓝岱率兵进入皇宫，去之前夏王对蓝岱说道：“我与天子有叔侄之情，纵然将其俘虏，又怎能忍心杀害？”说着皱眉叹了口气。

蓝岱揣摩其意，知道夏王为难，既不愿担弑君之名，又不能容国有二君。当初蓝岱违背夏王之命截杀魏观，夏王非常恼怒，但仍饶过了蓝岱，令其戴罪立功。蓝岱此时便想迎合夏王之意，于是进入皇宫，趁乱放火，太监宫女逃窜不及的便被烧死。蓝岱又捉住帝、后生生投入火中，烧毁面目，然后向夏王报告说：“帝、后已在混乱中失踪。”于是夏王命众将把守都城和皇城，自己则返回城外驻扎，又张榜安抚军民。

众王群臣呈献表章请夏王即皇帝位，群臣预备了天子车驾，献上天子玉玺，至城外迎接夏王，山呼万岁，将夏王迎接入城，送入奉天殿举行登基大典。于是夏王即位，放出被囚禁的几个亲王，恢复吴王等人的爵位，又将当日被天子倚重裁撤藩王的几十个大臣列入“奸臣榜”，抄家斩首，寸草不留。又有许多人因被株连而斩首。于是株连上百家，斩首几千人。

楚华三叔孙淳随燕王来到京师，由楚奇陪着来到白马寺哭祭了长兄。随即又有太常寺奉旨派使者前往吊丧，紧接着的几天，便有京中各种文武官员前来祭拜。白马寺登时人马喧闹，哭声震天，被官员们踏破了门槛。楚华起初守着父亲灵柩，在人们来拜祭时忍不住哀哀哭泣，后来日日夜夜有人来哭祭，楚华连着熬了几个日夜，倒有些疲惫麻木了，见有人来，只是瞪着蒙眬的双眼，浑浑噩噩看着来人，却哭不出来了。

魏观和满都勒在大同会战之后，也率军前来京师，与夏王会和。此时夏王已入城即皇帝位，便册封哈丹可汗为宁亲王，封魏观为义诚郡王，分别赠送礼物无数，金银布帛，茶叶瓷器，车载斗量，并答应在边境通商互市。

楚华听说魏观把军队屯在城外，自已率亲随进城去了，便每天到寺外张望等待。可是翘首盼望了两三日，在风雪地里站成了雪人，也并不见魏观的人影，楚华非常失望，心想：“过了这么久了，也许他已经把我忘记了。他这一年来，又见到他的妻子们，和她们日日相处，俗话说见面三分亲，他们还不知怎样恩爱呢，而我和他久不见面，纵然当初有一点情分，时间长了，也淡漠了吧？可是我为什么不能忘记呢？”

这天天色阴沉，寒风呼啸，似乎要下大雪的样子，楚华心想：“既然他不来了，我又何必再出去等他？”但是又不甘心，于是勉强起了床，又来到寺外呆呆地站着。天上飘起了鹅毛大雪，楚华浑然不觉，只是站着发呆。不知过了多久，忽见远处驰来两骑人马，楚华定睛望去，只见一人是魏观，一人是马伯远，楚华的眼泪一下子就涌了出来。

魏观远远见楚华站在雪地里，忙策马奔到近前，跳下马上前拥抱住她，见她头发肩膀上全是雪花，便伸手给她掸落。楚华扑在魏观怀里放声大哭，说道：“我以为……我以为你再也不会回来了！”

魏观笑叹道：“为什么不回来？怎么说这种傻话？”

楚华哭道：“上辈子就是分别后再也等不回来，我以为这次又是一样的！”她想起前尘旧梦，她和秦竹山分别后，苦苦等了十二年，终于见到他回来了，却只是他的灵魂前来告别。那场梦境也是这么白漫漫的，满眼是纸钱素幡，就像白雪一样。如今天空也飘着白雪，树林里到处都白茫茫的。可一切又那么不同，魏观虽然历经战争，仍然活着回来见她了！难道是经过了这两世，她受的苦难更多了，于是修来的缘分就增加了？

楚华哭过之后，心中更多的却是狂喜，她伸出双手抚摸着魏观的脸颊和眉毛，仔仔细细地看着他，流泪笑道：“我以为又在做梦了，这一次不要醒过来了！”

魏观见楚华一直流泪，便笑道：“你这样委屈，是不是在怪我来得太晚？让你等得太久？”

楚华摇头道：“不是，就算你再也不理我了，也不算最坏的事情，这世上除了生死无大事，只要你活得好好的，其他的事情都是次一等的。”

魏观叹息道：“我其实时常想念你，只是身不由己，就连这次相见，也十分短暂，前两天朝廷派官员接待我们，程序繁缛，一天到晚脱不开身，今日好容易有了时间，就赶紧来见你。我过两天又得回鞑靼去了，而且此次退兵之后，我也不能再无故越境进入中原。我本想向当今皇上提出请求，把你嫁给我，让我这半个汉人，仍然做汉家的女婿，可是没料到你父亲去世，你正一身热孝，我却来说这种话，岂不是无礼冒犯？汉人最重孝道礼仪，这时候又怎能谈到婚嫁呢？”

楚华道：“我为父亲服孝，本是天经地义的事，虽然这样，也不足以报答养育之恩，我以前确实太不懂事，从来也不关心他！”

魏观叹道："只是这次又不能带你走了！下次来中原，不知得到什么时候了！只怕到时候又有变化，岂不是追悔莫及？我这趟就想让你跟我一起走，干脆给你换上军士的衣服，偷偷把你带走算了，我们鞑靼骑兵向来风驰电掣，汉军追不上的。"

楚华瞧了魏观一眼，见他眼角含笑，似真似假，便也忍不住好笑，嗔道："你又胡说八道！那不是和你私奔吗？古诗里说道：'聘则为妻奔是妾，不堪主祀奉苹蘩。'又道是：'为君一日恩，误妾百年身。'我这样和你私奔，你又怎会重视我？再说我眼下就要和哥哥扶柩回金陵，而我有一年没见到母亲了，她这一年也不知怎么过来的，想想都觉得心酸痛苦！"

魏观叹了口气，见楚华提到母亲，又有点难过，便岔开话题道："你看雪越下越大了，我们进屋里去吧！你看你的手这么凉，脸也这么凉，再站一会儿该染上风寒了！"于是二人携手回寺里去了。

雪依然在下，过了一会儿，树林里一株大树后面转出一个雪人，一副失魂落魄的样子，不是别人，正是张雪崖。张雪崖那日走后，本来已经离开京城二三百里，但又忍不住转身回来，在白马寺附近的村子里住了下来。他想："我因为那鞑子而一败涂地，可我连他的样貌都没见过，我就算死了也是个糊涂鬼，我索性在这里等他，看看他到底是怎样的三头六臂。"

后来听说魏观进了城，而楚华每天到寺外翘望，张雪崖看着楚华站在风雪里一站就是两三个时辰，很怕她被风雪吹倒，又怕她冻坏了，就想冲上去拥抱住她给她取暖，又想劝她回屋里去，可是待他鼓起勇气走近了些，却看到她在流泪发呆。雪崖又想："就算我去劝她，她又怎会听我的，只怕只会嫌我碍眼吧？她此刻的心情，我又怎会不了解，因为我对她不也是这种心情吗？"

但接连几天，他都见楚华白白站了一天，仍然失望而归，张雪崖又忍不住气愤道："这该死的鞑靼人，你既与她有情，就该时刻把她放在心上，怎能这样折磨她？如果她后半生都生活在患得患失里，因为你而痛苦不堪，那我不如现在杀了你，她纵然一时痛苦，时间久了也该忘记了，这就叫长痛不如短痛！”因此又起了杀心。

张雪崖隐身树林之中，等候魏观。虽然树木枝叶凋零，四处白雪覆盖，但林中多有合抱大树，而居丧期间，吴王府的武士都穿白袍，张雪崖身上仍是一领白袍，腰间系着长剑，隐身大树背后，四顾都是白色，并不显眼。

魏观来后，只顾与楚华见面，并未留意林中仍有别人。张雪崖本来不认识魏观，虽看到有两骑人马到来，但他心想，别的官员前来拜祭，都是前呼后拥，那鞑子既然封了郡王，自然排场更大，所以没以为那便是魏观。待到见他跳下马拥抱楚华，雪崖才恍然醒悟，愤怒道：“你这鞑子，你只带了一个随从，可见不是为了祭奠王爷，而是为了避人耳目，和郡主私会！”

雪崖按住剑柄，便想冲出去刺杀他。但他随即就看到楚华扑在魏观怀里泣不成声，她哭得那样伤心，那样委屈，那样眷恋，那样忘情，仿佛崩裂的河堤，要把她积攒的情绪在他面前尽情宣泄。张雪崖不觉呆住了。他只觉得自己的力量在一点点消失，他呆立了很久，心中一片茫然，等到意识逐渐回归，他想道：“就算我能杀那鞑子，可我见了郡主，如果她站出来骂我，只怕我自己就先偃旗息鼓了。我虽然说得很强硬，可我见了她，终究十分软弱，不敢和她对抗。我终究是个失败者，又何必再去自取其辱？”

张雪崖茫茫然地看着楚华对魏观哭诉，茫茫然地看着他们并肩进入寺里去了，他这才慢慢从树背后走出来，就像霜打的茄子，内心非常颓废，又想道：“我连当着他们的面走出来的勇气都没有，还妄谈什么杀人？哈哈！哈哈！真是可笑！”

他仰天大笑了几声，盯着寺门又看了一霎，转身大步走去，心里想着：“那鞑子是在北方，我不愿向北走，我还是回南方去吧！”于是向东南方向走去。张雪崖步子很大，在雪地里踩下了一行脚印，但风雪呼啸着，很快就把他的脚印淹没了。

却说魏观进入寺中，先去祭拜了吴王，令马伯远呈上供品，叹息了一会儿，便和楚华出了大殿，来到楚华居住的小院。两人进入室内，室内生着火炉，比外面暖和许多，一个老妇进来倒了两杯热茶，便出去了。

二人别后重逢，只觉得有很多话说，其实在别人看来，都是些鸡毛蒜皮无关紧要之事，可他们却浑然不觉，任何事都可以说个没完，都可以说得很开心。楚华心情逐渐明朗起来，一边对着火炉烤手，一边笑道："汉人的三年孝期，第三年是不满的，其实只有二十七个月。再过一年半，到五月的时候，我正好满二十岁，是我除去孝服的时候，到时候你会不会再来找我？"

魏观朗声笑道："我当然会来！古时候刘备三顾茅庐，终于得到诸葛亮，成就了一代帝王之业。如今我魏观三顾中原，终于得到了吴国郡主孙楚华，成就了一段佳话！"

楚华笑道："什么三顾？不算你小时候那两次，你这两年就已经来过三次了，下次是第四次！你上次来中原根本没来找我，你就假装没来过吗？"

魏观笑道："上次真的太仓促了，身不由己啊！下次不会了，下次要是不来，被人捷足先登了怎么办！"

楚华嘟着嘴道："哼，我才不信你这么在意我！"

魏观看着她的小脸，忍不住伸手搂住她，凑到她耳边说道："我怎么会不在意？要不我们现在就把生米煮成了熟饭，省得到时候你哥哥啰里啰唆地推三阻四！"

楚华被他抱住，不觉耳燥脸热，忙伸手推他，他的臂膀像铁一样，怎么能推得动？楚华依偎在他怀里，不觉有些恍惚，似乎眼前情景曾经发生过，细想却并未发生过，前生相别，虽然同样处于斗室，但那时是夏天，如今却是冬天，那时是绣房，如今却是僧舍。

楚华定了定神，轻轻对魏观说道："你放开我吧，我如今重孝在身，而这里又是佛堂净地，你就算不怕亵渎了我，也该怕亵渎了神灵。"魏观无奈，叹了口气，凑上去吻了吻她，又瞧了她一会儿，才把她放开了。

不知不觉已是日暮，窗外的雪不知何时已经停了，二人走到窗前，推开窗棂向外观看。魏观又道：“如今已是晚饭时分，只怕有不少人在下处等我了，我这便走了，明天再来看你!”

楚华不舍道：“你明天一定会来吗?”

魏观道：“此次相逢，只有这两三日相聚的时间，我怎会不来？过几日走了，想来也来不了了！这次别后，又有一年半不能相见，想想真觉得遗憾!”

楚华道：“再过几日我也要回金陵，一年半之后我无论是在金陵，还是在京城，希望你能记得我们的约定，一定要来找我，不要误了日期!”

魏观道：“好!”

楚华靠在魏观怀里依依不舍，只觉得相聚总是短暂，离别总是漫长，而在相聚与离别之间，不觉已是两世的时光。她恍惚之间，已不知自己是楚华还是绿腰，她仿佛看到前生的绿腰，正坐在窗下读书，只听她读道：“念念欲归未得，迢迢此去何求。都缘一点在心头，忘了霜朝雪后。要见有时有梦，相思无处无愁。小窗若得再绸缪，应记如今时候。”